当代中国小说榜

红樱白燕

柏　舟　著

中国文联出版社

图书在版编目（CIP）数据

红樱白燕 / 柏舟著 . -- 北京：中国文联出版社，
2017. 7（2023. 3 重印）

ISBN 978－7－5190－2897－8

Ⅰ. ①红… Ⅱ. ①柏… Ⅲ. ①中篇小说—中国—当代
Ⅳ. ①I247. 5

中国版本图书馆 CIP 数据核字（2017）第 181905 号

著　　者　柏　舟
责任编辑　闫　洁
责任校对　李佳莹
装帧设计　中联华文

出版发行　中国文联出版社有限公司
地　　址　北京市朝阳区农展馆南里 10 号　　　邮编　100125
电　　话　010－85923025（发行部）　　　　85923091（总编室）
经　　销　全国新华书店等
印　　刷　三河市华东印刷有限公司

开　　本　880 毫米×1230 毫米　　1/32
印　　张　8. 75
字　　数　224 千字
版　　次　2023 年 3 月第 1 版第 2 次印刷
定　　价　75. 00 元

那一瞬闪烁在你眼中的璀璨烟火，是我穷尽一生也寻不到的风景；而那时候年少轻狂许下的约定，再没有办法践行。

那个夏日我们靠在一起，心的距离不过寸许。但我们却用十年渐行渐远，用十年从熟悉走向陌生，用十年从方寸走向天涯，用十年从本可追忆的过去走成只能缅怀的曾经。

我们不是长大了，而是变成了另外一个人。

楔子　见无言

"没能遇到你的十年前，我总是在想着有朝一日我总要来到这里，而在这十年里我也总算是零零碎碎来了几次，只是当我来到这里的时候，我却觉得我期盼着来到这里的日子反而更加美好。"红樱偏着头看着楚七十一，后者脸上挂着温和的微笑。

他们在中州夏国胤凰内城区的街头，脚下踩着江南韵味的青石板，因为这的确是从江南运来的。伙夫拉着车，千辛万苦把石板用人工的方式运来，铺设在胤凰贵族们行走的内城区中，上面人来人往的都是华服，两排的店铺装潢也是奢华为主。在金红紫绿为主调的城市里，这一条宽阔漫长的青石地板突兀醒目，恰到好处，略微抵消了些纸醉金迷，还原了些在逐渐滋生的奢华腐败中被舍弃的东西。

这个时候胤凰刚好结束了十年的动乱，和西戎的战事结束。在这十年的动乱中无数的分崩离析上演又退幕，上天像一个木偶师，扯着线把人们摆放到应有的位置。于是该动手的动动手，该动腿的动动腿，也像一个迷宫，于是迷宫里迷失的人们再相遇，相遇的人们又迷失，如钟摆在迷失与相遇间来回往复。

而此时夕阳西下，熙熙攘攘的人群整个儿裹上一层金棕色的边，像是被金色的染料洇湿，也像是变得略略透明，于是金色的阳光从最透明的边缘泻出。红樱走在曾经她朝思暮想的地方，牵着一个男人的手。

"我听过别人说过那么一句话，"楚七十一说，"一个人总是在朝着目标追逐的时候才会开心，而之后无论他没得到，或得到了，人都会失望。"

"奇怪的心理，但是也挺在理。"红樱说，"哎，上一次我们来这儿是什么时候了？总感觉好多东西变了。"

楚七十一耸了耸肩，笑着："毕竟是胤凰。"

"我讨厌变化。"红樱说。

"我也一样。"

"有谁会喜欢吗？"

楚七十一还是笑："可能有。"

红樱说："不管这些了，我们去干什么好？"

"要是还在幕沧，我们不知道该做什么，大概就直接去通月摘星了吧。"楚七十一说。

红樱撇了撇嘴："可我们不在那儿啊，你说了这话有什么用，还不如想想我们可以做什么。"

"胤凰有什么好玩的啊？"

"据说集市上有很多表演，可以去逛集市，可是你不喜欢去那里，因为人太多太吵。"红樱说。

"是这样没错，不过如果你真的想去我可以陪你的。我们也可以看烟花，但是现在才下午而已。"楚七十一说，"不如去听说书？你很喜欢听故事的。"

"也好，就说书了。"红樱说，"渺云阁？"

"不，那里我不喜欢，说个书还要排场，简直就像歌舞表演。而且我们不一定赶得上他们说书的时段，渺云阁一天里除了下午三时到四时其他都是歌舞表演了……也吵。"楚七十一说，"你似乎并不反感。"

"但你讨厌就算了。"红樱摊手，"随便找个小酒馆？"

"嗯，就是那样。说书人咿咿呀呀，身边坐个拉二胡的人萧萧瑟瑟地拉一些调子，好像时光都褪色了一样。要是我的二胡练得好了，我说不定也可以坐在说书人身边拉一些我喜欢的调子。"楚七十一笑着看向红樱，"你的古筝练得如何了？"

"又是一段时间不练，可能又生疏了一些。"她说，"我这双手握惯了杀人刀，现在回过头操弄乐器，实在是有心无力。"

"也没有办法。"楚七十一说。

"要是从小练起，说不定会更好一些。"

"应该吧。"

红樱望着人潮人海，过了片刻，又看着他："所以为什么好些东西小时候学起来反而快呢？因为那个时候心思单纯而现在我们心思驳杂？"

"要我看来，可能就像是磨损，比如擦桌子的布用久了总会破几个洞，怎么也无法复原，那就是磨损。你看得见，但你做不了改变。那个磨损出的洞就是存在。"楚七十一说，"和心思没什么关系，就是原有的磨损掉了。"

"嗯。"红樱点了点头。

然后她避开熙熙攘攘的人群，和楚七十一一起进了一个偏僻的酒馆。

而此时的白燕正坐在一个靠窗的角落，自从他作为军神白燕结束了西戎和胤凰的战事之后就保有了这样一种习惯—坐在这里听说书，然后思索些什么。多半是些无意义的琐事，因为真的要用到精细思维时他一定会撇下思维的担子，他的大脑记得住剑法招式就算很好了。

虽然他也曾矫揉造作地在这儿追忆他的少年时光，但现在他来这里只是为了听一些老故事，并且喝酒。

现在的整个胤凰都陷入了巨大变化的潮流，造纸术也好火药也好烟火改进也好宁无羁提出的政治改革也好，都那么重要，但是却也无关紧要。他似乎和这个世界失去联络了一下子，然后就适应不过来了。于是他看着窗外蹦蹦跳跳的少年少女，思忖他曾经也是洋溢着的，倒不是说逝去的青春追不回来啊什么的……就是怀旧了。

然后他才会不厌其烦地在这里听一些老到掉牙的故事。很久以前他总听老一辈的人说什么什么歌舞才是经典，然后他略微一看，故事情节铺陈，妆容演技等等全属下等，但就是会有人一脸缅怀地说起。现在他至少懂得了一些怀旧的原因，那是因为当时那部作品带给你的触动，后面的东西再怎么绚烂浮华也给不了你，所以你一遍一遍循环，只是为了当初的那点触动。怀旧不过是为了失去的触动能够在怀念中放大，或者希冀着至少能和曾经一样。

他在思绪蹁跹中又把一壶酒喝光了，他的妻子应该会很生气的，因为这是他今天喝的第二壶酒，并且已经准备再要一壶。虽然一身酒气回去他的妻子一定会不高兴，不过接下来的故事很精彩：《一甲子别离》开始讲了，再听个两小时差不多这个故事就能结束。他还是准备把这个让他印象最深的故事听完再走。

这个时候他看到了红樱，她挽着楚七十一的手走了进来。他微微一愣神，觉得那个女孩似曾相识。她脖子上的项链也有些熟悉。

他甚至在她的惊鸿一瞥中觉得她的双眸如同樱花的颜色一般，但因为在那之后她再没看他，他也无从证实。他觉得他只是将自己所怀念的事物强加在某个女孩身上，他错认了。

说书人顿了顿，告一段落，开始慢悠悠喝茶，讲了这么久也是会口渴会累的。拉二胡的也放下二胡，站起来略微活动活动身体。后来的看官们就趁现在把钱放在说书人的空茶盏中。

白燕继续思考些无聊的事情……比如十年前他看着这个说书人，说书人怯懦胆小怕事，是个黑发油亮的年轻人。现在他已经发福了，而且两鬓已有白斑，脸上色素沉积，像是被墨水点了好多个深浅不一的点点。而至于那个拉二胡的人，白燕在十年前根本就没见过他。

然后他又转过头看了看红樱，现在他并不能确定是否就是她，或只是外表相似而已。真是奇怪，他都快忘了她长得什么样子了，哪儿来的看外表相似？

白燕告诉自己：她已经死了。

这个时候红樱也注意到了白燕，她侧过头看了看他，觉得似曾相识。但是那个人不是早就被葬在那片海岛了么？一如她的青春年少。

红樱告诉自己：他已经死了。

说书人终于喝完了茶水，拉二胡的人也整装待发，那一段不知重复了多少年的故事慢慢上演。像是纵横过了漫长的时光，一直一直地重复着，带着命运刻意安排的戏剧性和宿命性，轮回成打不破的圆。

白燕在听故事的时候一直在偷偷看那个女人，他觉得像是时光轮回，如同十年前他偷偷地看那个小女孩。于是霎时间喧闹的酒馆变成了十年前他坐在山崖上看着女孩坐在海边的码头晃脚看海，而他的身后樱雪纷落。

那时候他的怯懦他的无力都回来了，他的轻狂他的得志也都回来了，如同它们从未离开过。但下一秒他移开了视线，那些事物又烟云般消散了，如同它们从未出现过。

于是就这样落日的余晖也消散了，空气里前一秒仍躁动的暖光都没了踪影，如同它们从未出现过。他看着窗外，夕阳不见了，他错过了今天的夕阳西下。

说书人继续咿咿呀呀，二胡声仍旧萧萧瑟瑟，说一个白燕听过无数遍的悲伤故事的结尾：……戴筠侧卧在病榻之上，手里捏着远方的来信，信上说：

"我不知道你见到我的信时已经是什么时候，可能已经很久很久了。不过不用挂念，我自安好。两个人做得到的事情，我一个人付出双份的努力也能做到。

我现在下嫁给溯泽的一位商户，做妾。我生活得很好，不用为柴米油盐发愁，只是偶尔要耍耍心眼，除了心里恶心，其他都很好。虽然我很讨厌在这个年纪钩心斗角，但是也随便吧，都一样的。

不怎么想你了，只是会在睡不着的时候想你。过去了有三年吧？大概。其实没什么人能得到他们想要的东西对吧？当初贾公子想要强娶我，也是落空的。我也是落空的。我不知道你怎么想的，不过我希望你过得比我好。世上有我悲惨就够了，其他人都幸福些吧。

不会再写信了，这是唯一一份。希望你能收到。

找一个对你好的女孩，如果你找不到真心喜欢的，那一定要找一个真心喜欢你的。否则婚姻有什么意义呢？但是强求不到就罢了吧，只是要幸福。

不用来找我。不用挂念，我自安好。两个人做得到的事情，我一个人付出双份的努力也能做到。"

"读罢，戴筼神色呆滞，掐指一算，五十年已白驹过隙。不曾想，一别之后，隔世经年。蓦然，老泪纵横。"

二胡刻意拉长了尾音，漫长的"嗡"声过后，说书人又坐下来喝茶。"走吧。"红樱轻声对楚七十一说。他点了点头。

于是她又走了，自始至终再没有看过白燕一眼，而他目送二人远去。

下一刻烟花升起，破空声划破暗蓝色的天际，金红色的繁华荼蘼在夜空中绽放。

白燕轻声呢喃两个他已经得到答案的问题，如同十年前他在人来人往中牵着女孩的手，看着女孩的眼眸中倒映出天空中的烟火浮华。

"我们是会变的，对吗？"

"但烟花还是会放，对吗？"

这便是这二位曾经熟悉的陌路人人生路中最后一次交集，从此红尘苍茫，两心安之于两地，天涯永隔。

第一卷 云止

壹

曾经我最大的愿望,就是有朝一日我出现在你眼中时,璀璨如星。

那是一个初春的早晨,空气像被洗过一样干净,云燕用手挡了挡泄下的阳光,观望远处海边废弃的码头上坐着红衣的女孩。然后他又背倚着樱花树坐下来,看向不远处的海浩浩荡荡地朝天边延伸,最终和水洗一样的蓝天接轨。

蓝天之上,没有云。

这就是故事的开头,女孩看着海,男孩看着女孩,女孩不知道自己该做什么,男孩不知道自己在做什么。平静而又汹涌的时间在他们看不到的地方流逝,这将是多年以后他们回望人生时记得最清楚也最模糊的时光。在那个没有云的海岛上,他们仍然不需要去思考人生、命运这种庞大的字眼,也不需要去思考柴米油盐这样的琐碎事情。

在那个永远都没有云飘来的海岛上,天空都像海洋,这是故事的序幕,这也是我们都曾有过的干净日子。

云燕继续看着絮樱,虽然说偷看这种行为任何人看来都显得低劣且猥琐,不过云燕却没有把目光收回去的意思。他把自己的目光放在女孩身上,轻飘飘,但是挪不走。每当絮樱坐在老码头上,脱了鞋子把脚泡在水里寂寞又不甘地晃腿望天看海时,他就看着她。

他看着她,仿佛视线中其他一切都完全不重要,只有她存在于焦点之中,带着淡淡的天光洒在她的肩膀上。絮樱静静地坐在码头上,如一尊雕塑,任由暖洋洋的天光洒在她肩膀上。她看着海,目光宁静悠远，像是要看破千重浪万重洋，看到那片海后面的什么东西。

真是奇怪……云燕思忖，怎么会有人看着海一看就是那么久？

真的很久，并不仅限于今天。絮樱并不是总来看海，但是只要一看海就能看很久，看着海浪拂过脚面，海藻香混着丝丝的腥甜气息随着风飘过来荡过去。一人高的海浪逐渐平息，最后化作一股潺潺的水流卷上岸，一些零碎的小东西被晾在沙滩上，或者又被卷了回去。偶尔几只海鸥飞过来，但是你却只能眼睁睁看着它们飞远了，洁白的双翼扑腾几下就只剩一个小小的点，再扑腾几下就彻底看不见，放眼望去只有没有云的单调的蓝天。

实在没什么好看的，云燕就想不明白居然有人愿意盯着这片海看那么那么久，像是到了天荒地老，沧海桑田，树老了人散了一切一切都变了，她还在看。她在看什么？不，我不是说海，她一定是在看一个包含在海里的，但是没人发现，发现了就能花很长很长时间去注视的东西。是什么呢？谁也不清楚。就像那个女孩在想什么云燕根本不清楚，云燕看看女孩，看看海，看看天，最后看看几只海鸥飞过去，悲哀地发现世界上这么多难猜的事情……女人心当属其中之一。

有些莫名其妙，不过更莫名其妙的是云燕喜欢这个女孩，最莫名其妙的是云燕并没有因为女孩把时间浪费在这种事情上面而讨厌她。喜欢一个人就要接受她的全部，不过云燕认为要是真的喜欢上什么人，有时候会觉得她有些不可理喻，有时候会暴露出一些让自己难以接受的缺点，但你还是喜欢。你看着她的眼睛，你明白你讨厌不了。

从萌生情愫的那一刻，人人都将彻底沦陷。

当然如果她也和别的女孩一样，云燕就不一定会喜欢她了。特殊的东西，无论是人是物，必然有其独特的一种美在里面。就像絮樱，她的美吸引了云燕这个懦弱的家伙日日不停地偷看着，不敢靠太近，更不敢离太远。

　　云燕揉了揉眼睛，回想起他到底是怎么注意到絮樱的。

　　云燕大概是从半年前才注意到这个女孩的，那时候他情窦初开，觉得需要点什么抚慰一下自己沉寂了十五年的空虚心灵。一开始他看从中州漂洋过海送来的武侠小说，里面主人公身手了得，总是出现在这样那样的地方和那样这样的敌人战斗，一席白袍弄月，三尺青锋如龙。潇洒是潇洒，但云燕总觉得还差了些什么。后来他有幸拜读了几篇女子写的文章，大抵都是些矫揉造作等君怨君的意境，然后终于知道那些高手都缺了些什么——他们缺一个漂亮女孩啊！

　　但那时人们可能觉得真正的高手不能多情，甚至不能有情，一心扑在刀上剑上枪上斧上戟上匕上才是王道，儿女情长啥的是为人不齿的。谁打个仗还拖家带口？想想，高手发招前先一鞠躬，然后抽出利刃，接着想了想还要干什么，忽然一惊，对敌人说句"哥你等会儿，我出来太久怕老婆不高兴，我回家先哄哄我老婆，明儿跟你一决雌雄！"于是还未发招敌人就已经倒地放声大笑，倒也算是出师未捷身先死了。

　　云燕有自知之明，知道自己和高手不沾边，那么有个女孩陪在身边无伤大雅。但他也知道这东西要等时机，时机未到就啥都别说，时机一到你就醍醐灌顶茅塞顿开天灵盖也冒青烟，知道那个女孩就是你渴望去守护一生的人了。所以云燕也收敛了心思，就不再想那么多，也不看什么女子之流写的哀怨情仇。

　　直到他在某个幸运的日子，幸运地望向云止海海岸上废弃多年的码头，又幸运地看见一个神情寂寞的女孩坐在上面。那女孩望着远方，双腿垂下来不甘地晃着，在阳光下皮肤白皙如同瓷器，面前是悠悠远远的不尽海浪。

　　然后从那一天开始，他记住了那女孩晃悠着的双腿，记住了她在日光下模糊的寂寞神情。也许他望向絮樱的第一眼就看见了她的特殊，那种怎么挡也挡不住的骨子里的恬静，而他喜欢上她，也可能是由于她的特殊。

大概每个男孩第一次萌生出要当个男人的念头，就是在他第一眼望去自己第一个喜欢上的女孩时。

云燕觉得那个瞬间像是枯木逢春老树开花，他十五年未曾有过异性滋润的心里一下子就炸开了，觉得那女孩哪哪儿都好，虽然从不搭理自己但也挺好。于是他喜欢那个女孩成了一个不能轻易言说的秘密。

当然最后还是被人发现了，成为公之于众的暗恋。

但不管怎么样，之后每次有那个女孩在场的时候他都会收敛些，看着天空、小草、远山……就是不敢直接看她，然后趁她不注意时使劲偷瞄。当然根本不存在"不注意"这回事儿，因为她从来就没有注意过，这让云燕有些沮丧，但让他稍微不那么沮丧的消息是女孩也没有注意过别人。所以他暗下决心要让女孩第一个注意到自己，但可惜云燕是个怂包，不但没胆子和人家说几句话，甚至连人家名字都不敢打听。因为怕打听了，他那点好不容易藏起来的小心思就被发现了。

于是云燕就偷看着……偷看着……多看几次就会发现那女孩他们其实早见过，这一个村子就这么大谁没见过谁？但那女孩总是低着头，不惹人注意，所以云燕在那天之前都没注意到她。其实她有双漂亮的眼睛，樱花的粉色，如同她的名。那双眼睛的颜色像是一整个春天的樱花都开在那里，华丽到了极致，也瑰丽得难以言喻，可惜的是她总是不抬头见人。

而某一天他又在偷看那个樱花色眸子的女孩，等他目送着她远去不知为何长舒一口气时，忽然有个不识好歹的家伙过来拍拍他的肩膀，嘿嘿怪笑道："兄弟，你又在看絮樱了，你是不是喜欢她？"

然后他就回过头来狠狠瞪了那个一脸猥琐的家伙，在那一天里他同时知道了两个人的名字：牛芒和絮樱。

"燕子，你又在看絮樱了，你肯定是喜欢她没错。"忽然一张大脸凑了过来，带着一丝丝坏笑，"啧啧……好吧好吧，虽然她很漂亮，但是我还是搞不懂你为什么喜欢她。"

"去，说得好像我能搞懂一样。"云燕推开他，一脸嫌弃。

"要说漂亮的话，华如嫣才是其中的佼佼者啊！不过你根本不看她一眼，唉……"牛芒显出一副孺子不可教也的表情。

"你不是说谁喜欢华如嫣你就和谁拼命吗？"云燕说。

"话是这样说没错……"牛芒瞥了一眼絮樱，"但我仍然没有看出来这小丫头片子哪里吸引到你。"

"得了，你再怎么看也看不出来的，因为你不喜欢她。"云燕耸耸肩。

心里不知怎么有一丝窃喜，因为其他人都不是那么喜欢她，只有他一个人那么的喜欢她。这意味着她的特殊只有他一个人注意到，她的寂寞只有他一个人注意到。

但又沮丧起来，你见过她寂寞的样子有个屁用啊？又不是你的。你难道能因为一个"你寂寞的样子好好看哦，你晃腿的样子也很美所以我们在一起好了"的狗屁理由就去说服她吗？到了无法入睡的夜晚你还是念着人家不经意间显露给你的一瞬的耀眼，而她可能依偎在不知道哪个混蛋的怀里呢。那个混蛋见过她开心的样子、伤心的样子、愤怒的样子、寂寞的样子……总之见过的样子比你多了去了，有啥好骄傲？

尽管不知道那混蛋是谁，但真想把那混蛋宰了。

"我不行，那你上啊！"牛芒一推云燕肩膀，差点没把他推下山崖。云燕坐在一座低矮的山崖上，身后就是樱花树，而面前不远处则是絮樱坐着的老码头。

"上什么！我怂不行吗？"云燕瞪了他一眼，"你差点没把我推下去！"

"那你还要我帮你什么好？"牛芒摊开手，"真是的，就冲你这个该死的性格，你和她之间估计什么火花都蹭不出来，能不能不要这么缩着？你和她说过话吗？"

"打招呼算不算？"

"算个鬼！"

"那可能……真没别的了。"云燕扶额，"她不是喜欢说话的类型吧。"

"你也就庆幸吧。"牛芒说，"如果她是性格开朗和谁都聊得到一起的话，那你会吃很多没有由来的醋的。你看见你喜欢的女孩和很多你不认识的男人聊天，却不搭理你，就算你知道她和他们之间没什么，你也会不开心的好吧。"

"这就是你因为华如嫣体会出来的人生感悟吗……"云燕看着他。

牛芒瞥了他一眼，没有接话，只是幽幽地看着絮樱的位置，又看了看云燕，这才说："你大概不懂我的心情，反正我是知道我没什么可能了，所以我真的希望你们可以在一起。世界上多一对幸福的情侣总好过多一只郁闷的倒霉蛋。"

"别呀，放弃啦？"云燕看着他。

"不追，但也没放弃。"牛芒伸个懒腰，重复了一遍，"不追，但也没放弃。"

"没放弃就去追啊！"云燕看着他，在他的思维里不追喜欢的女孩就等于放弃，不放弃就等于执着地追求。尽管他基本上也处于不追但也不放弃的境地，但他觉得只是因为他怂……人看到别人无能为力的时候总觉得换成自己一切就不同了，看到自己无能为力的时候又总觉得换成别人一切就不同了。只是很多时候每个人差不多都是相同的，但却很少有人清楚地意识到。

"不……我知道我是不可能的啦。我不想继续追了，但是既然她没有明确的答复，那我也不放弃好了。你叫我继续追，那么你要我怎么做才能让她喜欢上我？"牛芒看着云燕。

云燕一怔，然后说："可以做的事情很多呀！比如……呃……比如……"

他忽然意识到自己根本是个情感白痴，完全没有过来人的经验，不会指点迷津，就连一点点建议也做不到。他看着牛芒的表情，真的有些怕看到他这个朋友受到打击的时候会怎么样，他想象不出来这张贱兮兮的脸上挂出一副悲伤的表情会是什么样子。

沉默之人的悲伤可以预见，开朗之人的悲伤让人心痛，而真正的逗比的悲伤，可能比任何一种悲伤都来得猛烈和毫无预兆。

"那也别放弃啊！"云燕说。

"不放弃？我没说我放弃啊，我就是不再努力而已。"牛芒说，"那你说吧，我能做些什么？该做的我都做了，不该做的我死皮赖脸也做了，我无路可退，也无路可进。"

云燕沉默了半晌，其间好几次想要说些什么，但是最后他却说：

"……我不知道。"

放弃？不放弃？努力？不努力？谁也不会知道哪种选择的可能性会更好。我们所经历的一切都只不过是初次，所抉择的一切也是初次，不能准备，不能预知，甚至做出了选择后还只能后悔不能回头。他看着牛芒，他不知道牛芒该选择什么好；他又转头看着絮樱的背影，他不知道自己该选择什么好。

"所以说我们什么都不知道。在做什么不知道，该做什么不知道，为了什么不知道，简而言之，什么都不知道。"牛芒就这么下了定语。

"你这话说得真是沮丧。"云燕说。

"没办法，这就是事实啊。"牛芒懒洋洋地倚在樱花树下，打了个哈欠，"这种天气真想睡个觉，感觉一觉过后就什么烦心事也没了。"

"现在才中午哎。"

"那我从今天养成午睡的习惯好了。"牛芒闭上眼睛，"我眯一会儿，你继续看你的絮樱……好歹给我有点进展啊！"

云燕皱着眉头嘟囔着："拜托进展这东西我哪能决定，她又不理我。"

"她不理你你不会理她啊。"牛芒又睁开眼睛，"如果你们两个都是闷骚，就在等其中一个主动，结果她不主动你也没主动，就这样习惯了……习惯可是一个可怕的事情啊，所以你还不抓紧时机主动些？"

"喂喂！你不是说去睡觉的么？"云燕看向他。

牛芒睁开一只眼睛看着他："本来是那么打算的，结果被你的怂包气息吓醒了。你这人脑子好好用用不行么？随便挑起什么话头也好啊。喜欢一个人就勇敢点成不！"

"你有没有听过一句话啊。"云燕忽然说。

"什么东西？"

"一个女孩喜欢一个男孩，她就会变得非常大胆，但一个男孩喜欢一个女孩，他就会变得非常懦弱。"云燕说，"女人在这方面的勇气比男人多得多。"

牛芒一怔，沉默了一会儿，说："可能是那样的吧，我也不清楚，反正当我人生中第一次迎来名为爱情的魔物的时候，我是慌不择路地往里退缩的。"

"其实我本来有机会的啊。"牛芒抬头望天，"也许我之前受过的那么多苦都是为了那个机会，但是那个机会被我轻悄悄地躲过去了，然后怎么追也追不上。好多次好多次我都在想……如果当初我主动那么一点点，是不是现在就完全不一样了？"

"会不一样吗？"云燕说，"但是不管怎么样，你那句话的开头是'如果当初'啊。"

"是啊，如果当初。"牛芒笑了笑，有一丝自嘲，然后他又躺下来，嫩绿色的草丛被他躺开一个人形，"好了，我真的要去睡觉了，昨天晚上有事情没能早睡，现在我要去眯一会儿。今晚月圆之夜，记得在下午的时候叫醒我，要是有海妖就惨了。"

"也好，你睡着，我看絮樱。"云燕看着她，而牛芒在他身边真的就这么睡了过去。

那个时候风和日丽，男孩的兄弟睡在一旁，男孩喜欢的女孩坐在不远的地方看夕阳。于是天际寥廓，海浪滔滔。那样的日子很干净很美好，需要忧虑的不多，需要烦心的不多，不会听一首歌莫名地就流下泪，也不会凝望着天空思绪如同被风吹散的棉絮那样飞散。那个时候的喜欢很干净，烦恼也很干净，像水晶一样剔透。

只是大概他们也有需要忧虑的东西吧，或许多年之后想起来只是付诸一笑，但是放在当下却是让他们焦头烂额的事情。

少年自有少年愁。

云燕也想睡觉，这样的天气里睡觉真的是一个不错的选择。阳光透过樱树叶的罅隙照射进来，凝成细细碎碎的光柱，细微的尘埃在其间漂浮，地面上是颤动的斑驳金点，光影在其间穿梭。风吹过，头顶的树叶哗啦啦地颤动，颤动得阳光都碎裂了，变成温暖的水，在皮肤的表面流动不止。

风不止能吹动树叶和阳光，它这样吹过来，就让人的心绪平和，如同被它轻抚之后却平如镜的湖水。心绪平和后接着袭过来的是朦朦胧胧的睡意，云燕也打了个哈欠，想要就这么昏沉沉地睡过去。

"睡一会儿吧，就一会儿，絮樱不会不见的。"云燕告诉自己，然后终于撑不住眼皮的重量，沉沉地软倒在一旁。

而这时絮樱也转过头，看向云燕。她看到云燕的睡相之后不由轻轻一笑，然后头转回来，看着云止海的潮起潮落。整面海映在她的樱花色的眸子里，如同她的眼中有一片樱花色的潮起潮落的海洋。

而在那眼中还带着旷日持久的寂寞，时而望向比远洋更远的地方的时候也有一丝憧憬。

太阳渐渐地向西方滚落，在这片没有云的天空中，太阳就这样单调地染红了天空。那些艳丽的颜色渐渐地变浅，然后从赤红过渡到东方的天蓝，如同渐变的绸缎横亘在整个世界的上方。

絮樱轻轻叹了口气，看着海面上金红色的阳光如同跃动的金鳞。那夕阳缓缓地坠落在一望无垠的海面上。天空无云，海面也没有船，简单得有些单调。于是裹挟着赤红烈焰的太阳缓缓触及了水面上它的倒影，然后坠落间两个太阳融合在了一起。

她轻轻望着海面上夕阳璀璨，飞鸟渡空，思忖着：今天也没有等到从中州来的船。

"还在。"她又忽然轻声说，像是呼唤亘古不变的落日。

她的意思仅仅是这样：那夕阳还在，并且没有坠落。

海面上跃动的金箔慢慢地颤动，如同海水的退潮一样缩了回去，越到后面越像是赤红的火焰在海面上燃烧成一条不可丈量的线。絮樱看着夕阳坠落，心绪不可触及。

"还在。"她说。

迷醉的阳光铺天盖地，一切一切都被夕阳最后的光线染上丝丝醉意，目光所及的一切都被阳光洇上一层温软的晕边。少女的发丝被染成了金棕色，从缝隙中透出来的阳光像是天国的辉光。

夕阳和它的倒影组成一个完满的圆，没有一丝瑕疵，仿佛一个真真正正的夕阳同时跨过海与天空。落日倒映在她的眸中，却如同她的眸中有一场落日。

"还在。"她又说。

夕阳坠落的速度越来越快，那个完满的日圆终于不完美了，在海面上跃动的金鳞沉浮间一点一点地稀少，但是霞光却仍然带着温软的橘红色。这种光总能触及回忆，尽管絮樱并没有多少值得夸耀或值得伤心的回忆，但是在多年之后她坐在中州最高的塔楼通月摘星上凝望夕阳的时候，总会想起云止岛上单调却难忘的落日。

好像故事对她来说就是那一场落日之后开始的。那场落日如同一颗石子投入一面平静的湖，霎时间涟漪四散波光潋滟，有关的无关的事都被激起，路过的相伴的人也都出现。

她对着即将隐没的落日轻轻说了最后一句"还在"。

下一秒斜阳归入海中，所有的光如晨间云雾般被驱散，天地间只剩下蓝黑二色。絮樱还是坐在码头，像是看完了落日余晖照耀，片刻也不休息的就要看漫天星空绮丽了。暗蓝色的天空群星未明，身后一轮朦胧的圆月正等待缓缓攀上夜空。

云燕醒转过来。现在已经算得上是入夜，星空没有升起，但太阳已经落下。他看了看仍旧留在原地的絮樱，然后转过头看见了自东升起的圆月。

圆月……云燕的瞳孔紧缩了一下，脑子"嗡"地炸开了。他想到虽然海妖半年都没有入侵村庄，但月圆之夜照例还是不能夜出的，这正是海妖活动频繁的时候，万一遇上了落单的海妖就麻烦了。

在这个没有云的小海岛上建立的小村庄，唯一的问题就是海妖。

三年前海妖入侵云止岛，那时候几乎是每个月圆之夜都会死几个人。虽然海妖的战斗能力可能比不上成年人类，但它们基数庞大，可以用消耗战慢慢地消耗人类的战斗力，并且只要海妖还有一天在海里，村子里的渔民就永远不能去深海捕鱼，因此云止岛耗不起。

虽然半年前海妖似乎偃旗息鼓了，但谁知道它们什么时候会卷土重来呢？

"哎。"云燕用胳膊肘捅了捅牛芒，"流氓醒醒。"

牛芒皱了皱眉，不满地挥手："说了多少次别叫我流氓，这个名字又不是我想要……真是该死的谐音！"

"今晚是月圆之夜。"云燕一把把他拽起来，"月圆之夜懂吗！"

"靠！"牛芒猛地站起来，"怎么不早点叫醒我！"

"我也睡着了……"云燕挠挠头。

牛芒瞪着他："你说你就不能什么时候有点用处！快点回去！"

17

"就这么回去？絮樱还留在这儿呢，至少得叫上她。"云燕瞪了他一眼。

"也是，那你去叫？"

"当然你去！我可不想她对我的第一印象浪费在这里。"云燕说，"我的形象明明可以再光辉一些的。"

"所以你就忍心让你兄弟的形象崩塌？"

"完全忍心。"云燕说，然后又换上一种催促的声音，"快点去啊！万一海妖真的来了呢！"

"海妖都三年没动过一次了，你急什么？我估摸着今晚也不会来。"牛芒翻翻白眼，站起身来。

但就在这时，原本平静的海面出现了一丝波动，一道道涟漪荡漾开来，还有密集的泡泡在水面开裂。云燕牛芒自然是看不到这些，但絮樱却能看到，精致的小脸变得煞白。

"轰！"地一声爆响，漫天的水雾飞扬！一瞬间码头前方如同被埋了火药一样爆炸开来，海水冲天而起，然后又在空中淅淅沥沥地弥漫开来。云燕满耳朵听到的都是水落地的声音，像是声音密集又杂乱的鼓点，飞扬着四溅而起。：

夹杂着怪物的咆哮！

在那满天散乱的水雾中隐藏着一只怪物，身形近似于人，但却有着内翻的畸形大腿以及和身体比例完全不符的短小手臂。脑袋像是两眼过于凸起的癞蛤蟆，有着厚实的鱼嘴和隐藏在内的、像食人鱼一样的锋利牙齿。青色而又细密的鱼鳞遍布着怪物的全身，就连手部的掌蹼和足部的脚蹼都蔓延上了鱼鳞。

最让人恐惧的还是它猩红色的瞳孔，好像有鲜血在里面燃烧，在黑夜里如同染血的宝石。云燕看着这东西的眼睛，却莫名想起了絮樱的眼睛：一种是恶魔一样的猩红，另一种是樱花一样的绚烂，相比之下是人都会喜欢樱花一样的瞳色。

海妖。

居然真的是海妖！

那海妖就在絮樱头顶，云燕好像能看见她煞白的脸色。夜色中一切显得模糊，一切却也显得清晰。云燕感受到他的心狂跳不止，仿佛有战鼓擂擂藏于心中，并且奏鸣！

有个声音在云燕心里炸开来了，絮樱离那怪物这么近，但云燕却离絮樱这么远……该死她可能会死的！

可能会死的……这个想法让云燕一阵失神。他想过絮樱不喜欢自己，拒绝自己，和别人在一起，但他从来没想过絮樱可能会死。就算她真的拒绝了自己，但他还是可以喜欢她的，他还是可以安安静静地看着她安安静静地看着海，在安安静静的时光里安安静静地变老。但是她要是死了……他会怎么样？

絮樱她啊……不就是应该坐在老码头上看着海的吗？怎么可能和死这东西挂钩呢……

但是这玩意儿来了你就是挡不住。

云燕咬咬牙，心想如果现在冲出去，如果现在冲出去的话一切也许都能赶上！他所惧怕的还没有成定局，所以还有机会。

如果……如果……如果……

但是为什么，为什么在这种时候居然脚软了啊！我知道我害怕啊，但不要这样直接地表现出来吧……因为我还是很在乎那个女孩的，如果因为恐惧没能救下她的话我会自责的，我会愧疚的。

你对自己说过一千遍一万遍当危机来的时候你能第一个冲出去保护那个女孩，但是危机来了，你却被自己的恐惧狠狠地绊了一跤。

但下一瞬他看到海妖的爪子猛地挥向了絮樱，仅仅一刹那的时间里絮樱惊险地躲了过去。要是差了那么一丝，絮樱肯定就会被捅穿脑袋。

云燕冲了出去，他想……好吧他根本什么都没想。他的脑子里一片空白，只有面前那个女孩惊恐的神情如针扎一样刺痛着他。他怎么能让她难过，怎么能让她恐惧？

在海妖即将挥出他第二爪的时候，云燕已经把絮樱扑开，侧身一挡，有三条血淋淋的伤口挂在了云燕的手臂上。

那疼痛不已的感觉却让云燕舒了一口气，这一爪本来将会实实在在地抓在絮樱身上，但现在自己替她受了这一爪。所以云燕，你果然还没有怂到家啊，在你喜欢的女孩受难的时候你还是没有在一旁傻兮兮地看着的，你最终还是冲了出去。　　　　　.

"搞什么！"牛芒大吼一声。他居然也冲下来了，还从怀里抽出一把刀插进了海妖的大腿，藏蓝色的腥臭血液喷涌而出。顿时海妖站立不稳一个趔趄，栽倒在了地上，而这时回过神来的云燕从不知何处抄起一块石头，狠狠地砸在海妖的头上。

那海妖应该是死得不能再死了，因为不放心的牛芒又在他身后补上了好几刀，每一刀都从不同的角度切入心脏。对于这点云燕很放心，他记得牛芒的祖父是屠夫，所以这点简单的脏器辨识能力牛芒还是有的。

杀死一个海妖是一件很容易的事情，但是当你面对一群海妖的时候你生存的概率就很渺茫了。幸好，在这个月圆之夜里海妖并没有倾巢出动。

夜色里少男少女们的脸色煞白，更是被月光染上一层白霜。巨大而畸形的怪兽倒在海滩上，扭曲的利爪遥指前方。

于是在那个初春的夜里，男孩从凶恶的怪物手上救下了心爱的女孩，晚风徐徐地吹过，微醺着让人昏昏欲睡。那些苦难和伤痛还蛰伏着未曾到来，年少的轻狂正在发酵，在这样的夜色里让人觉得什么事情都能做成，一切美好得像是梦一样。

男孩女孩对望，相视一笑。

絮樱脸上仍带着一丝惊魂未定，她看向那只海妖，又看向大口喘着粗气的男孩们，心情逐渐平复了。

她那明亮的樱花色眸子看向二人，过了好久才说出几个字："谢谢……我叫絮樱。"

声音很好听，像是在风中婉转的风铃，叮叮当当作响，可惜蕴含的情绪少了些，也平淡了些。她的声音只是平淡，不是平静也不是冷漠，而是一种同时兼有无所谓和理所应当的淡然，一种不正面也不负面，不欢喜也不哀愁的语气，让人有些无可奈何，但也挑不出毛病，倒不像是死里逃生过后的语气。

牛芒也回过劲来，嚷嚷着："名字都知道，旁边这位一直……"

话没说完就被云燕一拳撂倒。

"我叫云燕。"云燕这么说。

其实他想过他和她之间的第一句话会是什么，想过惊为天人的和平淡无奇的，不过大概没什么比得上这种了吧？一个男孩不顾一切地嘶吼着冲了过来，从怪物的手里救下了她，这样的第一印象应该很不错吧。

曾经我最大的愿望，就是有朝一日我出现在你眼中时,璀璨如星。

云燕是个运气很好的孩子，他认识了一个让自己会希望变得璀璨如星的女孩，并且在那个女孩还没有离开的时候做到了。时隔多年之后他望着无尽沙场，回想起那段干净如同琉璃的时光，会觉得当初的一切都美好无比，即使当初他几乎一无所有。

云燕看着絮樱的眼睛，在那樱花色的瞳孔里看见了自己的倒影。

她对他笑了,并不说话,但他觉得他为了这一刻,已经等待很久了。

"谢谢……我叫絮樱。"

"我叫云燕。"

这两句话像是幽魂一样在更迭的时光里穿梭，终于借着这两个孩子的口说了出来。说出来的那一刻，仿佛时光都老了，笑着看着他们。

这就是故事的开头，这句话我已经不知说过多少次，因为准确的开头我也无法定夺。是云燕喜欢上絮樱的那一瞬间？是这一天他看着絮樱的那一瞬间？是日落的那一瞬间？是他们说上话的那一瞬间？谁会知道呢。

总之故事开始了。然后在悄然流逝的时光中时移世易。

贰

所以为了避免悲伤的结局，有些人是真的会放弃那个开始的。因为你害怕失去，所以你也不去拥有。

云燕回到家里的时候天早就黑得彻底，村里好些灯都熄了，零星的几点烛光隔着窗户纸摇曳着，映照出剪影一样的人影。絮樱牛芒都回他们自己家了，云燕正一个人走在路上。

他皱着眉头捂住自己的伤口，有时疼得"嘶—"一声叫出来。

这下怕是要留疤了。因海妖而起的三道伤口就这样裸露在空气里，但问题是所有人都睡着了，大夫也关门了。牛芒说可以用他们家的药，不过云燕还是拒绝了。药这种东西白爷爷有的是，从中州带来的伤药肯定比云止村这种小村子自产的东西好用得多。

云燕在三年前的海妖入侵中失去了父母，从此被一贯对自己不错的白爷爷收养。

白爷爷叫白政君。

白政君在十五年前来到云止岛，据说他本来是中州夏国一位有名望的贵族，但村里人多番打听也没能从通商商船的水手那里打听到关于"白政君"这个名字的消息，反而不知为何牵扯出一宗株连九族的大案。当然村里人也没有往心里去，知道这位老人来自中州对他们来说就够了。再多的事情也是别人的事情，八卦这种东西也根本就是拿别人都懒得管的琐事浪费自己的时间。

总之是不是贵族云燕不清楚，但是云燕知道白爷爷来自中州没错。可能是留着读书的习惯，他居然还特地分出了一间书房，里面一个小书架塞满了厚实的书，翻起来纸页泛黄，闻起来有种好闻的墨香。白政君说这些书对于一个家庭来说算少的，当然他说这句话的时候肯定是用了中州的标准，因为云燕对于那些又奇怪又拗口的书名是一个都不认得，小时候也让白政君给自己读过几本，但听了没多久就昏昏沉沉睡去了，那些书倒是和催眠曲有异曲同工之妙。

比起这些还不如看中州来的武侠小说。——

不过还是有些故事是白政君能讲云燕也能听得津津有味的。在云燕十二岁以前，也就是海妖没有入侵之前，白政君会时不时讲些故事。

白政君讲的故事大都是些快意恩仇的江湖，偶尔也有些讲女子寒窗的悲戚爱情，背景都是广大的中州。

可能那才是真正的世界，云燕从小生活的云止岛比起中州来说不过是沧海一粟。而中州最繁茂的国家夏国，则有四十九郡都如同城墙一样围绕着的帝都胤凰，当夜晚来临时所有的灯被点亮，就连天上的星辰和明月都被遮掩，灯火漫城不夜天。好像大街小巷都有落魄书生遇上娇媚千金，每个角落都有落叶卷刀锋，残花溅血沫的江湖对决。那是座繁华到了极致的城池。

还有幕沧，那是个靠海的小国家，当夕阳坠入海中时天空海洋都瑰丽莫测，美得惊心动魄。虽然幕沧没有夏国那么大，但那里有全中州最高的塔"通月摘星"，还有遍布沧峦山的樱花。云燕想，要是以后长大了就坐船去中州，到幕沧。他想要在第一片春雪降下之时在樱花树下感受那份清冷，也想要一个人坐在最高的塔通月摘星上，从拨开晨雾的朝阳升起一直看到染红云霞的夕阳落下，虚度着大把大把的时光。

最后他看完了中州如何如何，还是要回到这个小海岛的。就像你在外辗转多年，最后还是回到了你生你长的地方。说到底云燕有些害怕变化，他看着一切照旧，就不希望这些事物面目全非。

云燕推开门，径直走到书房。刚才在外面他就看到书房的灯亮着。推开门，看见一位老人坐在椅子上翻看一本书。

老人的头发已经彻底白了，但却仍然如同钢针一样，不规矩地桀骜着。所以云燕经常看见这位老人苦恼地拿着梳子，把所有头发归拢到脑后扎上一个马尾，才不会头发披散得如同白毛狮子。时间把他昔日的英俊锈蚀得只剩风烛残年，但却像是开裂的山岩，线条还是坚硬的。他的身形如同中年人一样魁梧，露出来的手臂还带着几块古铜色的腱子肉，像是一头老雄狮，虽然老了，但当年对抗世界的勇气和奋勇仍未熄灭。

"燕儿你回来啦？饭菜就在桌上你拿去热一下……这是怎么回事？"老人皱着眉看见云燕正吃力地捂着伤口，鲜血慢慢地从指缝里流下来。

"在外面待得太久了，结果遇上了海妖。"云燕龇牙咧嘴。

"……该死！我去拿伤药，你在这等一会儿。"老人起身，跑到外面。

云燕看着老人离去的方向，因为失血过多有些无力地靠在门框上。

老人就是白政君。

"把这东西戴上，辟邪的，应该能防防海妖……不管你信不信你都得戴，先戴上再说。"白政君已经给他上好了药，也用布条缠好了，现在正把一串项链戴到云燕脖子上。项链正中是一块指甲盖大小的血红色石头，第一眼看上去有些邪气，但却实实在在有股安抚人心的力量传来。白政君是不会骗云燕的，这可能真的是来自中州的什么辟邪法物。

"你为什么在外面待这么晚？今晚可是月圆之夜，鬼知道那些怪物什么时候会回来！幸亏今晚你只碰见一只海妖，没碰见一群。"白政君皱眉问。

"一只也够呛，差点把命丢了。"云燕叹了口气。

"那还往外跑？"

"……"云燕沉默下来，他也总不好说是偷看自己喜欢的女孩子，然后睡过了头才遇上的海妖。

"是絮樱那小丫头吧。"白政君嘿嘿笑着。

"……"云燕再一次沉默。

"这还有什么怕说出来的？"白政君耸耸肩，"你这点事情我不早知道了么。只是看你这春风得意的样子啊……这明明受了伤但还是藏不住笑的脸……成了？"

"没有！只是说上话了。"云燕瞥了他一眼，"今天之前她都应该没注意过我吧，哪可能这么快。再说……也不一定能成。"

"别这么想，说不定人家恰巧也喜欢你呢。"白政君说，"这种东西很难说啊。"

"你用长辈的身份和我交流这个话题真的好吗！"

白政君笑着："没什么大不了啊，这个年纪嘛，情窦初开什么的很正常啊。"

他忽然又看着桌上跃动的烛火，眼神沉浸在烛光里，居然有一丝丝的金芒逼出来，摄人，但是又有什么难以言喻的被埋藏起来的东西："就是应该这样啊，做你想做的事情，而不是做你应该做的事情。有些东西能避掉就避掉好了。"

"什么意思？"云燕问。

"没什么。"他笑了笑，"需不需要我帮你助火添薪呢？"

"不要。爷爷您七老八十的就别掺和这事儿了。"云燕叹了口气。

"哈哈，也是。"他说，"我七老八十的就别掺和这事儿了。"

他忽然用手指敲了敲桌子，把头转向窗外："燕儿啊，你知道吗，以前我父亲对我说过，这个天下属于勇于开拓的年轻人，也就是属于你们的。我说的天下不是指云止岛这个小地方，我说的是中州。"

"那么和我应该没什么关系吧。"云燕说，"中州……听起来很遥远啊。"

"其实也没那么遥远。只是呢……"他忽然又叹了口气，"有些事情你们一定要接触到的，你们终究会明白世界并不像你们想象的那般干净，也并不像你们想象的那般肮脏；没你们想象的那么简单，也没你们想象的那么复杂。"

"燕儿，你长大了要成为什么人？"白政君偏过头来盯着云燕，"想好了啊，你是什么样的人，就决定了陪在你身边的女人，决定了你的朋友，你的眼界，你的种种。所以你要好好想。"

"在云止村的话……大概是渔民？我父母是干这个的，虽然他们现在不在了。"云燕说，"不然的话我还能干什么呢？"

"……那么，你想要看看所谓'真实的世界'吗？"白政君问出这个问题的语气仿佛漫不经心，实则小心翼翼。他看着云燕的表情，同时也仿佛在审问自己的内心。

云燕一怔，说："是指中州吗？挺想出去看看的，只是很可惜啊，自从海妖入侵了之后再也没有船过来了，码头也废弃掉了。要是有机会我真的挺想出去看看，尤其是幕沧国。"

"看完了呢？"

"回来啊。"云燕说得理所当然，他的眸子晶莹透亮。

"回来？"白政君说，"你知不知道多少人见识了外面的风景就再也回不来了。比起家乡陌生的熟悉，他们更愿意沉溺在异乡熟悉的陌生里。"

"我应该不会吧。"云燕摇摇头，"我喜欢云止村。"

"哪怕在这里当个渔民？"

"或者……做个说书的也可以啊。"云燕说，似乎有些小心翼翼。白政君顷刻间就猜出这可能就是他的本意。

真是好笑，白家硕果仅存的继承人，说要当一个说书的。

"为什么呢？"白政君先是一怔，然后笑了，山岩开裂般的皱纹线条舒展开来。

"挺难为情的……"

"说出来嘛。"

"嗯……因为你和我讲过很多故事，我就觉得我也可以说给别人听。我挺喜欢听故事的，所以也想尝试去说一说。"云燕偷偷打量着白政君，害怕从他的脸上看到什么嗔怪的神情。

但白政君只是笑："你小时候说要当大侠来着。"

"那也是小时候了吧，那时候每个男生都说要当大侠，也没见几个能成。"云燕说，"难道你不会觉得这个梦想，也就是我要当说书人，其实挺廉价的吗？"

"嗯，我挺支持的，一点不会觉得你的梦想廉价。"白政君说，"没有廉价的梦想，只有没能配得上梦想的廉价的努力。"

"你同意？"

白政君笑了笑，蕴含在笑容里的东西难以察觉："为什么不同意啊。好啦，时候不早了，你去吃点东西吧，饭菜自己热一下就行，我这里还有些事儿。"

云燕点点头，走出房间。白政君看着那扇门开了又关，一阵笑，笑过了又蓦然低下头，吹灭了烛火。一时间屋内漆黑一片，但白政君的双眸却如同烛火一样明亮，甚至幽幽地散发金光。

"白家的列祖列宗啊，也许这一代真的出了一个不上战场的白家人。"他轻轻地说，眸光摇曳，"挺愧对你们的，不过不愧对自己，也不愧对他，所以就这样吧。"

然后他闭上眼睛，屋内彻底漆黑一片，仿佛亘古时这里就不曾有光明，到了终末之时也不会有。

这一夜很快就过去了，第二天云燕悠悠地醒转，阳光辗转着落到他身上，春天的气息随着风卷了进来。等他开门的时候看见牛芒正好站在门外。与这个天气截然相反的，牛芒有些心不在焉。他可能正要叩开房门，手臂都微微抬起，但这时云燕正好开门了。春风吹过，他望向云燕的眼神却带着一丝阴郁。

"怎么了？"云燕问道，傻子都能察觉牛芒此刻的不寻常。

牛芒摇摇头："昨晚没睡好。"

牛芒把他拉到了一处没人的草地，放眼望去碧绿的颜色仿佛无穷无尽，只有远处的村落挡住视线。天空中没有云，一种寥廓感弥漫开来。他们一齐躺下来。

云燕望向天穹，心情很好。

但是每当有人幸福地傻笑的时候，总有郁闷的倒霉蛋过得不顺。当天秤向一方倾倒的时候，总有另一方代偿性的被冷落。

牛芒望向天穹，心情不好。

他忽然从身边抓起一块石子，用力地向天空掷去，看着它飞上天消失不见，然后又落在别的什么地方。

"会砸到我们的。"云燕说。

牛芒不说话，只是又向天空扔了一块石子。

"怎么了？"云燕坐起来看着他，"你今天挺反常的。"

"唉……"牛芒沉默一会儿，试探性地开口，"如果絮樱喜欢上了别人，你会怎么样？"

"什么？"云燕瞪大了眼睛，"她喜欢谁？！"

"假设，"牛芒说，"假设而已。假设她喜欢上了别人，你会怎么样？"

"嗯……我也不清楚。"云燕思忖良久，"也许，祝她幸福什么的？很难说，因为我没经历过。"

牛芒轻声说："祝她幸福啊……是啊，你不能陪在她身边了，你除了一句轻飘飘的无力的祝福你还能说什么呢？"

"你看起来不对劲。"云燕说，"喂，到底怎么了？"

"……有人让我放弃，放弃和华如嫣在一起。"牛芒说。他的语气显得平静，云燕不曾想过这种话被他说出来居然是如此平静。

"然后呢？你真的放弃了？"云燕叫出声来。

"我昨天不就和你说了吗。"他说，"不追了，但是也没放弃。她有喜欢的人了。"

"谁？"

"随便……是谁都好，我不认识。"牛芒摇摇头，"你知道最好玩的是什么？我一直以为生活就像一本小说，那么照现在的发展线路来看，这本小说的女主被随意塞给了一个我不认识的路人，并且很快我也要被塞给一个我不认识的路人。"

他又叹了口气："或者说我们都是路人。"

"那你也别这样消沉啊！"云燕说。

他也不知道他是怎么了，总之，可能就是不想看见别人难过。不想看见别人难过，无论是随意一个路人，还是自己的亲朋。所以他才会总是去鼓励人，但是实际上却并没有什么用。如果鼓励就有用的话，世界上怎么会有这么多的颓丧？

"别说这种话了。"牛芒不耐烦地挥挥手，"我才是打扰她平静生活的那个。"

"那你想想。原本你的生活也是平静如死水的，但是有一天你遇见了她，然后你就怦然心动，湖面泛起涟漪了。"云燕盯着牛芒的眼睛，"可她把你的平静生活搅得天翻地覆，却又这么飘然离去，你甘心吗？那个毫无预兆闯入你生命中给你光的女孩，你根本就不愿意去挽留吗？你真的甘心吗？就这样让她带着天雷地火来了却悄无声息走了？"

"不甘心啊！那又如何？"牛芒说，"也许本来就该是她毫无预兆地闯进来又毫无预兆地消失掉。其实仔细想想，当初没有遇上华如嫣的生活也挺好的，天真，犯二，耍贱，和你混在一起给你出谋划策，自己单身还要给你感情上的建议。其实那样子也挺好的。"

"是时候回到那样的生活了。"牛芒再一次朝天空扔出一块石子，"错不在她，那就应该是我错了。不是相互喜欢的感情怎样都是错的。我不能一错再错了。"

"怎么能这么说？你有什么错！"云燕说得有些大声了。

他偏了偏头："可能我的错就是我是我吧。"

在云燕还没来得及理解并给予答复的时候，他又轻声说："知道吗，我忽然悟出来一个道理。世界上总有不缺女孩子喜欢的男孩，也总有不缺男孩子喜欢的女孩，但是我就是那个没人要的。"

"到了最后啊……"他笑笑，眼中一抹转瞬即逝的黯淡，"我连'喜欢你'都没来得及对她说，也没机会了。从此她见了我都会退半步，而我想给她朋友间的关照也不行了。你说像我这么怂包这么怯懦的人，也是世间少有了吧？"

云燕本想摇摇头说些安慰的话，但是又不知从何说起，于是只好看着天空。而牛芒则偏着头，盯着绿草茵茵。

"其实吧……我本来是不想说这些的。"牛芒又忽然轻声说，"这些事情我本来谁也不想告诉，就想憋在心里。但是我又想，是不是我不重视这些事情，随意地告诉别人，能不能让我有个慰藉呢？像是她不在乎我那我也不在乎她好了。"

"那你说出来，感觉好一些了吗？"云燕问。

牛芒沉默半晌，只是直愣愣地盯着水洗一样的湛蓝天空。良久，他朝天空扔去了最后一块石子。在他扔出那块石子的时候他的眼神显得莫名的凌厉，如同刀锋隐藏在他的眼中。但他的心是落寞颓丧的。

云燕似乎明白了那颗心为什么落寞而颓丧着一因为他那不曾述说，不曾要求，不被在乎，不被记得的愿望。

"让我一个人待一会儿好吗。"他的语气疲软下来，头扭向一边。

云燕在路上不断地思考着那件事情。

他在想，想着为什么牛芒和她不会在一起。但其实答案很简单，就是因为她并不喜欢他，一厢情愿向来是最坚强也最软弱的感情。他看着牛芒喜欢华如嫣喜欢了两年，两年啊，是很长的时间了吧，那么也应该是很喜欢的吧。

只是为什么呢？不能在一起，也不能给他一个机会。

机会……云燕咀嚼着这个词。他忽然想起来牛芒在昨天对他说过"机会"，他说他曾经是有过一次机会的，但是他轻飘飘地躲掉了。是不是有些机会你错失掉了就再也不会来了呢？于是你的磅礴的感情也显得无力了。

牛芒望着在樱树叶的罅隙中分割成碎块的天空，轻声地说："其实我本来有机会的啊。也许我之前受过那么多苦都是为了那个机会，但是那个机会被我轻悄悄地躲过去了，然后怎么追也追不上。好多次好多次我都在想……如果当初我主动那么一点点，是不是现在就完全不一样了？"

如果当初我主动那么一点点，是不是现在就完全不一样了？

是什么机会呢？算了……那种事情不重要。

云燕忽然体会到了一些那样的情绪。也许最难以发泄的情绪就是悔恨，你悔自己当初的逃避，恨自己当初的无力。于是你提着刀徘徊在街上，但是你却找不到仇人，因为悔恨者的仇人正是他自己；你捶着胸膛，声音悲恸哽咽，可是散了的走了的去了的没了的都不再回来。

没有人犯了错，但似乎所有人都有错。

所以云燕忽然明白了牛芒为什么朝天空掷石子了，因为他要把那股该死的情绪发泄出一点。像是巨大的棉花堵塞你的胸膛，你好像快要喘不上气来，你怎么能不和别人说说话？怎么能不朝着天空掷石子？你要通过任何的途径竭尽全力地发泄啊！云燕相信要是身边有酒的话牛芒是会喝的，喝得酩酊大醉。因为你总得做些什么事情，吃肉，喝酒，聊天，扔石头，干什么都好，这样你就能感觉到自己的存在，感觉到其实人离开了谁都一样，都是一样活着。

云燕想，要是自己变成了那样，会怎么样？他有些恐惧那样的牛芒，也恐惧自己变成那样。他明白了牛芒说的不追也不放弃是什么意思了。意思是他还是喜欢她的，只是他害怕继续投入下去了，所以他想看着她，却害怕拥抱她。

说到底他害怕的是他拥抱她的时候，她退半步，躲开了。

云燕也害怕他去拥抱絮樱的时候，絮樱轻轻地退半步躲开。所以为了避免悲伤的结局，有些人是真的会放弃那个开始的。因为你害怕失去，所以你也不去拥有。

那些年你有没有那么卑微地爱过一个人？百般作态，千般尝试，终不可得。

牛芒很喜欢华如嫣的吧，结果最后他是受了伤的那个。人们总是在自己受了伤害的同时也无意识地伤害了别人并浑然不知。或者说生而为人，就是一场注定去伤害和受伤的旅途。

有没有避免受伤的方法？有啊。

不是说了吗？因为你害怕失去，所以你也不去拥有；因为你害怕别人身上的刺，那你一开始就不要去拥抱。你的刺刺不到别人，别人的刺刺不到你。

只是那样就冷得发慌了。

云燕攥了攥衣领。他此时此刻脑子一片混乱，不知道什么是正确什么是错误，不知道接下来他要做什么。不过有一点是可以肯定的，只要现在有一个人过来对他张开双臂，他就一定和那个人拥抱，无论男女老少贫富贵贱，无论是乞丐或帝王。

但他看向前方，空无一人。

云燕兜兜转转，不知为何来到了码头，鬼使神差地又在这里停止了思绪清醒了，一抬头，看见絮樱正坐在码头上，凝视远方双脚晃在水里，寂寞又不甘。

接着他一瞬间愣住了。

果然是有肌肉记忆和身体惯性的，或者潜意识里大脑觉得云燕需要见到这个女孩，才会在这个时候把他带到这里。

絮樱好像也发现了他，偏过头看了看，然后又看向远方的海天一线。

"可以坐在这里吗？"云燕轻声问道。絮樱点点头。

于是他就坐在离絮樱挺远的另一边，眺望着远方，或者在她眺望远方的时候看着她。

"怎么了？心神不宁的。"絮樱轻轻地问，挪到了云燕旁边。云燕脑子"嗡"地炸开了。他看着絮樱若无其事的表情，还有离他挺近了的脸，少女的发丝在风中轻扬，樱色的双眸明如镜。

"……是……一个朋友的事情。"云燕到底还是没能保守这个秘密多久，没一会儿就全盘托出。

"……所以你千万不能和牛芒说啊，要不然我觉得以他现在的状态会打死我。"说完了，云燕还不放心地加了一句。

絮樱轻轻点头。

"我不知道怎么安慰他，但是他总不能这么一直这样吧。你知道该怎么安慰他吗？"云燕看着海潮轻轻漫过絮樱的脚。

絮樱想了想，说："可能过一段时间就好了吧，只是一阵子而已。"

"只是一阵子吗？"云燕说。

"是啊，女生也有这样的情况，喜欢谁像看书一样，一阵一阵的。失败了郁闷几天，然后过一段时间又差不多生龙活虎的了。"她说。

云燕看着她："是这样吗？为什么听你的语气好像一点影响都没有。"

"可能是有影响的吧，只是很难说。我也说不准，毕竟我没有喜欢过什么人。"絮樱说，"情感咨询什么的我应付不来。"

云燕看着她，忽然有些惊喜，但一瞬过后也有些沮丧。

他又把话题揭过，说："只是我真的怕牛芒会不会一蹶不振了……说实话我原来以为他会显得很悲伤很悲伤，但是他比我想象中显得要平静很多。为什么呢？"

"喜欢得不够深？"

"两年呢。"云燕说，"怎么说也是一段不短的时间了，现在忽然用那种平静的口吻，反而让我害怕……害怕里面钻出来一头狼。"

"不知道啊。"絮樱把手撑在腿上，"不知道，什么都不知道。"

她忽然又笑笑："不过他也不可能一直这样的啦，总该有个结束不是么？一个故事无论有没有开头，都一定会有结尾。然后等到很多年很多年以后，他会有他的妻子，他的孩子，他的房子，也会生活得很幸福的。"

"你怎么知道？"

"猜的。"她又在笑，笑得云燕心神荡漾，"他不是什么十恶不赦的大坏蛋，也不是什么普度众生的大好人，一个普通人而已。普通人的话就应该有很普通的可以抓在手心里的幸福啊。"

"所有人都会这样么？"云燕一怔，想象那样被她轻而易举描绘出来的，很普通的可以抓在手心里的幸福，忽然就很神往。

"大部分。"她说，"你所渴求的别人不屑一顾，你所拥有的别人却苦苦追求十分羡慕。说到底，差不多也是这样。"，

云燕点点头，看向云止海。过了一会儿，他忽然带着一丝丝的试探问："哎，我觉得我们聊得挺开心的，你呢？"

"是啊，我也这么觉得。"絮樱说，"很久没有和家里人以外的人说这么长时间的话了。"

"很少说话吗？"

"很少。"她说，"我只是一个人在这里看海，看得甚至有些厌了。"

"为什么看海？"他问。

云燕看着她，忽然觉得她其实不是自己想象中冷冰冰的样子，她也是个挺喜欢讲话的女孩啊。也许开朗而快乐的人并不快乐，只是开朗而已；也许寡言而冷漠的人并不冷漠，只是寡言而已。如果给他们一个机会，开朗的人和寡言的人都愿意用平缓的声音述说他们的无人能懂的悲伤。但谁给这个机会呢？于是开朗的人继续开朗着，寡言的人继续寡言着。

但是云燕恰巧看见了絮樱的寂寞，又很恰巧的，他也看到了絮樱和他慢慢地说话的样子。那份寂寞是装不出来的，为什么呢？为

什么会有那种显得寂寞的神情?

云燕在他日后的生命里会见识到各种各样的寂寞，有愤懑的有空虚的有苍凉的有冰冷的，但没有一种寂寞会像絮樱这样让他如此惦念。因为也许你经历过了某一个人之后，就再无其他人能让你如此满怀期待，牵肠挂肚。

"没什么特别的原因。"她笑了笑。云燕又发现她其实也像别的女孩一样是经常带着笑容的。她问："哎，你会讲故事吗?"

"讲故事?"云燕指了指他自己，"让我讲吗?"

"嗯，总是坐在海边有些无趣，想听听故事。之前也试着自己给自己讲故事，就是坐在这儿，坐在海边，看着海给自己讲故事来着。但是怎么讲也像是背书，所以讲到一半就讲不动了。你能想象出来一个人看海给自己讲故事那种场景吧，实在不是什么好的感受。"絮樱说，然后她用期待的眼神看了看云燕，"可以吗? 你会讲故事的吧。"

"会讲，但有可能讲得不好。"云燕点点头，想了想，又说，"我的愿望是做一个说书人来着。"

"那好呀，你说，我听着。"絮樱一怔，笑笑说，"只是为什么呢? 你要当说书人。"

"……可能……想给别人讲故事吧。而且我的志向也就这么一点了。"他挠挠头，"你是我的第一个听众。"

"噢?"她有些惊讶，"那我挺幸运的。"

云燕又挠挠头，笑了笑："那我开始和你讲啦，故事的名字是《一甲子别离》，主角分别是戴筠和苏小沫，据说在中州很流行，你也许也听过。故事的开头是这样的……"

他还不曾想过，这是他的第一个听到他完整的故事的听众，也会是最后一个。而这个故事也以它独特的方式贯穿了他的整个人生，于是他感到力不从心的时候都会想到这个故事，也想到自己的人生起起跌跌，不受控制。

在多年之后他执剑遥望沙场和寥廓的天际，会想起多年以前他的梦想仅仅是当一个说书人，给他喜欢的女孩讲故事。他甚至还天真地以为一切都能维持原样，他可以和她慢慢变老。

维持原样这种想法简直愚不可及，因为有多少东西在你想着维持原样就好了的时候已经悄无声息的天翻地覆了呢？

于是多年后的他举起长剑，放声嘶吼。

挺好的春天，漫无边际的海水漫过二人的脚，阳光投在海面上像是揉碎了的金色花瓣。一个男孩和一个女孩坐在已经破旧的码头上，讲着一段源自古老的中州，经年隔世的传说。这时的空气像洗过一样干净，万里无云的天空蓝得发白，垂下来和海交接，极目望去可以看见世界的尽头连成一线。

还有絮樱，她的脚垂在水里，晃来晃去，像是无数次他看见她在山崖上寂寞又不甘地晃着双腿。她的眼睛里干净得没有东西，所以此时凝视着水面听故事，就像是波光潋滟照进了她的眸子里。

如果少一些牛芒那样的无力和悔恨，多一些我和絮樱这样的微妙距离，就好了。日子悠长闲适地简直在浪费生命，但你怎么能不希望生命被多一些这样的事情浪费掉呢？

真希望这悠长的日子就这样永远持续下去，像海水一样漫无边际地涌来。和自己喜欢的人坐在一起，一切都有盼头，一切都是美好的，那一切让我们有些不安的未来，都在心底里憧憬成温暖明亮，且有鲜花和阳光迎接着的。

那一年云燕十五岁，絮樱十四岁。他们正处在还未接触那些丑恶事物的懵懂年纪，仍不知道前方等着他们的究竟是什么，也不知道这个世界的真实其实是隐没在美好下的残酷。

上天是个悲剧作家，写尽了无数的悲欢与离合，把天下演绎得浮华盛大，却还是学不会给每个人写一个幸福的结局。

在前方等着他们的不是鲜花和阳光，而是刀枪剑戟。

该来的总会来，该走的也无法挽留。

但我们仍然要直面这一切。

云燕停下故事，抬头看了看天，火烧一样的天空已是薄暮渐浓。他说："天色有些晚了，快些回去吧，否则怕是又要遇上海妖。"

"嗯。"絮樱点点头，想了想，说："其实你故事讲得挺好的，下次还来吗？"

这算是某种程度上的邀请了吧？云燕不动声色地狂喜着，觉得心底有个小小的人蹦了起来，欢呼雀跃，让他不禁觉得即将暗淡的天空都明媚不少。

"好啊，来啊，什么时候？"他点头。

"明天这里，下午吧。不要失约啊，我讨厌失约的人。"絮樱说。

绝对不可能失约，我明天就是断手断脚了也来见你。心里这么想着，云燕嘴上说的是"当然"。

然后就是在暮光渐暗下，二人走回了村子。一路上二人都没说话，但是小小的幸福在沉默里发酵。他忽然觉得和她在一起就算什么话也不说，似乎也不会觉得尴尬，一路上只是靠着走在一起，就十分美好。

走走停停许久，到了那片草地，云燕往草地那里望了一眼，牛芒仍然躺在那里。寥廓的天空已有暮色，他似乎就保持了那么久的姿势没有动弹。牛芒转过头看了看他和絮樱一起走在一起，似乎笑了笑，但隔着那么远云燕看不清他的眼神。

他忽然又想起来牛芒和华如嫣，想起那四个飞向天空又落下来的石子。

云燕回了家，白政君仍旧在书房里看书，桌上是已经凉了的饭菜。

"回来啦。"白政君中气十足的声音传来，完全没点老人样子，"老样子，饭菜自己热一下，你总是赶不上饭点。"

云燕"嗯"了一声，热了一下饭菜，稀里糊涂吃掉了。然后他走去白政君的书房，看见那个身材魁梧的老人正在捧着一本书看。

"爷爷……如果说一个人很喜欢另一个人，但是却发现那个人不会属于自己，而是属于别人，他的心情会是什么样子的？"云燕忽然发声问道。

"嗯？大概心情差一阵子吧，过段时间就好了。"白政君满不在乎地说，顿了顿，又说，"居然来找我这个老头子问情感问题啦，看来是长大了……该不会是絮樱被人抢了吧？"

"当然不是！是另外一件事情……"云燕摇摇头，又有些不甘心，问，"会那么释然吗？过段时间就好了？"

过段时间就好了。似乎每个人都这么说。难道什么事情都可以过段时间就好了？一切的不适应，一切的心难甘，都是过段时间就好了？时间还真是一切痛苦的止痛剂，服的量越多，就越麻木。可真的是那么简单？

"当然啦，哪有那么刻骨铭心的爱情，唔……你们这年纪大概也算不上爱，只能说喜欢，而且也就是小孩子闹着玩玩吧。反正呢，没什么大不了的。"他翻了一页书。

"然后会怎么样呢？"

"就那样啊，本来也不是你的那还伤心啥？过段时间就淡了，谁离开谁不能活。"白政君语气平淡。

"就这样？"

"那你还要怎么样呢？"白政君放下书，看着他的眼睛，沉默半响，说，"这么说吧，人和狼其实有点像。因为人总是群体生活，像狼群，也有人游离群体之外，像孤狼。有些人就算是孤狼，但到了最后还是得找个伴侣的，因为归根结底狼是群居的，人也一样。你在荒原上孤行奔驰而过，孤独地狩猎孤独地哀号孤独地做一切事情，你用爪子撕开敌人的喉咙，觉得自己什么都能做到，哪怕一个人。但等你气血渐衰你还是会回归族群，因为狼是耐不住寂寞的群居动物，因为人是耐不住寂寞的群居动物。"

"人是耐不住寂寞的群居动物？"云燕重复了一遍。

"对啊。一场恋爱而已，没什么大不了的。所以其实没什么大不了的。"白政君淡淡地说，下了定论。

"因为时间终究能把不想忘记的和期盼着想忘记的都磨平，所以没什么大不了的。"云燕轻声说，"是那样？"

"是啊，没什么大不了的。"白政君重新把书拿起来，"谁离了谁不能活啊。"

云燕默然，站着。那时的他尚且有许多事情不曾了解，也难以想象一个人一生中将要喜欢上的人有多少。不了解爱情的人对于爱情的了解只能是盲目的。你问别人一千次一万次爱情如何，也抵不上你真正谈一次恋爱来得实在，于是那些故事里的悸动你都豁然贯通，故事里没有描写的你也感受得清清楚楚。

叁

喂！所谓的人世，睁大你的眼睛好好看看，我还活着啊！

先来说说絮樱吧，说说樱花眸子的少女，还有她和云燕的关系。

她自然是早就注意到了这家伙的，就在半年前，云燕刚刚注意她的时候。毕竟云燕这点心思连牛芒和白政君都瞒不过，还妄图瞒过当事人？絮樱每次和他"偶然"相遇时，她都会用眼角的余光瞟着云燕，看他一副欲言又止，想要问好却把眼光转向别处的尴尬样子，就忍不住想笑。

然后她就会像往常一样坐在码头上，眺望远方，双腿垂在水里，清楚地知道云燕就在后面，但并不点破。一开始她当然是恬静的，后来腿就慢慢地晃起来了，带着种不甘心，眼神也变得寂寞一当然也没那么寂寞，那可能只是云燕的错觉，离得很远的人看起来都是比较寂寞的。

在那个老码头上能看到的东西很少，除了海和天空之外一无所有，偶尔掠过视线的只有几只水鸟。想来能够愿意把时间消磨在这里很久很久的人都应该是寂寞的吧，你盯着海，看着波涛汹涌或风平浪静，然后一天就这么过去了。

但还是能看见挺多有意思的东西，比如说某个偷偷观望自己的少年，这也给她带来些乐趣。于是闲暇之余她也看看那个少年，也像云燕那样小心翼翼地看，所以云燕没有发现絮樱也关注着自己……某种角度上说絮樱在好久以前就占得先机。

她其实是无事可做的，云止村的生活无趣得很，她的一天除了坐在山崖上看风景就没什么了。她看起来沉默寡言不善言辞，但其实她把好多书都翻来覆去地看，因为在云燕之前她实在找不到人说话；她看起来总是知道自己要去那里，不像村里那些男男女女无所事事，只是因为她就那几个地方好去。坐在码头上时她总是觉得迷惘，于是她开始思考些什么，繁杂的琐碎的都行，从她自己的未来到海鸥飞到哪里这样那样的奇怪问题，或者发呆。

云燕的出现打破了这一潭死水，这个看起来有些胆小的家伙其实真的很……胆小。不过絮樱还是觉得这个家伙挺好玩，同时盘算着他到底要等到什么时候朝自己搭话。

于是这一盘算就盘算了半年。

说到底，絮樱和云燕的共同点就是他们一样都畏惧些什么。畏惧什么呢？可能是变化，可能是整个世界，可能是未知，也可能是平庸，但其实谁也不知道。总之因为那种莫名的畏惧，云燕喜欢上了絮樱，絮樱则是三天两头往码头这里跑，静静地看海。同类人总能嗅出同类人的味道，云燕知道絮樱的寂寞里有一丝和自己相似的味道。

但也同样因为畏惧，云燕始终不敢和她搭话，絮樱也始终没有和他搭话。可能他们，他们之间的联系，他们各自畏惧的东西，还有这种畏惧本身统统加起来就叫作命运。在命运的捉弄下，他们隔了半年才说出第一句话。

但他们好容易说了句话。

云燕心里是高兴的，絮樱心里何尝不是？心中暗骂这个榆木脑袋怎么这么难开窍，同时又有点开心。

故事的开端很好，好得让人希望无数次回过去重温，让人觉得那个春夜如此短暂也如此漫长。他们望向对方双眸的时候，都从对方的眼里看见自己清澈的倒影。

王子嘶吼着从怪物手中救下了公主，这样的开端，蛮不错了吧？

当王子和公主都各自说出名字的时候都有种奇怪的感觉，他们的名字都在彼此心里响过许多遍，但等对方说出来的时候还是觉得，果然是由那个人说出来的感觉好一点。

而絮樱关得严实的心房也在思考要不要对这个胆小的家伙开个缝，实际上她也的确发出了让他来讲故事的邀请，当然表面还是不动声色的。

然后说说白政君。

昨天晚上云燕向白政君咨询完情感问题后，就问他还记不记得以前给自己讲的故事，白政君问为什么，云燕说我有急用。白政君实乃老奸巨猾之辈，看他那样子，还能不明白？眼睛里贼光乱窜，笑着说是不是絮樱那小丫头啊……

然后他就在一盏烛台下慢慢讲起那些故事，像是有很多的人，很多的事，排山倒海地就扑过来了。云燕重温这些故事的时候盯着白政君的眼睛，不禁想着白政君以前到底是什么人。来自中州那样遥远的地方的人……若不是他在说这些故事的时候，云燕都没有注意到这个老人和他本应是处在截然不同的时光里，却因种种巧合遇见。

或者说有些事不是巧合，是一串串的因和一串串的果组成的必然。你做出什么事情的时候，都是早已注定，且无可更改。

"要不，你和我讲讲你的故事吧。"云燕这么提议道。

白政君愣了一下，然后哈哈一笑，起身："到外面去，如何？

听你爷爷的故事的话，就到外面，夜空下……再让我找壶酒来，我给你讲爷爷当年当将军的故事。"

然后白政君不知从何处翻出一壶酒，掀开泥封的时候酒香四溢，自然不是云止村这种小地方产出的劣酒，怕是白政君从中州漂洋过海带过来的一壶好酒。

于是在那个夜晚，白政君抱着一壶酒，讲起当年的金戈铁马，兵戎相见。空气里酒香弥漫着，当年的惨烈战争，中州所不为云燕知的壮烈和惨痛一点一滴地渗了进来，像是血和火渗进云燕的心脏。

在那个夜晚云燕第一次知道了世界上居然还有这么光荣但又这么血腥的事情一战争，也第一次见识到了世界的背影如此之深，深邃到光明无从插足。他听着白政君讲的沙场，如同身临其境，手握长刀茫然地看着宏大的战场。天空中残阳西下，薄暮卷起血色的云浪，地上的血痂凝结成暗红色，没过多久又有滚烫的热血泼上去。

天上地下都是血。

"我用草原的方式跟他们决斗，但是哈哈，那西戎的蛮夷就算贵为将军，不出两回合还是落得被我斩于马下，巨剑挥出去血如泼墨，在地上血叠了一层又一层。那血干了便凝，凝了就洒，洒了又干，每一匹战马和人都踏在人马的尸骨上征战，长刀里能映照出他们狰恶的表情……但我被困敌军了！只身一人杀到了西戎敌帐，单剑取其将军首级，杀了那蛮夷将军后，四面层层叠叠涌上来的都是西戎蛮子！他们居然违反了他们自己定下的决斗规矩！"白政君笑着放声说，面色红润，自然是喝多了酒。

他不知从何处抄起一块土砖，抡了起来，动作大开大合间颇有几分舞剑的味道："我就这样！这一下削掉了那蛮子的脑袋，那一下又捅穿了另一个蛮子！有人来了，我就这样把他们的剑带着人一起砍断！有人跑了，我就追上去刺进他的腹部！"

"但那些西戎蛮子好生卑鄙！一群人围打一个人不说，居然还放暗箭！不过我身为白家族长，夏国的大将军，岂是这么容易死的？"

只见那箭插进我的肩头，而我却狂吼一声，把手里的剑掷了出去，"像这样！"

白政君大笑一声，又狂吼，像是重现了那一年遥远缥缈的战场。血和火漫了过来，云燕眼前出现的是一位身穿银铠手持巨剑的夏国将军，在残破又燃起火来的西戎营帐里和全世界对抗。

自郑君把手里的土砖掷了出去，砸在地上碎了："就这样！我的剑洞穿了那个放暗箭的西戎小人！然后从地上拿起他们的长刀，一路杀了过去！一个人来了，就杀掉！一群人来了，就都杀掉！杀到我的剑身边，又抽出了我的剑，我拿着我的剑四处征战，四面楚歌那就大杀四方！"白政君仰天长啸，"喂！所谓的人世，睁大你的眼睛好好看看，我还活着啊！"

在他吼出这句话的时候如同悲怆的陶埙吹过缥缈的乐音，也像是金戈铁马铿锵的撞击声。天上的星河似乎为之颤抖。

我还活着啊！这句话如同利箭，刺向天穹，这个老人像是对他穷极一生对抗的东西嘲讽，所以他大声地讥讽："我还活着啊！"

是啊，我还活着，所以永不言败。

"所以这西戎蛮子算什么！"白政君拿起那壶酒，喝了一口，接着往地上一啐，然后把酒壶狠狠地往地上一砸，晶莹的液体随着破碎的瓦片纷飞。

白政君摇摇晃晃地站着，当年的狂傲仍旧，他打了个酒嗝，大吼："最后，我等到了大夏的军队到来，一来便是摧枯拉朽般的胜利……"

"够了！烦不烦！我们还要睡觉！"旁边一个房子里探出头来，不满地大声嚷嚷。

白政君转过头狠狠瞪了那人一眼。

那人不惧反怒："你再怎么牛掰也是当年懂吗？现在你就是个喝醉了酒土砖瓦片能当剑的老头子，大晚上发什么疯！给我收敛点！别吵到别人，几更天了都！"

白政君被吼得一愣，血气上涌刚准备干过去，却发现那家伙其实也有五十几岁，也算是个老东西了……自己也是个老东西，老东西和老东西吵吵就算了，打什么？早不是年轻人了。

那些狂傲和勇气潮水一样退去了，于是白政君一瞬间老了似的，应了声："哎，明白了，对不住啊。就是心血来潮。"

那人愤愤地哼了一声，回屋了。

白政君挠挠头，咧嘴笑了："就是心血来潮……"

云燕有些不忍，他从未看到如此狂态的白政君，从未看见如此年轻的白政君。平时的他再怎么为老不尊都让人觉得这头雄狮衰老了，但今晚不会，今晚他是属于当年和曾经。所以过了今晚，这样的他很可能再也见不到了——再也见不到这么狂傲、睥睨天下的白政君了。他看着一瞬间衰老的白政君于心不忍，所以他出声问："那么军队来了，你回去之后就该论功行赏了，对吗？"

白政君一僵，面色极其不自然，然后慢慢地隐去了，干笑着说："是啊，该论功行赏了……快些回去睡吧，不早了。"

他抬头看看夜色："几更天了都？"

云燕惊讶地看着他，他本以为提及这些荣誉他就会回想起当年的狂傲，那些固执地认为能与整个天下旗鼓相当的自信，但提了这些后他反而更衰老了——比平常的白政君更加衰老。这让他疑惑不解。

他当时并不知道的是，那曾是白政君在中州的最后一场战争，战争结束后，也没有论功行赏。那些过去的奋勇都过去了，曾经的年少轻狂换来的是酒后的醉中乱舞。于是这样一个小小的插曲打不乱生活的节奏，一切尘埃落定后又是日升日落的轮回重复，我们还是得过我们的日子。

那么该说的都说完了，让我们回到云燕。

云燕这一天很早就出门，并且在心里背熟了今天要讲的故事。只是今天这一天他经过草地的时候，牛芒不在。

　　他感到有些东西正在悄无声息地改变着，他还没有注意他身边的这个小小世界就千变万化了。牛芒、絮樱、白政君，潜移默化中这三个人似乎都有些什么东西正在发生变化。

　　在你想着维持原样的时候，这个世界却开始暗流涌动。

　　还有白政君，虽然昨晚白政君的故事有些暴戾嗜血，但他能感到那个老人身上闪动着某些年轻的光辉，为什么忽然的就衰老了呢？云燕想不明白，很多事情他都想不明白，那些东西离他还太遥远，无论是白政君追忆往昔的不甘还是牛芒感情受挫后的心灰意冷都离他太遥远。

　　或者也仅仅只隔着一张窗户纸了，千山万水和薄纱窗纸也没什么区别。

　　他走向码头，对着已经坐在那里的絮樱尴尬地挠挠头，他其实已经早来了半个小时了。

　　"你来了？"絮樱说，"你来得挺早。"

　　云燕在她身边坐下，确认了她没有什么厌恶的神情微微放心，说："你来得更早啊。"

　　"没有，我从早上就坐在这里了。"她说。

　　"那为什么不直接约早上？"

　　"怕你有可能起不来。"她笑了笑。

　　绝对没那回事儿，只要你一声令下就是三更半夜我也准时抵达……云燕心中暗忖，然后说："那我开始讲故事吗？"

　　"行啊。"絮樱点点头。

　　于是他就讲了起来，在少年仍有些生涩的言辞中，那段光怪陆离的神话就这样逐渐展现在了絮樱眼前了。云燕距离一位优良的说书人还有段距离，但是在这个女孩面前已经尽了他最大的努力了。他看着絮樱樱花色的眸子，故事流畅地从他嘴里缓缓流出。

　　絮樱乖巧地听着，双腿垂在水里一晃一晃。少年讲着讲着，兴致似乎也上来了，眉飞色舞手舞足蹈，有时候能惹到身边的女孩发笑，故事悲伤处有时候则是让她扼腕叹息。

有些东西逐渐萌发的过程让人心动，多年以后回味嘴角都勾上一抹笑容，那时阳光刚好，风暖不燥，树花纷落，小小的男女对视着。

可惜他们当时还未知道那种悸动究竟为何物，又该如何去面对。

喜欢一个人是什么样子？大概就是注意我时我慢慢躲避，不注意我时悄悄靠近，看向我时我把目光偏移，看向别处时我的目光就落到你身上。总是能在人群中一眼看到你。有时候能看到你一些缺点，但也还是喜欢。

所以要满怀期待啊，说不定你喜欢的人也正好喜欢你呢？就像两个泡在蜜糖里的蠢蛋。

世界上总是不缺蠢蛋，最蠢的蠢蛋就是都想和彼此靠近，却刻意保持距离；明明想听见你的声音，却不愿自己表态；想要和对方说些什么，但总是欲言又止……应该没什么比这种事情更蠢也更幸福了。

时光从幸福身边流走的时候总会留下些浅浅的划痕，但从痛苦身边逗留时却总会留下疼痛的伤痕；不过划痕只会随着岁月加深越来越重，而一切伤痕也都会被时间抹平。

我们用美好的能发光的幸福在短促的人生中留下划痕，就是为了未来有一天想起这些或浅或深的划痕可以微微发笑，这样就会觉得当初的一切不但值得而且都美好得如梦一样，也富有得像是拥有了整个世界。尽管当年其实你只有身边那个女孩，还有满脑子要讲给她听的奇怪故事。

"当年"总是比"如今"美好的，不是吗？哪怕当年是个穷人的你如今是个富翁，但鬼知道你会不会怀念当穷人的日子当穷人的年华当穷人那些年你喜欢上的人。

人非昔年无心气，逝水年华最难寻。

转眼春天结束了，山崖上那棵樱花树也落尽樱雪，云燕已经养成了每天都能见到絮樱，都能和她说上话的习惯。或者说，他已经习惯了身边有个女孩存在了，习惯了每天都往她那里跑，习惯了这种受制于人却乐此不疲的生活。

白政君那天晚上没能讲完的故事再也没能讲完，云燕问过他好多次故事的结尾他都没说，那段金戈铁马的岁月像是被他自己刻意埋藏起来一样，昔日的狂态只在醉酒后方才展露出那么一星半点。云燕觉得很遗憾，但白政君却死活不肯多说半点。

至于牛芒，云燕后来陆陆续续见过他几次，有些时候他有点郁郁寡欢，但当他和云燕如同往常一样斗嘴侃大山的时候，又是贱兮兮地笑着，好像不曾有过影响。

"难道真的像白爷爷说的那样'没什么大不了，谁离开谁不能活'吗？"云燕有些难过，觉得很多东西不应该是这样的，虽然可能这样牛芒才会更好过一些，但是云燕还是固执地期望有那样从头追随到尾的感情，是想当然了吗？

结果到头来那些我费尽心思想要忘掉的东西真的就这么忘掉了啊……就像曾经我们还小，都盼着自己快快长大，和别的小伙伴吹牛都是以我长大了就怎么样怎么样开头。但等你什么时候回望时间如陌路，发现自己真的就这么不明不白长大了，那时候相互吹牛的小伙伴也不在了。

所以也许其实真的没什么大不了的。

但到底还是有些影响的吧。云燕记得牛芒好像会在无人注意的时候靠在什么东西上，展露出自己的疲态，眼神看着某个方向一云燕认得，那个方向应该就是华如嫣的家。于是在眺望终不可得的女孩的方向时，他的眼神似乎变得更加疲倦了，却还燃烧着不甘，宛如当日的凌厉。

不甘又凌厉得如孤狼一样。

云燕会莫名想到白政君说的那些话，会莫名地去想也许现在这个眼里跳动着不甘火焰的男孩可能以后会变成一个大腹便便的海民，有一个本分普通的老婆，生一个或者两个普通也有些顽皮的孩子。然后十年过去了、二十年过去了、三十年过去了、很多年过去了，他死了，坟墓很小很容易被遗忘，并且等他的孩子死后再也没人祭拜。这样会不会就是他的一生呢？好像忘记当年是多么执着又愚笨地喜欢一个人，最后只在临死前，他的一生划过眼前的时候才忽然想起来—阿，好像当年我喜欢过一个女孩，她是叫什么名字？

这怎么能忘呢？要是忘了就像是忘掉那段年少轻狂的时光啊，所以不能忘，死也不能忘。

就算将来有一匹孤狼将要回归族群，那么它也必然是带着满身的伤痕和无上的荣光，带着曾经的热血和如今的刚毅，带着无法完成的孤独梦想和必将肩负的责任，昂首走进狼群。

云燕生命中的第十五个春天就这样悄无声息地过去了，樱花还是照常落，海水还是照常涨，天气还是照常热。好像一切都照常，但有些东西还是变得不一样了。

云燕尚且不知道在他生命中第十五个夏天有着什么等着他。

"燕子，最近战况如何？"牛芒一脸坏笑地勾着云燕的肩膀，傻子也知道这个战况指的是什么。

"还能有什么，就那样儿。"云燕说。

近日一切都好，在春天悄悄溜走的日子夏天来了，空气里的闷热和潮湿云燕用脚后跟都能感觉到。但他还是如往常一样的和絮樱讲故事，没什么变化。

云燕是个讨厌变化的人，要是一切都在悠悠然中保持不变就完美了。但可惜的是上天是个作家，喜欢快节奏高衔接，一群人还没有适应这些变化，另一些变化就如雨后春笋一样层出不穷地冒出来了。

"少来，现在村子里谁不知道你们两个什么情况！结果倒是当事人死活不承认。"牛芒一撇嘴，不屑道，接着又贱兮兮笑了起来，

"知道不，过几天是什么日子？"

云燕一脸茫然地看着他。

"仲夏祭呀仲夏祭！"牛芒大呼小叫，"这可是云止村里少有

的勾搭妹子的好时机！你以为你给她讲了一个多月的故事她就能喜欢上你？别逗了好吗！喜欢上一个人，就像一个人的成长，知道一个人是怎么成长的吗？"

"循序渐进？"

"是一瞬间啦！"牛芒摆摆手，"一瞬间就成长了，这才是大多数人的成长。哪里有你慢慢地长着身体也能长着心的，通常都是你心灵的成熟程度跟不上你身体的成熟程度了，然后上天才安排给你什么事件让你开窍，这样你就在一瞬间成长了。佛家管这个叫明悟，说是一朝顿悟胜十年苦修，你把爱情理解为这种东西也行，你得让人家一朝顿悟明白你的好啊！"

云燕一怔，然后想：那么让上天安排给牛芒的事情是什么？让他成长，或者说一朝顿悟的事情是什么？安排给我的成长又是什么？

有些已经发生过了，有些还未发生。发生过了就不去后悔，还未发生的就不去忧虑。是这样么？还是说更加复杂一些……云燕感到这个世界上还有很多事情他根本不曾了解。他看着牛芒的眼睛，第一次在里面发现了捉摸不透。

"所以说人家一朝顿悟了，你就不用白费那十年苦修了，这顿悟才是王道，苦修都是邪道。同理，你只要打动了她，人家指不准就乖乖跟着你走了。"牛芒的眼睛贼光乱闪，那股捉摸不透倒是彻底消失了。

"哪有那么容易，打动一个女孩子怎么可能是你想做到就做到了的。"云燕无奈地说。

"没有机会，就创造机会！"牛芒一拳头捶在掌心。

云燕翻翻白眼。似乎自从华如嫣被刘安抢走了之后，牛芒就对自己和絮樱之间那点事情特别上心，整天都不嫌烦地问他"战况如何啊战况如何"、"和絮樱关系怎么样了啊怎么样了"，很有从一大老爷们转成八婆加媒婆的潜质。

也不知道他为什么这么烦。

"要是成了请我喝你们小两口的喜酒哦！"牛芒贱兮兮又二兮

兮地凑上来。

云燕看看天,说:"喝你妹啊,我快要去给絮樱讲故事了,走啦。"

"走吧走吧,对了,你也别讲什么江湖故事了,多讲点女子的哀怨情仇才是王道,女孩子喜欢听这个!点滴的琐碎累积起来也是一份不可估量的改变!"牛芒大力地拍拍他的肩膀,"没喜酒不许回来见我!"

自从他从阴影里恢复之后,每次云燕要去给絮樱讲故事的时候都会来这么一句"没喜酒不许回来见我!"。

云燕看着他的眼睛,里面也没有什么悔恨。也许白爷爷说的真是对的,时间真的能改变一切,谁离了谁不能活?

云燕轻车熟路地来到了码头,一如既往地,絮樱早早地就在那里等着他了。

简单说了两句话,云燕就开始讲故事了。在讲故事的过程中絮樱一直托着腮,看着前方的大海。

等故事讲完了絮樱还是看着海,双腿在水里晃着。

"有没有感觉我们总是在重复?"云燕说,"好像我们活了一天,然后重复上演了无数天一样。"

"那你要这么想,"絮樱看着他,"你昨天是渔民,今天是老师,明天是学生,后天是樵夫,每天都不一样,每天都有新惊喜,你是不是活得会很累?"

"那看来我们现在选择的生活就是我们能做到的最好的咯?"她点点头:"至少是我们能做到的最好的了。而且也没那么无聊啊,你是因为总在给我讲故事而抱怨吗?"

她樱花色的双眸里似乎像猫一样的狡黠。

"没有没有!绝对不是!"云燕赶忙解释,"就是随意问问。因为之前刚刚经历了挺多东西,但是现在一切又好像回到原来那样子了,没什么变化,又开始一如既往地重复,如同什么都没影响到。"

"那你还想怎么样啊，失恋的人从此一蹶不振？"

"也不是那样想的……"他低下头。

"所以我说这是我们能做到的最好的样子了啊，也许有更好的办法，但我们还不够聪明。这样的重复也许无趣，但至少不会痛苦。"絮樱轻声说，看着大海。

之后二人沉默，云燕思忖些什么，良久后才发觉他什么也没能想到。他能想到的都被絮樱说出来了，某种意义上不够聪明的只是他而已。

云燕看着絮樱的侧脸，睫毛如鸟翼微微扬起，脸颊显得雪白而有一种莹润的质感，从鼻梁到下巴的曲线都不能再优美。在天光映衬下她整个人都被金色暖阳包裹，如同一个躲避人世的天使，而他则是误打误撞进来了而已。于是那个误打误撞进来的人给天使讲故事，陪天使看云止海潮起潮落。

"你很喜欢海吗？"云燕微微触动，忽然问道。

"为什么问这个？"

"你经常看海啊。"他说，"看海的人都应该是喜欢海的吧。"

絮樱摇摇头："可能是从小在海边的人对海不会有太大感觉吧，我不喜欢海。云止岛是个没有云的地方，所以天空就特别干净，海天连成一线的时候，你不觉得像是整面海翻过来压在你头顶吗？"

云止岛的确是个没有云的地方，谁也不知道为什么。在中州的古籍里，云止岛周边一带被称作"万云之坟"，意思是天下所有的云都将来到这里，留出一个巨大的空洞，云止岛正好在空洞内。一旦有云流进了空洞里就变成气，飘回中州又重新变成一朵云。

"可你在这里经常一待就是一个下午。"云燕说。

"看海的人不一定喜欢海呀，可能只是怀念曾经看海的人。"

"那你在怀念什么？"云燕说，然后不知不觉间言语有些苦涩，"或者说怀念谁？"

絮樱淡淡地看着远方，说："这里曾有的一切。"

"可以说说吗？不介意的话。"

絮樱点了点头："我小时候会数着日子，盼着从中州每隔两个月来一次的通商商船，然后一个人跑出去看。那时候码头还很热闹，中州来的大船停靠在码头，搬运货物的人来来往往，我一个人站在那里有些害怕，但很憧憬，想着要是我什么时候也去那里就好了，去那个遥远的中州。"

"你想去中州？"云燕有些诧异，原来不止自己一个人会想这些东西，不止自己一个人会对万洋之后的那片土地感到憧憬。

他忽然间感到一丝丝的庆幸，庆幸他和她的相似。

"对呀，很想。"絮樱说，"我想去中州，去夏国，去胤凰。我想看看胤凰夜晚的万家灯火，看那些缀着霓虹的尖塔刺破天穹，看繁星都在灯火烛光中黯然失色，看天光洒在胤都皇城的琉璃瓦上会有什么样的色泽。至少至少至少，我也要看看云是什么样子，看看在云止村见不到的云是什么样子。我真的不想就这样一辈子待在这个不大的岛上，连外面真正的世界都没有见过。"

"你呢，你想去中州吗？"她忽然转过头，发丝在风中飞扬起来，樱花色的双眸明明灭灭。

"想啊，谁不想呢？"云燕说。

"想去哪儿？"

"幕沧，一个很小很小的国家，靠海，整个国家只有一个城市。

但那里有世界上最美的夕阳，还有中州最高的塔通月摘星。夕阳西下时云霞像火烧，烈焰般耀眼，全都裹了一层柔和的金边。赤红的云海扑过来像骇浪，像火焰。残阳在一望无际的海上逐渐坠落，把海面染成玫瑰和黄金一样夺目的颜色，和倒影交缠在一起变成一个整圆。那样的夕阳我一辈子都没有见过，但是幕沧国每天都有那样的夕阳……幕沧有着世界上最美的夕阳。如果在那座中州最高的塔通月摘星上看夕阳就更美了，波澜壮阔。"云燕说。

"对呀，谁都想去，但谁都去不成了。"絮樱说，"后来海妖入侵，中州的商船就再也不来通商了。我一个人坐在码头，幻想着也许不知道什么时候，或者现在或者很久以后，来一艘船把我接走，把我带到更广袤更缤纷的世界里。因为我不想就这么长大了，没遭遇什么事情就长大了，毫不知情就长大了，没有肆意挥霍过什么就长大了……我要做些什么！要不然我即使长大了也会心有不甘心火难熄的。如果就这样成了某个渔人的妻子，天天过着打鱼晒网的日子，为了些柴米油盐斤斤计较，是不是很不值啊？"

云燕安静地听着，心思波澜起伏，他想：是很不值啊，没点天雷地火啥的，人怎么能这么安静呢？得做些什么吧，就算世界都忘了你你也不能忘了自己呀。

他的脑海里又浮现出一个画面：一艘巨大的船驶向码头，来来往往的人络绎不绝，一个小女孩站在离人群不近不远的地方，怯生生地看着，目光里有些憧憬。然后那艘船再也没有来，但每到那个时间小女孩都会去码头看看，脱了鞋脚泡在水里，腿晃啊晃的，目光看向比远方更远的地方，期待着某艘船。但是你怎么等待，时间还是一样在过。

小女孩日复一日地去等，寂寞不甘地晃腿望海，等成了少女；少女日复一日地去等，寂寞不甘地晃腿望海，等成了女人；女人日复一日地去等……

云燕忽然想知道这个故事的结局了。结局会是什么？女孩终于等到了那艘来自远方的船，一个人远走他乡，来到某个连夜晚都被灯光照亮的地方？还是她错过了那艘来的船，抑或那船根本就没来，于是女孩慢慢长大成女人了，会持家，会照顾丈夫，会缝衣服炒菜烧饭，却不会追逐当年的梦想了。

他觉得每个结局都不好，所以他要介入。

于是他起身，薄暮下伸出手来，阳光在掌心凝结："做个约定好吗？一起去中州的约定。"

絮樱看着他的眼睛，一时怔住了，逆光而站的云燕神采飞扬，像是一轮红日在他背后烧，金光透过他洒下。

她回过神来，说："我不喜欢失约。"

"那就绝对不会失约。"云燕笑了笑。在多年以后他总是会回想起这个时刻，在那夜深人静却难以入睡的夜晚，往往会想起这一刻。而昔日已经淡忘掉的容颜，也仅仅在此刻变得清晰。但当你回过神来的时候，那面容却仍然难以捉摸。宛如一个幽灵在你身边游荡，总是陪伴你，但你却总是抓不住。

"能保证吗？"她说。

"当然。"

絮樱伸出手来，右手小拇指伸直了："拉钩，好吗？"

于是他们就拉了钩，像是某种庄严的仪式。

"所以这是约定，对吗？"絮樱说。

"是的，这是约定。"云燕说，"我一定会遵守的约定，永远会遵守的约定。"

一定……永远……

一定一定不是一定，永远永远不是永远。

只有在那个没有领悟到这一点的年纪里我们才能毫无顾忌地说出这两个永不会成真的词汇啊。因为那时我们还小，觉得这个世界无可阻挡，觉得只要我们愿意坚持就能成功，觉得再多困难也可以和身边的那人一起面对。于是在我们的心里，会觉得我们的梦想不是那么遥不可及，会觉得那些不可知的未来是被我们的梦包裹着，闪着明亮的光的。

云燕心里那个小人上蹿下跳，觉得这个不尽人意的世界变得美好无比。

"不如交换个东西，一直随身带着，这样如果在中州的茫茫人海里走丢了，还能找到对方。"云燕说，然后想了想，摘下脖子上白政君说可以辟邪的血红项链，"这个给你吧，我一大老爷们用这个也不太好。"

絮樱想了想，还是收下了，脸颊变得绯红，然后她从自己口袋里摸索一阵，掏出一个青色燕子形的小布偶，小声说："那这个给你好了。"

至于为什么絮樱脸红一当时的云燕可能还不知道有种东西叫定情信物，但絮樱早就知道了。　.

于是云燕大咧咧地收下了布偶，塞进自己口袋里。絮樱脸色嫣红地看着云燕下一步的表示，但云燕却什么也没有做。二人呆立了一会儿，还是云燕打破沉默："你脸色看起来不太好，这么红……会不会是感冒了？"

絮樱这才明白她以为的定情信物根本不是那意思，云燕这个没脑子的真的就是怕自己找不到她，所以才换的……一时不由恼怒，一脚踢在云燕膝盖上。

"哎！絮樱你踢我干什么？"

絮樱白了他一眼，脸上的红润没有褪去，不满地"哼"了一声。

"絮樱你是生气了吗？为什么生气啊？"

"哼！"那尾音咬得又重又狠。

"好吧，絮樱你去不去仲夏祭啊？"

"嗯。"

"我也去……那个，一起吗？"

"……嗯。"

与此同时的远处。

一艘船从远方驶来，海浪在船前都被分为两半。它大约有一艘中型商船的长度，但却窄了不少。船身漆黑如泼墨，透过摄人的漆色隐隐约约能辨别那些昂贵的木材。船首被做成了龙头的形状，一对线型的瞳孔殷红如血，像是有尸山血海隐没在内。

当这艘状如黑龙的船驶来时，就像是一条真的黑龙从海上蜿蜒咆哮而来，卷着风雨带着震怒。它的速度远远超过了海浪，一道道两三米的巨浪都被船首龙头撕裂，狞恶的龙首像是活过来一样，随着海浪的颠簸嘶声怒吼。

颠簸中，船身侧面的猩红图腾也显眼起来：那是整艘船唯一的花纹，像是鲜血胡乱涂抹出来的妖花，每片花瓣都怒放，同时却也略略收敛着，细长的花蕊如毒蛇吐信。那图案的美介于狂乱、妖娆、血腥和生死之间，像是从鲜血里开出的绮丽妖魔。没有人会质疑她的美，一如没有人会质疑她的恶。

那朵花的名字叫曼珠沙华，也叫彼岸花，传说开在黄泉路上，远远看去大片大片的曼珠沙华如同鲜血铺就的地毯，是荒芜的死路中唯一的殷红。

世上只有一个国家敢用这极恶又不洁的妖花当作自己的国花，那个国家叫幕沧；幕沧国也只有一个地方敢将曼珠沙华当作图腾供奉，那个地方叫鬼门关。

中州第一杀手帮派——鬼门关。

但这种大帮派为什么会出现在云止村这种地方？这里距离中州无比遥远，就连经商的商人们现在都因海妖作祟而不再来这里，而这极重利益的杀手帮派也定然不会是过来散钱给云止村的难民……那么这到底是为了什么呢？

虽是中午，但天气却有些阴沉，像是连天与地都迎接着黑龙降临的威势。鬼门关的机关战舰停靠在码头，龙首隔着一片浅海遥望着云止岛，猩红色的眼睛如海面般平静，却又暗流纵横。

接着依次有人从船舱中钻了出来，一共三人，无论身高相貌都只是能说是普通，唯有年纪偏老一些。单看外貌，谁想得到这三人居然都是鬼门关的杀手。

为首一人稳稳站在船头，身形消瘦。从相貌来看他是一名年逾七十的老者，面容本可说得上慈祥，但脸上一条从左眉到右脸颊的狞狞伤疤彻底破坏了这份宁静的气质，像是一条深深的沟壑贯穿面庞。其他三人都站在他的身后，小心环视着四周有无异动，凝神警戒的如同面临雄狮的鹿，但其实在大多数时候他们是扮演着狮子的角色。不过只有把自己带入成猎物，才能更好地杀死猎物，这种弱肉强食的丛林法则也同样适用于鬼门关的杀手们。

刀疤老者却没有看向四周的海洋，而是远远地望去了云止岛。他的身体猛地僵直了，瞳孔也瞬间被拉长成了一条线，像是什么冷血暴虐的动物，又像是一条慢慢复苏的古龙。他的眼神中带着一丝轻蔑和嘲弄，犹如隐没在云端的龙看着世间百态，不堪一笑。先前宁静祥和的老者气息和那道刀疤带来的煞气都被一种更为沉重的气息所吞噬，那双细长瞳孔中埋藏着源自亘古洪荒的恐怖。

身后二人都不约而同地往后缩了缩，尽管已有预料但脸上还是抑制不住地流露出了骇然之色。那股气息遮天盖地，狂躁得将要掀起风雨。

接着他转了转眼球，眼神扫视过云止岛，像是有一条真正的龙在苍穹之上将整座岛屿尽收眼底。他的目光很快锁定在了一个点，从机关战舰的船头其实只能看到云止岛的很小一部分，但他的眼睛好像穿透了阻碍之物，直接看见了他所希望看见的东西。那双眼睛里流露出一种渴求的神情。

然后他的眼神又逐渐收敛了，像是锋芒毕露的宝剑逐渐被锈蚀。他好像从一头人形的龙变回了那位消瘦的老者，拉成细长线型的瞳仁也变回一个圆。

最后他呼出一口浊气，凝望着先前盯着的方向，隔了许久才说："找到它了。"

他并没有说"它"是指什么，但是其他二人一瞬间就都明白了。他们都猛抬起了头，溢于言表的震惊，像是什么心情都表现在脸上的小孩而不是三位顶尖的杀手。三人相互看了看，都从彼此眼中看见了自己的情绪。

一个人看向为首的老者，声线里略带些因惊喜而产生的颤抖：

"它找到了？老爷您也知道它可是不容有失的，您真的不需要再检查一遍？"

老者摇了摇头，声音浑厚有力："我的眼睛不会说谎，它看见了……那种气息能让我几乎不能控制自身的血脉，那么肯定是含有着比我的'死血'还强的'生血'的'凤血石'才能散发出来的气息，就连我的血都因它而沸腾……那是一颗新的凤血石，我本以为自从白家家主带着我们的镇族之物凤血石葬身海底之后，就再也不会有第二颗凤血石了。"

"那我们现在就动身，夺走凤血石？"

"不，海面下有东西……让它们先动手就好了，等它们动手时我们再动手，趁着混乱找到凤血石。我们在远处徘徊一阵子吧。"那老者如是说。

肆

明明自己已经很难过了但还是要安慰别人，世界上总不缺这样的傻瓜。

"仲夏祭啊，我这把老骨头就不去啦。"白政君笑着说，"不打扰你和絮樱那小丫头，给你些钱就好了对吧？"

"以前你都去的啊。"云燕说。

白政君伸个懒腰，推开斜窗看了看外面的暴雨："那是以前啦。现在的我还是能少动弹就少动弹的好。"

微冷的风从窗户灌进屋内，灰暗的天穹如同笼罩一层薄雾，没有云，但是却在下一场大雨。云燕看着窗外的雨，心绪如被风雨吹打般翻跹。

"下雨了啊。"云燕说，"希望晚上仲夏祭举行的时候没有雨。"

"夏天嘛，总是时不时下雨的，过一阵就好了吧。"白政君说。

"让人莫名的心情有些不好，讨厌雨天。"云燕说。

白政君笑了笑，还是看着窗外的雨："同感。"

"喜欢晴天，要有很温暖的阳光，推开窗子就是旭日暖阳。"云燕说，"阴雨绵绵，这种天气真是讨厌。"

"没错。"白政君从书架上抽了一本书，"但是有些风雨是必须要经历过的，否则你也难以心安理得面对雨过天晴。"

"什么意思？"

"字面意思，都是字面意思。"他轻声说。

仲夏祭说白了就是这样一个东西：把全村的人召集起来花十五分钟向海神祈愿，保佑打鱼的能丰收，保佑海水不上涨，保佑还要那群天杀的东西快些死光。然后大家就散开来玩去了，大人们凑在一起侃天侃地，或者摆摊卖东西。一年到头卖东西卖得最全的时候就只有今天，类似于庙会。云止村这样的地方自然是很少有节日的，一整年除了春节就只有仲夏祭了。

所以等祈愿结束之后，云燕就和絮樱大街小巷地窜了。屋檐之间挂满了绳子，大红色的灯笼就挂在上面，这也可能是云止村简陋且唯一的装饰。路边全是摊点，叫卖的人、谈笑的人让这里显得有些吵了。喧嚣的声音里云燕和絮樱并肩站立，茫然四顾。

平时的云止村总归是安静的，但仲夏祭一来就变得拥挤了，摩肩接踵比比皆是。云燕想：嘿，还挺不错的。

絮樱身上淡而悠远的花香传来，在喧嚣的街上如濯水清莲一样突出，让云燕一阵阵心跳。真的挺不错的。海妖来了也杀不死多少人，迟早有一天都会被我们赶尽杀绝的，那么有什么好怕的呢？这里有个为老不尊的爷爷，有个贱兮兮也二兮兮的兄弟，有一株长在山崖上的樱花树，有个破旧的码头，有个樱花颜色眼睛的女孩。

他还和那个樱花颜色眼睛的女孩有个约定，要一起去中州的约定。

这样的生活很好，有梦想也有人陪，不孤单，还有个萦绕在脑内的，晃悠着的双腿和一个不为人知的约定。

"拉我的手。"絮樱忽然用肩膀撞了一下云燕。

"嗯？"云燕用一种惊奇的目光看着絮樱，只见她低着头看不清表情，脸颊似乎是因为灯光的原因有着浓浓的红晕。

"拉我的手啊……笨蛋。"絮樱说，后面两个字细不可闻，接着又用脚踢了一下云燕，"要不然……要不然容易走丢。"

这个该死的榆木脑袋，不知道主动一点啊！真是白长这么大，连点气氛都看不出来，害我还要先主动……絮樱腹诽着，同时很想冲他来一个白眼再踹他一脚，但这样做势必把她火烧一样的脸色暴露出来……所以还是算了，便宜你了。

"哦哦！"云燕也忽然明白过来……这可不正是天赐良机吗？既然絮樱怕走丢要牵手那就快牵啊！此时不上更待何时？

也真是难为他这低得可怜的洞察力是怎么活到今天的。

于是他没有转头，也没有低下头来看自己的手，只是用手指一点一点地试探，眼睛直直地盯着前方，脸色像是染了霞光。二人离得本来就近，试探两下他的手指就勾到了，触摸上的一瞬间让他的心跳如打擂，脸色一僵又一红，抿紧嘴唇。絮樱的脸色也没有好到哪里去，红得早就不止到耳朵根，都到了后脑勺，快要滴出血来。

然后那手还是牵上了，本就是絮樱提出的所以谁都没有挣扎，二人掌心相抵的时候各自的脸都快冒了蒸汽，很有默契地各自瞥向一边不敢看对方。

感觉不错啊……还以为絮樱的手会比较凉，没想到居然挺暖的，云燕红着脸想。他攥着絮樱的手，包裹住，感受到另一个细微的脉搏在自己的掌心里跳动，微弱但清晰。絮樱的手很小，手指长而纤细，皮肤也光滑得不像是在海边风吹日晒雨淋过的，二人各自的热量都能传到对方那里去。

两个人就这样漫无目的走了下去，各自不敢看对方的脸色……

或者都以为对方正在看自己所以不敢转头。街道上叫卖的东西已经不是他们关心的范围了，只是想着自己和另一人牵着手，从掌心源源不断传出的热度。像是一场没有终点的漫步，一路的景色早就不必注意了，只有彼此才是永恒且真实的。

但是云燕却觉得大事不妙，这样下去絮樱应该会笑话自己的……完全不敢看她，所以他来了个深呼吸，平复下心情，然后清了清嗓子说："那个……絮樱，我们去买点吃的吧。"

"……嗯。"

"……你想吃什么？"

"糖葫芦吧……"

接着又是一段心悸的沉默了，觉得有什么东西渗进了心底，二人在沉默中各自无言。

不过云燕至少有个不必去看她的理由了，他可以目光如鹰地扫视，寻找卖糖葫芦的地方。这大概算不得什么好事，但是云燕并不是一般的怂……他连看向牵手女孩的脸的勇气都没有。

"哼……"絮樱不满地低声哼了一声，气若游丝声如蚊吟。

"喏，糖葫芦。"云燕手上拿着两串糖葫芦，"拿一串，另一串是我的。"

他看着絮樱扭过去的脸，不由得奇怪：难道是自己惹她生气了？

"哦……"絮樱低着脸转了头，拿了串糖葫芦，脸上的红色还没有褪去，如同糖葫芦一样鲜红。

她轻轻咬了一口，就是很普通的糖葫芦，糖衣太甜，里面的山楂却略酸涩了点。但絮樱倒是蛮享受这样的感觉，和某个笨蛋牵着手，走在熙熙攘攘的人群里，却像是这个世界都和自己没有关系，无论喧闹或静谧。

他们脚步轻缓，慢慢地闲散着，没有目的也没有目标。只是多年后时移世易，他们都明白这样的夏天终究回不来。

"看，烟花。"云燕轻声说。

絮樱抬头看向夜空，阴沉的夜幕正逐渐被一线冲天的火光分割。那一点红星被焰尾推上了夜空，化作一条细长的微弯弧线，在黑暗中停顿了一刻，是爆发前的寂静。

漫长的沉默后是刹那的花火！

飞扬着流苏似的溅射开来，怒红色点燃了整个死寂沉默的夜空，在夜空里一朵硕大的玫瑰绽放，但转瞬间又衰弱了，星星点点的光点没了踪影，只剩模糊的灰白烟迹。整个过程像是把一朵花的盛开和凋零加速千倍。

烟花是仲夏祭的惯例，也是只在仲夏祭有这个惯例。所以三年未曾有过仲夏祭的云止村，自然也是三年没有放过烟花了。

云燕还记得在很久以前，有个男人，满嘴的络腮胡子，会在仲夏祭烟花升起的时候把云燕放到自己的肩膀上。那个人是他老爸，在三年前为了保护云燕葬身海妖口。

所以啊，好多事情变了。烟花仍旧在夜空中肆意蔓延，但能让我爬上去看烟花的那个肩膀却没了。

"我们是会变的，对吗？"云燕问出这个问题的时候有些沮丧。

"但烟花还是会放，对吗？"

多年以后他在胤凰的灿烂烟火中回想这一幕的时候，都会疑问，那两句问题，到底是问了呢？还是仅仅是自己的臆想呢？于是少年的疑问湮灭在风中而无人问津。

但那烟花还是照常燃放。

又有烟火攀上黑夜，和暗淡的穹幕分庭抗礼，用极短的一瞬要把夜空烧干净，比昙花更短暂比玫瑰更浮华。那是在沉默的夜里开出的狂花，粉身碎骨也要活那一瞬的耀眼，一朵一朵，争相夺目，每一朵都爆发在穹幕，也都爆发在胸膛，是晨星爆炸，是天国崩塌，是地上的花开到天上，是亿亿万只萤火虫的最后疯狂，是躁动不安的不甘心的光。

那花，那光，绽放着。夜空的平静被打碎，像是一座平静的湖面被投下千千万万的沙石，溅射出难以计数的水花。这朵败了，那一朵又盛开了，此起彼伏，盛大夺目耀眼。

阴晦的天幕抵挡不住这花火的狂了，流光溢彩着，黑暗退居幕后，曙光提前来到，黑色幕布上只看得见狂花乱绽。

寂寞狂花。

夜幕里每朵花的绽放不过瞬息，却又在下一个瞬间凋零，好似从未出现。静静悄悄默默，绽放过的花不见了踪影，在潮水般的喧嚣里没了声息，那么华丽的绽放却是那么悲戚的落幕，飞蛾扑火般的悍不畏死……或者说一生活一瞬的寂寞。

"烟花很美，但也很寂寞啊。"絮樱轻声说着，声音像风铃的清脆晃动，在烟火的嘈杂中清晰得如同赤红花海的一抹洁白。

云燕愣了，他想，原来她也认为烟花是寂寞的吗？

他看向絮樱。她仰头朝着天空，面孔映射出华丽的火光，眼瞳中更是燃烧着躁动不安的花与光，此起彼伏，是比仲夏祭更为盛大的祭典。狂花乱绽着，肆意凌乱着，交织重叠着也是刹那浮华着，但最后都凋零，沉沉地下坠，坠到眼瞳的最深处，归于某种名为"寂寞"的情绪里了。这还是云燕第一次看到这个女孩的眼瞳那么深的地方，像是只要轻轻一推，那扇虚掩着的心门就开了，里面的种种一切都可以触及。

他怔住了，没有再看那烟花，只是静静地看着女孩的面庞和她瞳孔的深处。那双樱花色的眸子随着烟火激起涟漪，像是潋滟的湖面开出了荼蘼的花。

她在看烟花，他在看她。

有些事情你真的很难忘记，比如某个女孩瞳孔的深处，比如某个始终未能叩开的心门，比如她在看风景时你在看她……如此种种你舍不得丢弃的记忆会在脑海里生根发芽开花结果，越来越壮大越来越难忘。有时你真的希望瞬息凝结成永恒，只为保留那一刹那的美好，因为等过了那一刹你就再也无法触及。

于是烟花便熄了，偃旗息鼓散尽炊烟，那浮华的狂花都一点一点零落在少女的瞳孔深处，在那樱花色的眸子里寂寞地隐去了。夜空恢复了先前的宁静，只有残烟半缕，少女的眸子也淡了起来，倒映其中的烟花不见踪影。

云燕张张嘴，在这种时机，他很想对絮樱说些什么，类似于至死不渝啊、一生一人啊、初心不变啊什么的，但最后他把所有的话都咽了回去，看着絮樱，只是笑，一直笑。

云燕看向絮樱，絮樱也看向云燕，手还拉着，各自都笑了。

沉寂夜幕，丝缕残烟，通明灯火，笑藏眸眼。

于是那场浮华盛大的花与光之宴最终凋零在夜空和少女的眸子里，那曾有过的狂花绽放化作半缕残烟弥留在记忆深处，多年后谁又拾起？在那个曾被流光侵占过的夏夜里我们四目相对，各自的背后是灯火通明和川流不息。

"老爷，海妖已经引起了足够大的骚乱了。"

"那好，我们该上岸了。"

巨大的黑色龙首狰狞着，破了风浪冲向云止村的码头。多年后军神白燕被问起乱世之始的时候，都会回答一句莫名其妙的话："无云之地，仲夏之时。"

"啊——"人群里传来惊慌失措的尖叫，都开始骚动起来。云燕只看见一道黑影从天而降，等他终于看清那东西的真面目时，他也腿一软想跑。

海妖。

海妖潮水似地涌上来，不要命似地扑上来，今晚来袭的海妖比以往来袭的海妖多出十倍。它们是规划好了的，先用半年的按兵不动示人以弱，然后趁这时间暗中积蓄好了兵力，最后又在所有人戒心全无的仲夏祭那天大举进攻！基本已经不设防的海滩让它们毫不费力地进入了村庄，先行的前锋可能已经在阴暗角落处埋伏多时……就等着大军到来然后汇合！

没有任何证据表明海妖的智慧比人差……但天真的人类总会觉得他们能靠智慧战胜异类。　.

那烟火熄了，那海妖来了。

云燕用了三秒就决定出接下来要干什么，如果再拖三秒的话他就会被人先给踩死而不是被海妖吃掉。他攥紧了絮樱的手—后者显然还没有回过神来，然后玩儿命地跑起来。

他还什么都来不及细想，所以等他喘上一口气的时候，思绪就在脑子里炸开了。

该死的，这是怎么回事啊！本来是仲夏祭，是已经迟到了三年的盛典，这种时候最不应该出现的就是海妖啊……云燕的思绪飘回了三年前的那个雨夜，即使在连天的雨里也仍然是火光冲天，冰冷和灼热同时如蚀骨之蛆一样缠上他，而他的父母就这么死在了他的面前……呵，真是见鬼，现在好像还下雨了，和当年又要一模一样了吗？没有变化吗？

怎么可能没有变化啊，这些鬼东西就是最大的变化，搅得我们不得安宁。仲夏祭过了不应该是一切都变好的吗？一切欣欣向荣，身边总有些为老不尊的家伙，总有些贱兮兮二分分的家伙陪自己像傻子一样大笑。还有一个寂寞也不甘的女孩安静地坐在自己身边听故事，还有一个虽然遥远但也不是不可企及的约定。但是……喂，现在就连我的糖葫芦都被人群撞掉了……好歹让我吃完了吧！

"靠！"云燕低骂一声，扯着絮樱弯身躲过了一只飞扑过来的海妖，那海妖扑了个空撞在一侧的房屋上，他们自然是早就跑远了。

但他却慌不择路了，左右都是张牙舞爪的海妖，随时准备着扑上来撕咬猎物。一路上的人已经少了好些了，他和絮樱之所以还活着只不过是因为人还多，海妖不一定会吃到他们，但现在的情况……谁知道呢？指不定什么时候就被吃了，和絮樱一起被海妖吃掉的结局也不算特别悲惨，好歹算是能接受的范围……

但云燕不想死，他忽然清楚地意识到了他还和被他拉着手的女孩有个约定呢，要是两个人都死了，那约定不就只能作废了？像絮樱所讨厌的那样，曾经许诺过的人都将它遗忘了。其实也不是遗忘，只是那两个人都死了而已……

所以都不能死，绝对都不能死,因为约定是"两个人一起去中州"，所以缺一个都不行。

"还记得吗，要一起去中州的！"云燕忽然大吼一声，目光凌厉，像是狮子，直视前方。

絮樱轻轻地一怔，然后轻声说："我记得的。"

这声音很轻，在这嘈杂的环境下更是细微得不可闻，但云燕却不知为何听见了，也就安心了，觉得有了保障，觉得有了这句话，也许两个人就不会死了。

"那就好。"云燕的声音忽然轻柔了，也笑了笑，"记得要在老码头汇合……戴着你的项链，我也会随身带着布偶，所以我们不会弄丢彼此的。"

他轻轻地放开了拉着絮樱的手，然后猛地一推絮樱，神色狰狞如恶鬼和雄狮："快跑！"

这一推让絮樱避开了海妖本要将她分尸两半的爪子，而云燕则是抄起身旁一块木板狠狠地砸在那海妖身上。一块木板造成的杀伤力可以忽略不计，但造成的影响是可观的。只见那海妖恶狠狠地扭了头，青鳞密布的脸上挂着狰恶的表情，粗厚的鱼唇微张，露出里面整齐锋利的牙。

云燕腿肚子发软，他自己都不知道是从何而来的勇气把絮樱推走，自己留在这里和海妖周旋的。有时候你血气冲脑不知哪根筋一抽，你就做了点疯事儿，但你要知道，自己捅出的娄子自己扛，还有就是任何时候不要后悔。

比如云燕就一点不后悔，哪怕他知道自己很可能就要死了，但他不会后悔。于是他静静地闭上了眼睛……

原来死就是这样吗？只是闭上眼睛那样子容易吗？那人的生命还真是脆弱，所以才要好好珍惜。

"云燕！你给老子起来！"一声怒吼传来，声势滔滔。

云燕一惊，睁眼，看见牛芒居然就在自己身边，睚眦怒视妖群，手里的短刀翻飞起来像是银色的花蝶，银光乱串之间就有一头海妖倒在地上。嘿，这家伙不愧是屠夫的孙子，杀起海妖来毫不手软。

"没死就别给我闭上眼睛，懂吗！这是战场，战场！你要是死了老子就没朋友了！"牛芒狠狠地在地上啐了一口，然后扭头扔过来一把刀，"拿着！海妖比你想象中好对付，我们还能撑到大人们来救我们的时候！"

谁也不知道他的刀从哪里来的，多年以后云燕回忆这一幕，还是有一丝丝的不真实感一在雨里也熄灭不了的烈焰铺天盖地，如潮如海的妖魔，还有一个双目血红的人丢给他一把刀。因为再也回不去，所以他也无从证实那是否真实发生过。

可能世界上最悲剧的事情就是你连你的过往都追忆不了，你回望你的一生，你都不知道那是不是真的。

但是那一天云燕忽然明白了一个道理：这世界上有太多解释不了的东西了，太多误打误撞就闯进来的人。总会有人带着刀忽然冲过来，也扔给你一把，然后你就不得不和他一起面对这个世界的汹涌。接着他死了，还握着刀，你不得不守住他的尸身，对着这个世界挥刀一千遍一万遍。届时你将战死，或迎来独身一人的黎明。

这种莫名其妙闯过来又莫名其妙消失的陪不到你最后的人叫兄弟。

云燕愣愣地接过刀，问："你不是在家里吗？"

"晦气，看到华如嫣和那个人走在一起，我不放心就出来看看。"

牛芒眼睛瞪得很大，血丝像是要夺眶而出，"没想到居然遇上这么些玩意儿，真背！"

云燕又一愣，四下扫视着，看见一个男人正好把一个女孩扑倒在地，背后是一个很大的血洞。至于那个女孩，云燕不用猜也知道是华如嫣了。

真是勇猛，虽然不知道哥们儿你是谁，但是能为心爱的女孩挡爪子，想来也不是个怂包吧。

喂喂，华如嫣你这家伙，我还有问题要问你呢，问你为什么不要牛芒却要了这么一个我不认识的家伙，问你难道他比牛芒好那么多吗？还有那个我不知道名字的家伙，我还打算什么时候拉着牛芒过去和你理论呢……结果现在你爷们是爷们了，但居然还要牛芒给你们守着，不让海妖把你们小两口吞进肚里。

死啦，都死啦。

云燕呆愣半天，忽然就"嘿嘿"笑了，嘴角咧得很大很沮丧，眼眶也湿了。

"靠！你是傻了吧！起来打，把这群怪物往死里打！"牛芒扭头大吼，"别光站着！华如嫣昏过去了，我们守着她！"

云燕一怔，华如嫣不是死了吗？

"上啊！"

"靠。"云燕低骂一声，看了看被那人压在身下的，已经死去的华如嫣，又看了看双目瞪得血红的牛芒。接着他低骂一声，拿着刀子准确无误地捅进一只海妖的心脏。

是没错，华如嫣昏过去了，咱俩守着她。

他看着牛芒愤怒狰狞的脸，一时间有些想笑一世上居然真的会有人为你动刀子也挨刀子，感觉真好，想笑。

但是最后却是哭出来的。

是不是只有有过什么人为了你奋不顾身，为你动了刀子也为你挨了刀子，你才会忽然觉得你活着不仅仅是活着啊？

云燕不知道他现在的表情是什么样子，因为他明明维持着扭曲的笑脸，但是泪水不自觉地划过脸颊。

"你去死吧！"牛芒大骂一声，转身弹跳，对准一只准备避开他们去吃刘安和华如嫣的海妖，直直地扑到它的背上，将刀捅进海妖的脖子，腥臭的藏蓝色鲜血全溅射到牛芒的脸上。

"谁让你动她。"牛芒冷冷地说，眼神可怖。

但下一瞬异变突生，一只畸形的利爪从牛芒的后腰穿刺进了小腹，牛芒猛地喷出一口血来，眼睛里跳动着灼人的火，他转过身——这一转身肯定把他的脊椎都扭断了，然后狞笑着将一把刀捅进了海妖的眼睛里。他的神情像恶魔，更像一匹孤狼。

一匹为了守护自己最喜爱东西的战斗到死的孤狼。

可能孤独从不是孑然一身，只是恰巧你在意的人不在意你而已。所以你身边有再多人陪，你也还是会远远地望着那人不出声，色彩都成灰白。

云燕一怔，在这连天的火光中，他似乎明白了些什么——

啊，

是啊，牛芒可真的是一个不走运的孩子。他很难过的，很后悔的，但是他还是笑，贱兮兮二兮兮地笑，这样能让自己好受吗？

其实这样子是不是更难受呢？

他又忽然明白了为什么牛芒会对他和絮樱的事情这么上心，因为他是一个好孩子啊。坏孩子看不得别人好，好孩子看不得别人不好，牛芒就是个好孩子。好孩子是什么样的呢？明明自己已经很难过了，但还是要安慰别人，世界上总不缺这样的傻瓜。那坏孩子呢？他们难过时巴不得全世界一起受罪。好孩子难过却只希望这个世界上的人都能幸福起来，这样他们也能感受到一些温暖，并聊以慰藉。

牛芒……是个好孩子吧。

但是好孩子也有不开心的时候，那个时候他们也想对什么人倾诉一下的，但总是他们没说多少，那话题就被别人用逗笑揭过去了。

于是他们也不敢继续，就这么赔着笑，然后心里那点东西越藏越深。

就像牛芒和他躺在无垠的草地上的对话，而因为云燕不懂得如何安慰一个好孩子，于是牛芒把那些说出来了一次，就再也不敢说。他也害怕这种让人不开心的事情说多了会让别人不快，尽管真正在这些事情里受伤的是他。

牛芒像一匹潜行的孤狼，同时也是个看不得别人悲伤的好孩子。

云燕攥紧刀柄，对着海妖。他其实想对牛芒说一句谢谢，还有一句对不起……谢谢他是一个好孩子，然后替这个伤害了他却心安理得接受他的安慰的世界和世人，说一句对不起。

但他没说出口，也再没机会说出口。

"噗——"牛芒喷了一口血，断断续续地说，"燕子……我可能不行了……"

"别吵吵，你还能撑会儿，你得撑到大人们来救我们啊！"

"撑个屁。"牛芒翻翻白眼，"……听我说几句遗言吧。"

"你说话，但你不会死。"云燕不能转头看他的表情，他得站在这家伙面前替他挡住海妖。

"哈……那我开始说了，其实我遗言很短的，毕竟我这一生简简单单清清白白……咳咳。"牛芒又咳出两口老血。

安静半晌。

"燕子！把絮樱找到，别把她给弄丢了！我记着你的喜酒呢！"牛芒最后只是大吼一声，然后就没了动静。

看见没有？到了最后的最后，好孩子都希望别人好起来。他明明自己也挺难受的，胸腔里悔恨的情绪如同棉花一样堵塞，只能徒劳地对着天空扔石子，但是他却总是去安慰别人的那个。

然后呢？好孩子死啦。

一切安静了下去，安静得能听见雨声，火的噼啪响声，风声，妖怪磨牙齿的恶心怪声。原来孤军对敌是这么可怕的一件事情吗？比这个世界只有你一个人更可怕的，应该就是这个世界都是你的敌人。

"喂……还有吗？说下去啊。"云燕颤抖着问。

说些话啊，你不说话我会害怕的，这样我就一个人了，把你兄弟甩给这么多怪物……嘿，你小子真好意思下得去手？所以你别死啊，再撑会儿嘛，你可是说过要喝我喜酒呢，你不是说话不算话吧？

"不会真的就这么死了吧，你要是死了我也会兔死狐悲的吧……别骗我啊，我心小胆子也小，这么怂的人经不起你吓啊，所以你要是没死我肯定会揍你的。"云燕往后瞟了一眼，看见牛芒瞪大了眼睛看向华如嫣，眼神里有股子释然，手伸向前去像是要拉住她的手，但却没能拉到。

那表情狰狞得像是承受住了世界的炮火，也温柔眷恋得如柔风轻抚。

好像牛芒和华如嫣自始至终，或者说至死至终，都有段距离。那距离或长或短，但就这么存在着，轻如薄纱敷面，重如万山相阻。

好孩子就是拉不到喜欢的女孩的手。

云燕还是有些不敢相信这个家伙……真的就这么死了啊。

这个家伙平时狡猾得像个狐狸，但好歹死的时候像匹狼。这头狼是为了保护自己心爱的女孩死的，到了死都没能放下执念，最后也回不到族群了。只有满身的伤痕没有无上的荣光，只有曾经的热血没有今后的刚毅，只有无法完成的孤独梦想没有必将肩负的责任，能让他回去的狼群也没了。

真是悲剧，就这么死掉了，死的时候也没能闭上眼睛，直愣愣地盯着那个早就断绝生机的女孩。

"谢谢……对不起……"云燕轻声说。

然后又是心悸的沉默。

"华如嫣……也不怎么好看嘛，腿还有点粗。"云燕又低声笑骂。

又忽然站定了，不动了，气机内敛了。那时候夜色浑浊，灯火明如虹，四周都是狂风怒雨。

　　"你们都去死啊！"云燕提刀狂吼，双眸亮如明金，对着这个世界咆哮。

　　追逐，挥刀，咆哮，斩妖。

　　目光所视皆溃逃！

　　"牛芒啊，你可必须只得是昏迷。如果不是，我就只能把喜酒泼你坟头咯。"云燕摇了摇头，轻声说，同时切掉了某只海妖的脑袋。

　　连天接地的豪雨，撕天裂地的狂风，在浑浊不清的夜里肆虐着，无孔不入，每一寸角落都是他们的咆哮。风雨中烈火却熊熊燃烧着，花火烛光，火树银花，火光将天穹都烧成了绛紫色，一如那曾在天幕中绽放过的狂花开回了地上。

　　云燕神色冷厉，他在很多年以后成为名扬中州的军神"白燕"，每每征战四方沙场的时候都会想到两件事：一件是白政君一面讲着那些年征战沙场的故事一面斩杀群魔，另一件事就是他在某个雨夜提着已经残破不堪的刀，守着背后那匹死去的孤狼。

　　风刀雨剑戏烽火，怒发冲冠戮群魔。

　　白政君挥舞着一把赤红色的大剑，大开大合有如赤红的莲花燃烧起火焰，赤芒所到之处是群妖头颅碎裂。他的眼睛闪动着不熄的金光，眼神流露出高昂的炽热战意，如同一条老龙又苏醒了，世界终究仍要臣服在那巨兽的利爪之下。

　　那魁梧的挥剑老人背后仿佛盘了一条龙。

　　海妖在面对这样的庞大气势时都忍不住缩了缩，然后很快就被赤红色的巨剑一分为二，藏蓝色的黏稠鲜血四溅而出，淅淅沥沥地下起了腥臭的血雨。那老人挥剑切破潮水般围上来的海妖，血迹尾随他身后。他的行动势如破竹，完全就是一条龙笔直地冲向前。天下再没有这样孤独又浩大的征战，万魔围、剑破之！

　　"燕儿，我知道你在哪里！等我过去！"白政君恶狠狠地大吼，咆哮声像是龙吼，巨剑横扫斜劈直刺，万妖溃散。

我可不能死在这里……

白政君挥出一剑，声势浩大如同巨斧劈砍，也像是龙爪一挥，鲜血沿着一条笔直的线狂喷，喷了他一头一脸，脸被藏蓝色血液染得像是魔鬼出世……仿佛魔龙对战群魔。

我是白家家主白政君，身体里流着白家仅存不多的血脉！

会死吗？

可能吧。

但我不能死啊……因为我还没有报那灭族之仇，燕儿还没有安安稳稳地长大成人。我还没看到燕儿当上说书人，我也还有很多事没完成……所以我还要活着！

白政君怒吼一声，笔直地刺出一剑，同时洞穿了两只海妖，然后一转身把它们都摔在了身后，砸向正要从背后偷袭的那只海妖。

我还会活着。我跟老天爷斗了这么久，它也没敢让我死，所以我不会死。我还要在有生之年回到中州，忙完正事儿就要去南蛮那里优哉游哉过几年日子，拿一壶酒靠一棵大树过一整天，来来往往的女孩儿都穿很短的兽皮裙子露出大腿。

在这个愿望完成以前我是不会死的。

我手里还拿着我的剑呢，这把剑的名字叫……

"焱祭天荒！"

白政君大吼一声，如雷滚滚如浪滔滔！那手里的赤红巨剑狂躁，在极短的一瞬里挥出了无数剑，碎肉骨骸鲜血四散！

我还活着啊！

伍

原来人不是一点一点慢慢地长大的啊，而是在某一个瞬间，一下子，就长大了，就像很多年以后你将会在某一刻一瞬间变老。

云燕已经想不起来这是他挥出的第几刀了，也不知道自己身上有多少伤。但是他记得他的背后倒下去一个笨蛋，那个笨蛋为了一个不属于他，也早已不是温香软玉的女孩死了。

"混账东西，我可是记得你说好喝我的喜酒的啊。"云燕低声骂道，"要是没有你的话，就是大喜之日也会空旷些的吧。"

"牛芒啊，我一直把你当兄弟，但你这样就太不够兄弟了……华如嫣有什么好？还比不上我家絮樱一根小指头。"云燕轻声说，然后笑了，嘴却咧得沮丧，"往常我这么说你就跳起来了，但你现在怎么不跳了？为什么不蹦跶两下？你倒是来烦我呀，我不会嫌你烦的……"

怎么确定一个人死了？当你觉得他还在这里生活，转头却看不见他的人影；当你说出那些他生气的话，但他却再不会暴跳如雷；当你说出笑话不再听见某个笑声；当你心情沮丧不再有个人来安慰你……当你体会到这些的时候会比参加了他的葬礼更加难过。因为葬礼只是告别他的肉体，而以上种种是在悄无声息地告别他的一切。

"靠……"云燕低声咒骂，当他想通了这一点的时候更难过了，心里像是被塞住，于是手起刀落血如泼墨，更显三分凌厉。

"你这家伙，最后还不是连自己的尸体都保不住？还得靠我。"云燕轻声说。他的脸上是藏蓝色的海妖血和自己鲜红的血液混在一起的恶心的深紫色，却挡不住眼瞳里明亮如阳的金色，像是在火光中熊熊燃烧起来的少年轻狂和临死奋勇。

"啊—"云燕大吼一声，不知从身体何处压榨出来的力气，把手里的刀从海妖的腹部送了进去，向上一挑割裂心脏。

然后他喘着粗气，看着面前壮硕的躯体倒在地上，四面八方都是涌过来的海妖。

不行了，撑不住了……其实活在这种地方我早就该死了吧？一个一个的挡在自己面前显得好像很厉害似的，老爸老妈挡在自己面前被海妖吃了，牛芒挡在自己面前被海妖杀了，都是为了救我啊……这群傻子。

要不是你的生命里有这么群傻子，你的生活也不会如此美好啊！

云燕听白政君说过一句话，"为你挡在身前而死的人，都是为了将他们活着的信念传给你，让你好好活着，救更多的人，并且在必要的时候，也可以去死一死了。"

这大概也不是必要的时候，但自己只能选择死一死了。

云燕就这么躺了下来，躺在海妖和人的尸体中间，望着夜空，雨水急骤着打下，每一滴都像是锤子一样砸在身上。他想，夜空是很美的，落雨也是很美的，山崖上的樱花树是很美的，海边的码头是很美的，樱花眸子的女孩是很美的，世界也是很美的……但却看不到了。

对不起啊，絮樱，那个约定不知道有没有办法遵守了，你说过讨厌不遵守约定的人，我却让你讨厌了。不过上天不会一而再再而三的垂青我吧？不会再有亲爱的爸爸妈妈来救我了，不会再有一匹孤狼咆哮着来救我了。这个美丽的世界终究还是要清理门户啦，不适合的人……就是不适合。

雨真冷。

云燕微张着嘴，接了一嘴的雨水，混着血慢慢地往外溢。

为什么还没死呢？

"燕儿，起来。"

这声音温柔得就像是你的家人叫你起床

白政君的声音。

云燕瞪圆了眼睛：该死，白政君你怎么也来了？难不成也来救我？但你们一个个前赴后继的往这里来找死啊……先是爸妈，然后是牛芒，接下来你也来了。

他看到自己前方有个人正挥舞着巨剑，赤红色的怒芒卷席着风雷，每一剑劈出去都是龙的吼叫。那人的衣服早就被撕裂了，露出一道道狰狞的刀疤纵横密布，背后的肌肉止不住地隆起，宣泄着最为原始而狂乱的力量。他的头发披散，宛如一根根细长的钢针乱颤。

他忽然扭头，眼眸中闪着难以形容的璨金色的光。

"燕儿……"他一剑砍下某头海妖的头颅，"我再给你讲一次故事如何？"

云燕呆呆地看着他，不知说些什么。

但他却自顾自讲了起来，将云燕背在背上，巨剑横扫出一大片血迹："接着我之前给你讲的那个故事……我们夏军大获全胜，回了中州领赏，但我却被小人陷害通敌外贼，意图谋反。于是皇上龙颜大怒，不但赐死我，甚至还在有心人挑拨之下灭我满门！唯有几位有功之臣，幸免于难，但除他们外白家满门抄斩！"

云燕听着听着就愣了，好像忘记自己身在战场，而是思绪飘到那遥远的中州，见证了那一幕惨剧的发生。那些年的愤怒、惆怅、悲惶郁郁而来，有功之臣被诬陷而满门抄斩，何等荒谬？云燕甚至不太相信这是白政君亲身经历过的，在他印象里这是个爱笑不会哭，调侃自己一点心理压力都没有的坏老头，但这个坏老头的肩上……真压了这么一副担子？

"那几位免死之人，均非我白家血统纯净之人，火照之瞳金光内敛无比毫不外放，便是他们能延续白家香火，却也不复白家血统。所以我抢下族内新诞一名男婴，同时也是我的孙子，逃到这个海岛，外界都以为我跳崖明志，却不曾想我还在这里活着。"

"那男婴被我托给了当地的接生婆，说是若有妇女诞下死婴，便先点妇人穴道使其昏迷，再将那男婴与死婴调换，谎称是那妇人所生。于是那夏国八家之首的白家男婴，就这样神不知鬼不觉地成了南洋某个小岛的本土渔民孩子。"

云燕听得一怔一怔，等他讲完了才问："那……那名男婴是……"

"那家被换了孩子的人，其父姓云，其子名燕。"白政君说，手起剑落海妖断为两节，"就是你啊，燕儿，你是我的孙子，你的真名本该是白燕。你本该是白家少主，大了就将会是夏国的大将军，下一任的白家家主。"

"那这十五年来的一切……都是假的？"云燕声音有些低，"都是假的？无论我的父母，还是我的家。"

"从不曾有假，他们一直爱你。"白政君说，"这里的都是真的，一切都是真的。我也不希望你做什么大将军，虽然你是白家人，但是你说你要当一个说书人不是吗？"

他看了看云燕，笑了："很不错的梦想啊！为什么不去努力呢？去当个说书人吧，离中州那该死的地方远一点。"

"所以……我是白家人？"云燕看着他。

"嗯。"他点点头。

"你要怎么才能证明我是白家的人？"云燕仍是不愿相信，"我姓云啊，我从小到大都是被这么叫的，你要怎么让我接受一个完全陌生的名字完全陌生的家？对着一堆灵牌上三支香喊老爸老妈？我爸姓云，我妈姓李，全都和白没有半点关系。"

"由不得你不信。"白政君偏了偏头，眸子里是遮掩不住的灿烂金光，"所有白家人都有这样一双眼睛，火光照耀时会变成逼人的金色。这眼睛被外界的人称为'鬼瞳'，意思是这眼睛能沟通阴阳，见常人所不能见之物，甚至借鬼神之力，所以才能在战场上屡战屡胜。但我们白家的人都称这双眼睛为'火照金瞳'，我们白家知道这双眼睛是用来干什么的——不是沟通阴阳，我们用这双眼睛来看敌人的攻击，我们白家人天生就是最完美的战士。"

　　"唉……"他说到这里，忽然叹了口气。

　　"其实我原本一辈子都不准备告诉你这些的。"他轻声说，"一辈子都不准备告诉你这些。云止村就是很好的地方，我也希望你生活在这里。"

　　"但是今晚的海妖太多啦，要是过了今晚村子里就没有其他活人了怎么办？所以我要告诉你这些，还要告诉你去中州的方法。"白政君低下头，看着他，"只要我活着，你就一辈子不必接触那些该死的玩意儿；要是我死了，你也要好好地活下去。"

　　云燕则是从他璨金色的双眸看见了自己的倒影，还有自己那同样璨金色的双眸。他害怕那样的眼睛，像是头龙的眼神，指不定什么时候就从里面钻出来什么东西，把自己吃了。

　　久久沉默不语。

　　"燕儿，如果我死了，你就去我书房里，第二层第三本书，那是机关。打开了机关，里面有一封信，照着信上面说的做。"他凝视远方，赤红色的巨剑大开大合。

　　"你不会死，不要说这种不吉利的话，像交代遗言一样。"云燕说。

　　"哈，我的遗言怎么可能这么简单嘛……"白政君笑了两声。

　　"燕儿，你知道我这一生都梦想着要去哪里吗？"白政君又说，手里的剑片刻不停。

　　"哪里？"云燕趴在他的背上问。其实战场上并不是什么谈论梦想的好地方，但云燕想要找些话说，否则他一定会感到不安。

　　"南蛮啊！"白政君嘴角勾起一抹弧度，似乎是某种……淫笑，

　　"那里的姑娘可比中州的姑娘热情多了！女孩儿们都穿很短的兽皮裙子，露出一水儿白花花的大腿。还有据说是全中州最烈的酒，以及全中州最好的温泉，对了，听说那里的温泉可以男女共浴！"

　　"你的话题转变很快哎！用膝盖想也知道现在不是说这些话的时候吧！"云燕先是一怔，然后叫道。

　　"但是我如果现在不说这些话的话，以后可能就没机会说啦。"

白政君偏了偏头，可怜巴巴的，又有点悲伤，"这可能是我最后的机会啦，所以云燕，听我再讲几个故事怎么样？"

"……你讲吧。但这不会是你最后的机会，我们会活下来的，然后你就能和我讲你的那些故事了。或者你想怎么表达你对南蛮女人大腿的憧憬和男女共浴的向往也没问题，我可以听着，讲多久都没事。"

"那我再给你讲个故事怎么样？"白政君笑道。

"嗯。"

"那么故事就开始了……在很久很久以前，有只老猴子和一只小猴子。它们生活在人类所不能接触到的山上，那山直插云霄，与天宫齐平。"

一天，小猴子问老猴子："我长大了可以做什么？"

老猴子就说："做你一切想做的事。"

"不知道做什么该怎么办？"

"明你本心。"

小猴子不懂，抓耳挠腮半天，接着又问："你这么老了，也曾经年轻过吧，你做过什么呢？"

"我曾杀上天庭，杀得天兵三十万，天将六千，浩荡天庭，无人能及我。"老猴子说。

小猴子却不信，笑着说："老家伙你别逗了，谁信呐？"老猴子只是笑了笑，不说话。

一年一年过去了，山顶上的老桃树掉了叶子，结了果子，又重新长出来叶子，又掉了叶子，又结果，又再长出来新的叶子

老猴子和小猴子就这样生活在山顶上，与世隔绝。

但是小猴子有些志向，他想做点大事，他觉得猴生在世若不做些大事，那么和死了也并无两样，所以他把自己的志向告诉老猴子。

老猴子笑了笑说："可以呀，你想做怎样一番大事？"

"若能杀上天庭，与那天帝争斗一番，这便是一番大事业。"小猴子的眼睛里闪动着希翼的光。

"哈哈哈，还真是不错的想法。"老猴子大笑三声，摸了摸自己的白胡子，说，"那你在这里等我，我去去就回。"

于是他走了，一走就是许多年。

许多年后，老猴子又回来了，满身伤痕，浑身是血，毛发披散。但他拿着一把足有两个老猴子高的大刀，还有一把稍小一些的刀。

"我将天庭杀得七进七出，又入了天兵阁，取了好刀，这样你就能与那天帝厮杀了。"老猴子说。

"那只是我随便一说，我都没想过要杀上天庭。"小猴子有些不明白。

"可那是你的随便一说。"老猴子笑了笑，满脸的血污，"我这种老家伙存在在世上的目的可不是为了颐养天年，而是为了把你的路踩平，这样你就能少走些弯路。"

"为什么？"

"哪有为什么，就因为你是小猴子我是老猴子。"

"可若我不愿杀上天庭了呢？"

"那你就做你喜欢做的事。"

"你不难过？"

"为什么难过？"老猴子又是一抹胡须，"老猴子不可能生小猴子的气呀。"

小猴子沉默了好久，才终于说出话来："原来你真的杀上过天庭呀……"

于是烟尘卷席天界，两只猴子带着两把刀杀上天庭。

天兵天将和他们征战了无数个世纪，从太古的鸿蒙初开一直打到诸天万界都晃动起来，这场仗一直在打。

"畜生，住手！凡胎之物，岂可撼动天庭？"天帝的声音威严而又震撼。

"不能住手。"老猴子摇了摇头，"因为有猴想和你打一场仗。"

"是你？那被我们打回去的畜生？为何又来犯我天庭？血气方刚吗？"

"怎么可能？我已经老了，是老猴子了。"

"那为何而杀？"

"因为有只小猴子想和你打。"

"荒谬！"天帝一拍宝座，"我天帝赫赫威名，岂是一只猴子就能挑战的？"

"那要如何才能挑战？"老猴子问。

"除非你杀遍所有天将，撼动诸天星辰，将七十二星宿打入凡尘，才有与我较量的资格！"

"那好，那我便杀遍所有天将，撼动诸天星辰，将七十二星宿打入凡尘，再让小猴子与你较量。"老猴子认真地说。

"哈哈！"天帝笑了起来，"果真荒谬！我便在这里等你！"

于是老猴子让小猴子待着，自己一个人去做尽那不可能之事。他花了九十九亿亿亿年杀遍所有天将，又花了九十九亿亿亿年将天上所有的星辰摇晃下来，最后又花了九十九亿亿亿年把所有的星宿打入凡胎。回到天庭，小猴子还是小猴子，老猴子却更老了。

"为何做这些事？"小猴子问，"你已经不再血气方刚了。"

"因为我是老猴子，你是小猴子。老猴子就应该帮小猴子做些事情的。血气方刚和这些并没有关系。"

"我不明白。"

"等你也遇到一只小猴子的时候，你就相信，你就明白了。"

小猴子并不明白，却傻傻地点了点头。

"那么来吧！"老猴子大吼一声，对着虚无缥缈的天际，"天帝，站出来！是你履行诺言的时候了！我已经杀遍所有天将，撼动诸天星辰，将七十二星宿打入凡间！出来一战啊！"

天帝就只好出来，拿着宝剑，金光闪闪的逼人眼睛。

然后老猴子就欣慰地笑了笑，说："小猴子，可以完成你的大事业了。我应尽的责任已尽，是你的舞台了。"

于是这个故事，就再也没有那只老猴子了。

故事很长，但是白政君好歹还是断断续续地讲完了。他说完的那一刻如释重负。

"讲完了？不应该还有吗？"云燕有些奇怪，这个故事不应该是以小猴子杀了天帝，或者天帝杀了小猴子为结局的么？为何在这个时候结尾。

但是当他听到"于是这个故事就再也没有那只老猴子"的时候，却莫名的沮丧起来。

"因为这个故事对某些人有了结局，但对某些人还在展开啊。"白政君笑了，"哈哈……不觉得其实挺好玩的吗？老猴子这么笨，帮小猴子做了多少事情啊！但最后的那一剑不能由他挥，最后的成败不能由他定，他就算做了那么多，也只能做那么多，是不是很好玩？老猴子能帮小猴子做很多，但他其实不能帮小猴子做多少啊！"

"最后的一剑，他都不知道小猴子挥得怎么样了……"

云燕看见白政君的眼角似乎濡湿了，但隐隐约约的，又有些血气方刚在内。

"最后让我帮你杀遍天将，撼动星辰，将那七十二星宿打入凡胎如何？"白政君狂笑，像是一世枭雄最后的永不瞑目与永不甘心，但眼神里却带着……释然。

"再讲个故事吧。"云燕轻声说，"别讲老猴子了，听起来有些难受。"

　　"好啊！那我再为你讲一遍我是如何在西戎营帐内孤军对敌的！"白政君大笑着。

　　"我用草原的方式跟他们决斗，但是哈哈，那西戎的蛮夷就算贵为将军，不出两回合还是落得被我斩于马下，巨剑挥出去血如泼墨，在地上血叠了一层又一层。那血干了便凝，凝了就洒，洒了又干，每一匹战马和人都踏在人马的尸骨上征战，长刀里能映照出他们狰狞恶的表情……但我被困敌军了！只身一人杀到了西戎敌帐，单剑取其将军首级，杀了那蛮夷将军后，四面层层叠叠涌上来的都是西戎蛮子！他们居然违反了他们自己定下的决斗规矩！"

　　白政君挥舞巨剑，如有一头龙在他的背后盘旋，每一剑挥出去都带着龙吼。这样子海妖的血洒了又洒，洒了又洒，累积在地上层层叠叠的如同当年的征战，也像是老猴子对敌千千万万如山倒海倾的天兵天将。云燕看呆了，不知人为何有这么大力量。

　　他狂吼，咆哮，又放肆地大笑道："我就这样！这一下削掉了那蛮子的脑袋，那一下又捅穿了另一个蛮子！有人来了，我就这样把他们的剑带着人一起砍断！有人跑了，我就追上去刺进他的腹部！"

　　"但那些西戎蛮子好生卑鄙！一群人围打一个人不说，居然还放暗箭！不过我身为白家族长，夏国的大将军，岂是这么容易死的？只见那箭插进我的肩头，而我却狂吼一声，把手里的剑掷了出去，像这样！"

　　白政君大笑一声，又狂吼。那名和全世界对抗的夏国将军眼睛里闪动着永不熄灭的金色烈焰。

　　他把手里的焱祭天荒笔直地扔了出去，命中一名正要偷袭的海妖："就这样！我的剑洞穿了那个放暗箭的西戎小人！然后从地上拿起他们的长刀，一路杀了过去！一个人来了，就杀掉！一群人来了，就都杀掉！杀到我的剑身边，又抽出了我的剑，我拿着我的剑四处征战，四面楚歌那就大杀四方！"

　　他真的一路用手打了过去，海妖们的汹汹攻势并未能让他畏惧，一拳打碎海妖的头颅更是常见无比。他一路杀到巨剑所在之处，重又捡起剑，大杀四方。他脚踩之地早已不是什么地面，而是堆积了密密麻麻海妖尸体的尸山血海，一脚踩下去，甚至能溅起半人高的藏蓝色血水。

白政君仰天长啸："喂！所谓的人世，睁大你的眼睛好好看看，我还活着啊！"

末了，又看着云燕，沙哑笑道："小猴子，我只能帮你到这里啦，你那一剑要如何挥出去，我怎么也看不到了。"

那一刻天地寂静沉默，一切一切的声音都彻底消弭，唯剩下老人嘶哑的声音一那么轻柔，虚无得能被风吹散，但又用上了全身的力气说出的这句话。

然后他的身体一僵，站住，表情却凝固在了他的脸上。

静默，无言。

那金色的眸火仍烧着，但云燕却知道他死了。可能他在好久好久之前就死了，在白家满门被灭的时候已经死了，这些年他之所以活着，就是为了帮云燕这只小猴子。如果小猴子要当个说书的，他就把自己知道的所有故事都告诉他；如果小猴子要去中州，那他也一定会帮小猴子造一艘船；如果小猴子要杀了天帝，那么他就杀天将，撼星辰。

可是他再也看不见云燕要怎么对天帝挥出那一剑了。

"白爷爷你这个老混蛋……死个屁啊！给我活着啊！"云燕跪到了地上，对着那站得笔直的尸身嘤嘤哭泣起来，"你讲的故事一点都不好听，一点逻辑都没有，什么猴子能活那么久啊！你个傻子，脑子真的和猴子一样笨……说说话啊，我想听你讲老猴子的故事，我想听你讲对南蛮女人大腿的看法，你倒是说话啊！我不会嫌弃你啊，起来和我一起杀海妖啊，起来给我讲故事啊……"

"牛芒也是这样的……你们要是不能起来，我就把你们埋了，天天买酒。把我的喜酒天天泼在牛芒的坟头，把那南蛮烈酒泼在白爷爷你的坟头，看我不把你们在下面每天灌得酩酊大醉，上路都不安稳。"云燕的声音带着显而易见的哭腔。

他把指甲狠狠地抠进了脸上的肉，拉出了三道狭长的伤口，那血与泪都混在一起，表情……世上再没有这么悲伤这么狰狞又这么绝望的表情，比魔鬼更让人害怕，金色的眸子明亮得要着起火来。

"我杀了你们！"魔鬼挥剑狂吼！

曾经，在那尚且安宁的年代，白政君说过："为你挡在身前而死的人，都是为了将他们活着的信念传给你，让你好好活着，救更多的人，并且在必要的时候，也可以去死一死了。"

但云燕不想死，他知道自己这一生可能都再也没有比今晚更加艰难而惨烈的战争，但他不能死，他还没有对着天帝挥出那至关重要的一剑，他绝不可以辜负老猴子的期望。

哦，还有他也和一个女孩约好了，要在樱花树下等她，一起去中州。

所以他怎么可能死呢？

阎王怎么敢索魔鬼的命呢？

雨下了很久，久到尸山血海都冲刷干净，天空蔚蓝如洗，一切恢复生机，残垣断壁也生了青苔，像是经年隔世的幻境。

一个女孩呆呆地看着海，曾经她朝思暮想的船已经停靠在码头了，但是她不想上去。因为她觉得要是能继续等待着，也许他们都能重新回来，挥舞手臂朝她大笑，然后继续那场意外中断的仲夏祭，她还能牵着那个男孩的手。

但她不能了，她放眼望去，都是废墟。她脑海里似乎有个残念作祟，把昔日光景都加在废墟上，恍恍惚惚间似乎看得见大红灯笼重又被绳子拉起挂在街道中，行人仍然在谈笑着摩肩接踵。因为仲夏祭在黑夜发生，所以这残念的周围甚至有一股黑晕，在白昼中突兀得如极深的夜里转瞬即逝的灯火。你能察觉出它的不真实。

于是下一瞬残念消弭，堂而皇之暴露在白昼里的废墟重现，曾经在脑海里悄悄隐现的人们都不见了，只有断壁和残垣。絮樱感觉那如汪洋一般的天空反而比昨晚的阴沉夜色更加低垂，像是要把这片废墟压成薄片。

"姑娘，你还要等吗？你已经等了两天了。"某个声音淡淡地响起。

"云燕他一定会来的，我们说好的……说好在这里汇合的。"絮樱说。

"但已经两天了，他是不可能活下来的，整个村子就你一个人活下来了，姑娘你知道的。"那人绕到她的背后，脸上是一道狭长的刀疤。

"他会活着，我相信他，他哪里敢死掉啊……我们不是约好了吗。"她喃喃地说。

刀疤老者，也就是墨崖断剑摇了摇头："他肯定死了，没人能在这种攻势下存活，若不是我们鬼门关的人救你，你也死了。"

"你们不就是想要我脖子上的石头吗！给你们啊！拿啊！……让我一个人在这里等他。"女孩忽然哭了，眼泪一滴一滴往下掉，高高地把项链举起来，却把头埋在双膝之间。

"凤血石不知为何已经认主，强取下来只能是石碎人亡，所以才要姑娘你一起随我们去中州，你也不想死对吧？"那人轻轻劝道。

"再等等吧……也许过一会儿他就来了……再等等……"女孩执拗地说，看着一望无际的海。

他的声音冷了："姑娘，你不会是不守信用的人吧？昨日说好等到今天太阳落山时，如果那人还没来，那你就随我们走。"

"……"女孩不吭声了，也不说话，夕阳的余晖照在她的脸上，瑰丽得变化莫测。

"姑娘，再等下去的话，海妖不知什么时候会来，天也要黑了，怕是会遭遇不测。难不成你想和他一起死？你说过你们有约定，要一起去中州，那你便一人独去好了，帮他把他想做的事做完，想看的景看完，像是他也陪在你身边那样。"那刀疤老者说，"你们再也见不到了吧，那么最好的办法就是再也不去想。"

"不要为了一个完不成的约定而毁掉另一个，就像不要因为一个错误用更多的错误填补，不要为了一个谎言用更多谎言圆谎。"他轻声说，表情没有变化。

"……我明白了，我随你们走就是了。"女孩轻轻地点头，脸上泪痕未干。她忽然觉得很累，不知该做什么，但她最后却答应了。

你和朋友们载歌载舞通宵达旦，但也难免独自走夜路，所以说，很多东西你要独自去承受的，别人都帮不了你。

她站起身来，废墟被抛在后面。走过你生命中一道道废墟，这便是所谓成长——，舍割不下的，走过走不出的，明白明不确的。而后那一道道废墟都是丰碑、见证，尽管它们由你最亲爱的一切的离散铸成。

絮樱攥着项链的手攥得很紧很紧，头也低得很低很低，却再不回头。

云燕从坍塌的废墟中醒来时已经过了三天有余，当然他自己自然是不知道。一醒来，他就背着剑，不顾身上的伤仍流着血，一步不回地奔向云止海边的老码头。

在某个瞬间，他以为会有一个女孩安静地坐在上面，双腿不甘地晃着，神情寂寞地望天。这样他就可以轻车熟路地坐过去，陪在她身边和她讲故事。他已经又有很多故事了，比如老猴子和小猴子的故事，比如一匹孤狼守护着女孩战斗至死的故事。但是满腹的故事有什么用？听故事的人都不在了。

说起来，以前一直没能发现，但其实，云止海挺空旷的，没人的时候真的好空。铺碧千万里，孤影独一人。那么，絮樱一个人在这里不甘地、寂寞地晃腿的时候，是不是也会感觉这里很空旷啊？所以才会要一个人来讲故事，这样能显得离人群近一些。因为从这里眺望村落，会和人群有种疏离感的，眺望海洋的时候更是了。

他忽然回忆起絮樱坐在这里望着天空的样子，觉得她真是一个仙子，躲在这里避开了尘世，只是眺望大海，仿佛躲开了时光谁也找不到。但是他误打误撞闯进来了……于是故事从此开始。

"絮樱，我给你讲故事吧。"云燕看着天空说。

"……从前，有个男孩喜欢一个女孩，那个女孩也不讨厌男孩。于是男孩每天给女孩讲故事，讲啊讲啊……终于有一天危险来了，那个海岛上来了怪兽。男孩和女孩分开了，然后男孩的朋友为了保护男孩死了，男孩的爷爷为了保护男孩死了，所有人都死了……"

他笑了笑，白痴一样，但又想哭："你说那个男孩怎么这么傻呢……"

云燕坐在码头上，呆呆地望着天空说故事。坐着坐着，他的腿开始晃起来，从细微的幅度，到寂寞地不甘心地晃着双腿，等他明白自己在干什么的时候他已经快要把自己晃下去了。

听故事的人都不在了，讲故事的人为什么还要讲？

他静静地，静静地把腿收上来，蜷缩成一个球，手环抱着自己的膝盖。这里一个人也没有，更不会有人看他，但他却把脸埋在手心里："你说那个男孩怎么这么傻呢……"

忽然就掉下泪来。

错过真是个搞鬼的东西，有些人你错过了也能找回来，有些人你错过了就再也找寻不到。你错过了她一次，就是错过了她的一生，于是今后的漫长时光里，陪伴她身边的都不再是你。

我的世界其实很小啊，云燕想：以前人多还不觉得，但现在人一个个都离我远去了。于是他抱着双膝把头埋起来，想，真是狭小啊……真是冷啊……但现在，其实是夏天吧？如入寒冬啊。

无人陪伴的季节都是冬天。

他拿出一直塞在自己口袋里的那只青色的燕子布偶，看着它，用力地攥在手心里，像是填补什么东西从自己心里生生被挖掉的空洞。

云燕回了白政君的家里，按照指示找到了书房书架上第二层第三本书，往外一拉，就能听见"轰隆隆"的声音响起，激起满屋子的灰尘。在西北角处开了一道入口，隐隐约约透出些光亮，看来那些蜡烛还没有烧干净。

白政君如果直接躲在这里的话，是不是能逃过一劫呢？但可惜他没有，这只老猴子没有选择待在山上，而是用了三个九十九亿亿年，杀天将、撼星辰，将七十二星宿打入凡尘。最后他的结局是什么？

云燕想，他大概明白了白政君想对他说的是什么了：我能为你做到一切，但这仅仅是我的一切而非你的一切。所以最后那至关重要的一剑注定要由你来挥舞，因为这是你的人生，无论挥剑还是逃避都是你的人生，我能帮你的不多。

哎，我明白你意思了，那你出来给我讲故事怎么样？

他在地下室找了找，找到一张纸，还有一枚令牌。令牌是温润的白玉所制，拿在手里如同羊脂，肯定是上好的料子。令牌正面刻了个"白"字，反面则是刻了一个逼真的虎头。

那张纸上的话是这样的：

燕儿，话不多说，当你看到这封信的时候意味着我已经死了。你应该已经从我的口中得知你的身世，我相信我就是死也会把那些事情亲口对你说的。但如果你不知情，那么你可以找幸存的白家族人问一问，或者选择永远也不去知晓。虽然我一直觉得你适合待在这里，但你其实属于那万浪之后更广袤的疆土，只要你想，砸碎那块令牌，别人就能知道你在哪个方位，也就有人能来接你。

但是，如果你回到中州，定然会遭人愤恨，那陷害我的贼人恐怕也不会善罢甘休，所以你要小心。

最后，你一定要活下去，好好活下去，只有活着才有希望。但也不要惧怕死亡，为了比生命更重要的事情而死自古都是光荣的

白政君

云燕轻轻把那张纸折好，放进自己口袋，和一只青色的燕子布偶放在一起，然后拿起令牌，摔碎在地上。

我已经别无选择了好吧，村里人都死了，我要怎么活着？况且我和一个女孩有了约定，那个女孩我等不到了，所以我要带着她的那份憧憬，去中州。

男孩的一生有很多让他成长的瞬间，其中至少有两个：第一个瞬间是他第一眼望向某个女孩时心动的感觉；第二个瞬间是在夜深人静时他忽然想明白自己彻底失去那个女孩了。

云燕经历了这两个瞬间，从此再没有哪个人能让他如此动心，如此执拗，再无人让他如此满怀期待。

男人一辈子只会对一个女人那么傻那么天真，因为等他失去了那个女人之后他就学聪明了；女人一辈子只会对一个男人那么依赖那么眷恋，因为等她失去了那个男人之后她就学乖了。唯有一次一次的伤害让我们学会更加坚强。

这样子是成长了吗？

原来人不是一点一点慢慢地长大的啊，而是在某一个瞬间，一下子，就长大了，就像很多年以后你将会在某一瞬间一下子变老。

我们终将长大，也终将老去，这同刮风下雨日升日落一样，是明白无误的。

（第一卷完）

第二卷　中州

陆

这天下风起云涌，身在中，不由己。

我们仍要面对自己不得不面对的宿命，但那壮阔而瑰丽的世界，让我们坚信它将因我们而不同。

一

洁白的云层缓缓地飘来，但堆积到了某一处就再也前进不了，而是鼓鼓囊囊地围了一个圈，正好包住云止村周边海域。中州的人们大多数不知道这里，而在某些古籍上能查到这里古时候的名字——"万云之坟"，意思是天下所有被风刮走的云都聚集在了这里，然后化作雾气飞到比云层更高的地方，又飘飘荡荡回了中州凝结成云，接着是一千遍一万遍的循环。

絮樱用手肘支在船头栏杆上，抬头看着那天空的壮观景象：一旁万里无云，另一旁万云缭绕。

"这就是云呀……"絮樱轻声说，风铃一样清脆的声音听不出情绪。

她忽然预见了些什么——她来到那陌生而广阔的天地之后，必定会逼迫着习惯更多的她不曾了解不曾适应的东西。如同这云，醒目地提醒她的另类。她的未来便是一生去习惯这些事物，学会好好做一个中州人。

她的梦想触手可及，但她忽然发现，那些追逐梦想的日子反而更加美好。

"这便是云，在幕沧，你能见到更多你不曾见过的。"墨崖断剑，即刀疤老者，慢慢地走了过来，说道。

幕沧？就是那个云燕希望去的地方？

絮樱沉默了半晌，然后转过头来："我们正去往幕沧？"

他点点头："没错，那里将会有许多新奇之物。"

"新奇之物又如何？"絮樱淡淡地说。

那人一怔。

她转过头去，看着远方的云，不知道在想什么："那些有意思的新奇之物是我约好了和一个笨蛋一起去看的，但那个笨蛋失约了。所以，新奇之物又如何？"

"他也一定很想与姑娘你一起去中州吧，只是可惜了……"

"别老是姑娘姑娘的叫我。"絮樱神情冷了下来，说，"我有名字，我叫絮樱。"

"但是你要入我鬼门关，就必须要跟我们的族姓墨崖，这一辈又是红字辈，到时候，你就叫墨崖红樱了。"

"不。"絮樱的声音变得更冷了，"我姓絮，名樱，这是我的名字。"

"但这不符合门规。"

"那我就不加入那什么鬼门关。"

"唉……"他叹了口气，眼神忽的森冷了，"你要知道鬼门关可不是什么慈善组织，那是全中州第一杀手帮派，你对于我们极为重要，哪能你说走就能走？"

絮樱低下头不说话了。

"一个名字而已，改了便改了，你对于这个名字还留有什么念想吗？你留着这个名字也只会在别人喊你的时候，忽然就想起来那些往事了……不如一刀断了念想。"刀疤老者幽幽道，"墨崖红樱，鬼门关红字辈小鬼，墨崖断剑关门弟子，世上唯一能接收凤血石'生血'的人，凤血石之主，未来的鬼门关堂主之一，甚至可能是新一代鬼门关门主！这些是墨崖红樱这个名字能带给你的，相比之下絮樱这个名字不是显得苍白不堪吗？"

"但这个名字代表了我还和那个已成废墟的地方仍有关联啊，那是我的故土，埋葬了我的种种一切。虽然我回不去了，但我不想把这个名字改掉。"絮樱低下头来，"我不想就这样变得和我的过去一点关系也没有了。"

"而且这个名字……还和一个笨蛋许下过约定，要是就这么改掉了，没了，他会不会伤心啊？"

"他已经死了！"他厉声说道，"那个约定作废掉了！"

絮樱不再说话了，低头看着海浪被船一分为二。

"孩子，你身上带着我们鬼门关的希望……接受这个名字吧，对你我都有好处。"

"……那我就叫……墨崖红樱了。"墨崖红樱抬起了头，望着舒卷的云层。

"好孩子。"刀疤老者点点头，走了回去，留红樱一个人待在船头，望着天边的云层，不知所想。

二十天后，相同的海域。

一艘巨轮破浪而来，如云的白帆用金线绣着大幅的白虎头，船身保养得还很不错。云燕站在船头，看着天边的云。

这是白家的船，云燕在半个时辰前上了这艘船，在此之前，他等了二十天。

"换姓之事，考虑得如何？"一人绕到他背后，略显得瘦削的身躯，以及如水瀑垂下的长发及腰，看脸却是个清秀的男子。

"给我些时间，让我好好想想。"云燕看了看男子，又转回了头，"白凛烟将军。"

"不如我们今日做个了断。"白凛烟淡淡地说。

云燕沉默了一会儿，说："……那好，我仍是不希望丢弃这个名字。"

"为什么？"

"凭它陪我走过那么多年，丢掉很难受。让人感觉像舍掉生命中前面的整整十五年，换回一个尚且陌生的名字，我觉得不值，我觉得愧对那十五年里的起起跌跌。"云燕说，"没多少东西能陪你走过十五年的吧。"

"但你是白家的人，也将成为白家家主，白家的人……"白凛烟凝视着云燕的眼睛，这让云燕感觉像是被什么凶恶的猛禽盯上，"只能姓白。"

"我在一个月以前甚至没有听过白家。"云燕仍是摇了摇头。

"可你在一个月后就失去一切，我说得对吗？"白凛烟说，"你一无所有，为什么不愿接受白燕这个名字？你可还在执着些什么东西？"

执着些什么？还能执着些什么？因为这个名字被牛芒，被白政君，被絮樱喊过，他们只记得这个名字，某个角度上这代表了云止村那个少年的全部意义。现在他们是死了，难不成我要让我的过往随他们一起死？

这就是为何有些人宁可固守清贫也不要那些锦衣玉食的缘故，因为他们的清贫和他们爱的人关联，他们的富饶不会。

"我给你半个时辰如何？半个时辰过后，你就决定你的命运，是白燕，还是云燕，取决于你。"白凛烟声音没有起伏，"如果你是云燕，我便在中州随处找个地方将你扔下，给你黄金百两包你一世无忧；如果你是白燕，那你就将成为我们白家的少主，未来的白家家主。"

说罢，白凛烟便走了，云燕默默地看着天边卷席而来的云。

这世上最幸福的事就是未曾相逢，最痛苦的是一面之情，更痛苦的就是曾经拥有却断不了念想。在很多年后，他都会想，若一切都未曾发生，我们还是那个小小海岛上的小小男女，一切又会如何？若让时光倒流岁月回溯，一切又会如何？会好，还是更坏？

若没有那么美好的开始，就不会有那么悲伤的结束。

云燕屹立船头，想了很多事情，也想了以后，那广袤的，曾被自己所期待的中州就要展现在眼前了，但自己却并没有想象中那么兴奋。

哦，他似乎是要去夏国，那是絮樱想去的地方吧。

我会帮你看的，看那灯火漫城不夜天，看那天光洒在胤都皇城的琉璃瓦上。那约定已经不再，你也不再，但我还在。所以我会活下去，好好地活下去，带着所有人的份。

前方路漫漫，伊人手纤纤，不能携子手，不能断残念。

那些曾被我们拥有过的幸福时光就这样在辗转反侧中一去不复返，如握在手里的沙，紧不得亦松不得，只能徒劳地看着黄沙掉落在地，再拾不起。

我们不可能永远是云燕，永远是絮樱啊。

一个月后，夏国，胤凰。

酒肆内，一群人正谈笑，手里拿着的酒都上了年份，郁郁醇香飘散着。他们的声音虽然不大，但还是能让许多人听见。

"嘿，你们知道不，"一人神秘兮兮地趴在桌上，"据说西戎那帮蛮子又要造反，虎威上将胡天霸就要在几个月后远征西戎啦！这一次咱出了大军五十万，到了临战那日，就是大军压境，那西戎蛮子只能抱头鼠窜啊！"

另一人鄙夷地笑笑，一扯嘴角："哥们儿，你的消息早都过时了，多少天前听说的啊？我这儿有更劲爆的消息嘞！据说，天星阁的星动司颜笙，要公开招驸马，比武招亲啊！好像就在后天呐！颜笙那可是咱胤凰多少人的女神啊，这下可好，到时候可不得蜂拥而去？如此之大的盛事，就是我抢不到颜笙，我也得凑过去瞧瞧啊！"

"哈哈，得了吧！能去的人非富即贵，咱这升斗小民，去不成的！"

"唉，你倒是别说出来啊，让我先乐呵一会儿，有个念想啊！"

"嗤——"一人把酒坛往桌上一敲，嗤笑道，"你们讨论这些，再怎么新奇也不可能比上我的消息！"

"那你倒是说呀！"群众都起哄。

"哈哈！你们可还记得十五年前那宗白家满门抄斩案？据说这案子重审了一遍，被判冤案呐！"那人笑了两声，"当年陷害白家的奸臣，已被处决啦！"

"那又如何？白家血脉不是绝了吗？只有零星几个血统驳杂的白家后人，那真正的白家族人都被杀啦！除了白将军还神威一些，其他都再无当年白家血气！怎么翻得起浪花？从此世上再无'鬼瞳'咯……"一人哼哼唧唧地说。

"哎，那可不！"原先那人神秘笑笑，"你们可知道，他们找到了流落在外的白家族人，还将他封为少主。白家这一脉可没绝呐，知道那人血脉纯净到何等地步？"

"说来听听？"

那人咧嘴一笑，喝口酒，说："白家血脉按瞳色划分，火照下金眸颜色越亮，煞气越逼人，血脉越纯。最下一等，瞳若绸缎，华而无光；其次一等，瞳若明珠，华光初放；再上一等，瞳若美玉，华光大绽；又高一等，瞳若鎏金，光彩映天。那十五年前的武神白政君，就是瞳若鎏金。"

"那这白家少主，怕也是瞳若鎏金吧？"

"非也非也，"那人哈哈一笑，"那白家少主，乃是更高一层的瞳若金焰，如万丈天光，火烧流云，细视之，状若纯金燃烧。"

"这么强？"众人都说，"那看来他日后大有作为啊！"

"当然啦……且听我细说他的私密生活，我可是有独家小道消息，把他十五年来染指过的女人都记录在内，能把他从头到尾扒个精光！"

"好好好！快说快说……"

远处角落的酒桌，两名衣着朴素，头顶的斗笠垂下白纱的女子相视一笑。

"哎，笙姐，他们在讨论你唉……"一个女子先说，声音清丽也带着一股子狡黠，"你可成了中州所有男人的梦中女神哦。"

"哼，臭男人而已，管他们做什么？蓉儿不要多管闲事。"另一女子往那桌嘈杂的人群瞥了一眼，表情因被白纱遮住而看不清。她的声音清澈如山溪，细细柔柔甚是好听。

"谁让你长得如此美？让做妹妹的我都妒忌了。"那女子笑着说，却没有什么妒忌的情绪，带着一种打趣。

"也就你敢取笑我。"

"哪敢呀，你可是我们的天星阁星动司，三巫女之首，我只是您手下一个小小的星耀司，官大一级压死人啊……"

"死妮子，还记着我比你官大？是不是讨打？"

"当然不是，不过难得你出来玩一趟，要不要我们摘了这白纱，换身衣服扮成富家千金出去……"最开始说话的女子笑嘻嘻地说，"让那些臭男人惊艳一下？"

"也就你敢这么玩。"那个女孩似乎是白了她一眼，却因被白纱遮住而看不见，"你要闹，我可不陪你。"

"唉……也就现在能玩玩咯。你可是要嫁人啦，也不知皇上的小心思，比武招亲哎，是要给你找一头大猩猩吗？"

"是政治联姻啦，还找一头大猩猩，比武招亲是个幌子懂不懂？皇帝让谁做我夫君，他就是手无缚鸡之力，一旁的大猩猩们也要乖乖倒下。"女子叹了口气。

"嘻嘻，这些弯弯绕绕的我可不懂。"那女孩话锋一转，"可是你就这样嫁出去吗？你不是喜欢薛公子的吗？"

"是啊。"她说。

另一个女子也不说话了，静默半晌，整桌情绪好似都低了下去，然后她忽然又说："笙姐，不如我们出去玩一玩？我可是很想见到那个传说中的白家少主呢。"

那个女子却不说话，低低地垂下了头。

"哎，笙姐，"那个女子见状问道，"薛公子他……在比武招亲那天会来吗？"

"当然。"她轻声说，"他一定会来的，我相信他。"

酒肆之外，端坐在马车中的少年一袭白衣，左袖用青色的丝线绣了一只墨意淋漓、正在云端飞翔的燕子，衣服的下摆是银色丝线绣出来的云浪。那垂下来的白纱遮住了马车内的光景，四匹毛色相同的局头大马平稳地走着。

"还记得我和你说过的礼仪之道吧，待会儿觐见皇帝，不要紧张得忘掉了。"马车里另一人淡淡说着，他也穿着一身白衣，并未有什么其他图案，腰间斜挎着一把宝剑，剑鞘居然是银的。

"记得，白叔。"那少年点点头。

"初来胤凰，可有不适应？"

"有些。"

"说说感觉吧。"带着剑的那人说，"时间挺多，我们一时半会儿也到不了皇宫，聊会儿天吧。"

"……这里挺繁华。"那少年说，"比云止岛不知繁华多少倍。"

"喜欢吗？"

"不太喜欢。"

"为何？"

"繁华，"少年轻声说，"繁华得让我有些害怕了。"

"中州有国，名曰夏，夏有城，名曰胤。夏三七八年，举国迁都，定都胤，遂变其名，曰胤凰，取凰降于胤之意。"那人淡淡说，"这是《胤凰编年史》的开头。之后胤凰发展了近百年，这里已经算是中州为数不多的几个商业中心，你能在这里看到各类人——南蛮人，幕沧人，北夷人，东瀛人……当然几乎不包括西戎人，我们和他们关系恶劣。"

"对呀，像个大杂烩，这就是为什么我不喜欢这里的原因。"

少年轻轻掀开白纱一角，看了看车窗外：胤凰很是繁华了，修筑得足可通过两辆马车的宽敞街道，楼宇高耸，眺望向远方你还能看见林立的塔楼，壮阔得无与伦比。前推一百年，后溯一百年都见不到比现在更加繁华的年代，这是某一个时代的顶峰，是一座山的山顶。极致之后必定下滑，完美之中必然滋生腐败，那种隐隐约约的纸醉金迷感觉让他很不喜欢。

　　"这天下大得无边无际，但其实也不过是个牢笼，你走得越远，这笼子也就越大点罢了。"少年把白纱放下，轻轻地说，"还不是把你团团围住？"

　　"人各有见，想法有别。但像我们这种武者，还是少想些为好。就算我们被困笼子里，我们的任务也只不过是杀掉困在笼子里的某一些人而已。"那斜挎着剑的人淡淡地说。

　　少年没有再说话了，静静地端坐着，等待着拉车的马"吁"的一声停住，然后在自己的面前出现一座美轮美奂无以复加的宫殿群，阳光洒在琉璃顶上折射出彩光。

　　呵，絮樱，这便是胤凰，其实这里也没你说的那么好……

　　世界多大啊！但其实也就那么点地方，你在自己的一亩三分地里转悠，有不多不少几个朋友，应该也就是你的全部了。去不了的地方不是你的世界，未曾谋面的人不属于你，对比整个天下，你的一切是否都显得微不足道呢？

　　在这陌生又浩大的世界，我希望有你。

　　姬桀坐在金玉打造的龙椅上，绣着五爪金龙的黄袍一直垂到地上，两旁的侍女为他轻轻地扇着扇子。朝堂内文武百官有条不紊站好，微躬身。

　　在视线所不及之处，少年与男人正缓缓走来，踏着九十九层石阶走向金穹顶的皇宫。

　　"报——国将军白凛烟觐见——"一个声音拉长了喊道。

"准了。"龙椅上姬桀不急不忙。

"嘛——"

于是二人便这样出现在了朝堂上，男人与少年并肩走来，行了礼。

"左侧之人，是护国将军白凛烟，右侧的少年……你是谁？"姬桀慢悠悠地问，像是这样方能显出九五之尊的睥睨天下的霸气。

其实在场所有人都知道那少年是谁，无论文武百官、皇上，甚至打扇子的侍女，他们都明白这个白衣少年是谁，但他们需要他亲口说出来。这是一种仪式，一种证明，他亲口在朝堂上说了以后，胤凰的上流社会就承认他的地位。

"我是白燕，白家少主白燕。"那少年的声音响起，不卑不亢。他直视姬桀的眼睛。

于是在那一天，一位名叫白燕的少年横空出世，生生闯入了浩大的胤凰。当他舍弃了过往的名字，就相当于舍弃了过往的一切，于是世人都知道白燕是白家的少主，血脉的延续者，却再不知道那个名叫云燕的少年。那些往事零碎在风里无人拾起。

这天下风起云涌，身在中，不由己。

我们仍要面对自己不得不面对的宿命，但那壮阔而瑰丽的世界，让我们坚信它将因有我们而不同。

文武百官都退了，包括白燕和白凛烟，就连侍女都退去，偌大的朝堂内只剩皇上和年轻的少年丞相。

"无翳啊，你看白燕这人，如何？"沉默半晌，姬桀忽然慢悠悠地问。

"皇上，依臣看，白燕这人如刀，藏鞘之刀。"丞相宁无翳说。他从面孔看只有十六七岁的样子，声音儒雅低沉，举止彬彬有礼，是个不会让人讨厌的家伙。但还是难以想象这样的贵族少年居然是一国宰相。

"何以见得？"

"直觉。他虽然没有什么可圈可点之处，但给我的感觉像是掩埋在土里的刀，总有一日将会……"宁无翳抬头，一字一句地说，

"锋芒毕露。"

"比起白政君和白凛烟，白燕又如何？"

"白凛烟只知杀敌、兵法，武功高强，虽敛其锋芒不过火，但却不懂人心，三人中最下等。"宁无翳沉吟片刻，说道。

"当今的护国将军却被你说是最下等，想来他会生气的。"姬桀一愣，笑着说。

宁无翳并不接话，接着说："白政君在三人中武功当属第一，兵法谋略仅次于我，沙场无数，识人心……却不懂得收敛锋芒，三人居中。"

当年那场白家满门抄斩案，表面上看是小人陷害有功之臣，但实际上是白政君功高震主，却仍不懂得收敛锋芒所致。这样的人可以用于乱世，一振夏国国威，但西戎若是不再犯夏国泱泱疆土，那么这样的人也不再有了用处，留着反而是个隐患……不如除掉。

聪明如宁无翳当然早就猜到这一点，但却没有说透，只是隐晦地提了一下，浅尝辄止。

"至于白燕……锋芒内敛，不卑不亢，大将之风。"宁无翳缓缓地说。他并未说白燕在三人中的排名，但无论是皇上姬桀还是宁无翳自己都已明白。

"爱卿，白燕当真这么强？你甚至不知他武功如何，兵法谋略又如何。"姬桀皱了皱眉头，缓缓道。

"军法谋略，这个是可以后天学习的，只要不是愚笨之人，生活在白家那种世代将门的地方，兵法自然不会差。况且真的作战，有我在，兵法一处也是十拿九稳。而至于武功如何……"宁无翳顿了顿，说，"白燕是瞳若金焰，而白凛烟仅仅是瞳若明珠，即使是那百年不出的武神白政君，也不过瞳若鎏金。论潜力，白燕更胜一筹。"

"那爱卿你觉得，这样的人是留着呢，还是干脆……"姬桀慢

悠悠开口，眼神微动，一股厉芒流转。

"我猜，圣上已有决断了吧。"宁无翳看着他的眼睛，轻声说。

姬桀盯着他的眼睛，对视半晌，忽然笑了："还是爱卿懂我，那你说说，我的想法是什么？"

"留。"宁无翳言简意赅。

"为何？"

"西戎按捺不住即将出兵，胡天霸沉迷酒乐上阵对敌根本不行，虽说有我在打仗不会成问题……但他是亲王的狗，信不过。"宁无翳说。

"哈哈！那好，这样便拉拢他为妙，嗯……不如将颜笙许配与他。"姬桀大笑一声。

宁无翳一愣，苦笑说："圣上，你可是忘了，那白燕……才十五岁而已。"

二

一座巨大的金属城门矗立在红樱的面前，声势狰恶的猛兽，背着阳光投下的巨大阴影把她彻底笼罩在内。墨崖断剑一K名刀疤老者绕到她身边，说："进去吧，在未来的日子里，这里就将是你的家了。"

红樱有些畏惧，不愿进去，她向后看了一眼在夜色里模糊的翠绿山岳，那是幕沧国境内唯一的山脉沧峦山，那上面到了春天就会盛开无数樱花，但可惜夏天就只有翠绿的叶子。

她不想进去，她觉得如果进了那城，就再也出不来了，遍布整座山的樱花也就看不到了。

"快些走，现在已经很晚了，今晚洗漱一下，选好你的影子，明天长老们都要见你。"墨崖断剑催促说。

于是红樱就只好进去，在她未来成长为鬼门关门主的时候会觉得整座鬼门关像是一张坚不可摧的蛛网，无数的蜘蛛生活在这里，

　　把线拉到世界各地，你能顺着这些线走，但到了时间你就必须得回来，如果你不回来你就肯定会死在外面，没人知道你会怎么死，包括你自己。

　　"影子？选影子是什么意思？"红樱问，在她问出这句话的时候就已经步入了蜘蛛的巢穴，那张坚不可摧的蛛网又容纳了一只新生的小蜘蛛。

　　"杀手们只知道怎么杀人，难以自保，所以门派会给他们准备影子，也就类似于你们的保镖，专属于杀手的保镖。"墨崖断剑说，

　　"我就送你到这里，看见那些穿着黑衣，左手有两道交叉的伤疤的人了吗？他们就是影子，是无人认领的影子，没有影子的杀手只需要拉着他们的左手，那么这个影子从此就属于你一人。影子清楚这里的一切，你找到一个影子，他就会帮你的。"

　　"实力如何？"红樱问道，她有些惊讶于自己问出这句话时的冷静语气。她觉得她开始用这里的思维思考了，希望这件事情不要太坏。

　　"绝不会拖你后腿，每个影子都是九死一生出来的。"墨崖断剑说，"那么我便先走了，记得选好你的影子。"

　　于是他就真的走了，似乎对身怀凤血石的红樱不管不问，留下她一个人在原地。红樱先是一愣，然后便开始扫视周围。

　　这是个……挺阴森的地方，夜幕中一切都裹上一层暗蓝色的晕边，依稀能见到凉亭，流水，还有零散着走动的人们。大多是些女子，都有人陪伴，那些陪伴的人都身穿黑衣，看起来似乎低眉顺眼。

　　脚下踩着的是古朴厚重的青石板，蜿蜒成一条条小路，路旁都种上了高大的树木，夜色中狰狞着如同魔鬼向天伸出的畸形利爪，没有叶子。而那树下则是盛开着的彼岸花，在夜幕里显得朦胧且妖异。红樱观望着，看见稀稀疏疏的一些人坐在地上，穿着黑色的衣服，左手都有道交叉的伤疤。他们看看红樱，却什么声音也没发出来。

　　"为什么没人说话？"红樱问得有些小心，但却没有一个人回答，

那些穿着黑衣的影子望着她，眸子里是一片死灰的寂静。

"因为影子是没有人权的，主人不让说话，影子就不能说话。"一个声音在红樱身后响起，摇摇晃晃站起来一个拎着葫芦的人影，穿着黑衣，左手有疤，是影子。这个影子身后背着很多根细长的竹竿一样的东西。

影子嘴对葫芦，咕噜咕噜喝了些东西，从溢出的香气判断是酒无疑。他在喝酒的时候一直盯着红樱，眼睛里像是沉积了星辰般明亮。

"你是影子吗？"红樱愣了一会儿，问道。

"是呀。"那人笑着说。

"那你为什么说话？"

"因为我是疯子呀。"那人温良地笑着，清秀的脸约莫十七岁，倒是看不出来哪里疯了，只看出来似乎有些醉。

"这里还能喝酒吗？"红樱看着他手里的酒葫芦。

"不能啊。"说这话的时候他又往嘴里灌了两口酒。

"那你为什么能喝？"

"因为我是疯子呀。"那人还是一如既往地笑着。

真是奇怪。红樱摇了摇头，但是这里也就这样一个疯子能陪她说说话了，她是个很怕寂寞的人，所以她又问："你哪里来的钱买酒？"

"用梦。"那人说。

"梦？梦能买到酒吗？"

"梦能做到一切啊。"他说，"因为我是疯子，因为我这个疯子有梦，所以没什么是我做不到的。"

他看着红樱，眼睛很亮，醉醺醺却面带微笑，一本正经地说着莫名其妙的话。多年后红樱望着他，回想那第一次见面，会发现虽然有些事情悄无声息地变了，但有些事情还是一如既往。

"你都穷得只剩梦了，为什么还在这里喝酒？"她问。

"我都穷得只剩梦了，为何不能在这里喝酒？"他的眼睛还是那么亮，只是面色红得滴血，却依然笑嘻嘻的。

"你真是个奇怪的影子。"红樱说。她的心情忽然有些烦躁，觉得自己和一个奇怪的家伙扯了半天，但却什么用处也没有，而且她还必须陪这个家伙扯下去，否则她会觉得不安。她越发变得爱说话了，因为她怕她闲下来会变得寂寞。

"和我这个奇怪的影子说了这么长时间的话，你真是个奇怪的鬼。"那影子说。

红樱被他打断思绪，一愣，说："我不是鬼。"

他晃了晃酒葫芦："这里所有的杀手都叫'鬼'，知道为什么这里叫鬼门关么？因为这里除了鬼，就是影子，哦，还有刺探情报用的蜘蛛们。"

"那我这个鬼接下来该怎么办呢？"红樱觉得好气又好笑，她平常的话不算多，但她今天想多说些话，要不然她会惶恐。

那影子指了指别处："随便挑一个你看得顺眼的影子，拉他的左手，他就能告诉你该怎么做了。"

"你为什么不让我拉你的手？"

那人耸耸肩，一笑，牙齿很白："因为不会有人要我啊。"这句话说得真是可怜……不会有人要我。红樱一怔，觉得这个自诩疯子的家伙有些可，怜了。她看着他，他笑得一如既往的温良。

红樱静静地思考了一会儿，做出了今后将彻底改变她人生的决定，她站起来，走到那个影子面前，拉了他的左手。虽然这个家伙喝酒，自称是疯子，还总是傻兮兮地笑，但他好歹陪自己说了半天话，而且比起其他的影子他更像个有血有肉的活人。

红樱心情有些低落，她想起来上一个又傻但又会陪自己说很长时间话的家伙已经不在了，而那家伙送自己的东西正被自己挂在脖子上……也不知道我送他的小燕子怎么样了。

她拉住了影子的左手，影子的手很冷，也很硬，布满了茧和伤疤，让她一愣。而红樱的手很暖，很柔软，纤纤白白，小小的能被影子的手包裹住，也让他一愣。

那影子愣完了，又笑着问："你真的要我这个疯子做你的影子？"

"可我看你不疯。"

"那你应该是看走眼了。"那人还是笑。

"……不说这个了，你叫什么名字？"红樱问。

"楚七十一。"

"是编号吗？"

楚七十一摇摇头："不是，是因为我有七十一把刀，所以我叫自己楚七十一。"

他拉开自己黑色的外衣，里面密密麻麻的挂满了许多把大小不一的刀，在夜里也能折射出清冷的刀光，每把刀都是薄如蝉翼，锋利异常。这时红樱才忽然注意到他身后的那几根竹竿其实是刀，绑在他身上的刀，那几把刀都长到不能收在衣服里，所以才绑在背后。

"影子都像你这样奇怪吗？"

"他们都是普通的影子，唯我是特例，因为我是疯子啊。"楚七十一又笑了，还是笑得无害而温良，像只绵羊，"时间不早了，主人我带你回房洗漱吧。"

红樱心想，自己就要和这个一直自称是疯子的家伙一起生活在这个牢笼里了，来到中州的生活并不像自己所幻想的那样。她以为自己能游山玩水，能像鸟儿一样肆无忌惮地飞翔。但这世界是个鸟笼，所有渴望翔翔于蓝天的鸟儿都被囚禁在内，他们扑扇着鸟毛凌乱的染血的翅膀，啼声哀婉。

现在红樱开始怀念那些时光了，因为那些未曾紧握就已逝去的柔和时光，那些空中飘转着的樱花香和对未来的憧憬，那些无限重复着的日升日落中蕴含的细微幸福，那些可以肆意挥霍的时光和简单干净的日子。

都一去不复返了。

红樱在这个她日后无比憎恶却又不得不生活下去的地方第一次领悟到，有些路，只能一个人走。那些约好一直同行的人，终会错过，分别，离散。于是无论冷雨、暴日，都要你一个人忍着。在那么长那么长的思念中，那些本执拗地相信永不会忘的事情，却在夜里辗转反侧中忘掉了。于是我和你不再有瓜葛，就这样都过去了，都忘记了。

她望着走在前面的那个男孩消瘦的背影，原以为自己能永远记得清楚记忆中那个讷讷的男孩的身影，但她想错了，有些事情是忘得很快的。

最不牢靠是曾经。

"主人，让我帮你梳头吧。"楚七十一站在了房间的门口，手里拿着一把木梳。红樱已经洗浴完了，穿好衣服，正拿着毛巾擦头。

不等她说什么，楚七十一就已经坐在了她后面，拿起她的毛巾，替她擦起了头发。红樱到了后来才知道这家伙的做事准则一向如此，打定主意的事情拦也拦不住，但脸上却总是挂着温顺的笑容。

"你来干什么！"现在的红樱却并不知道这些，秀眉微蹙身子一侧要躲开，却被楚七十一轻轻按住："影子就是伺候主人的，若是伺候不好，会被门主责罚。你知道这里的责罚都是些什吗？炮烙，剖面，木马……我受不起，所以还望主人你体谅一二。"

红樱也就不再动了，让他把自己的头发擦干。进了一个地方就要遵守一个地方的规矩，红樱虽一直生活在海岛，但这些东西多少还是懂得的。

头发擦干了，楚七十一用木梳轻轻地帮她梳头，边梳边笑："影子伺候不好主人，主人也不会被责罚，但我让你体谅一二，主人你就真的不动了。你还真是听话的主人。"

红樱嘴上没说什么，心里暗道你真是不听话的影子。不过听这个家伙说话她也渐渐听出些端倪，他在和自己的对话中虽然称自己为主人，但却一直用的是你而不是您。换句话说，他一直用自己的骄傲将二人放在同等的位置。

"主人你应该是刚从船上下来的，头发还有些干。那海风损了你的发质，应该抹些油膏的。"楚七十一一边梳头一边说。他的动作轻柔而不粗鲁，红樱虽看不到他的手，但也能想象一双灵巧的手拨弄着她的发丝，檀木的木梳在青丝里划动。真是难以想象这双手居然布满了老茧和伤痕。

"嗯。"红樱轻轻应了一声。

"上次我给人梳头还是给我的妹妹呢。"楚七十一用一种怀念的语气说。

红樱心念一动，问："你的妹妹在什么地方？"

楚七十一说："她呀，应该还在家中吧。"

"那你为什么不留在家里，却来这里当了影子？"

她感到楚七十一的手一僵，然后又恢复了。他在红樱背后沉默半晌："……现在是夏天了，主人千万不要中暑。"

二人无话。

过了许久，红樱才又问："你……会讲故事么？"

"讲故事？"楚七十一在红樱背后摇了摇头，"不会。听起来就像是满脸胡茬的老爸讲给自己的女儿听的。你要听睡前故事？"红樱的头低了下去，喃喃地说："原来你不会啊……"

"不会有什么问题吧？主人。"

"没什么问题。我困了，你走吧。"红樱一挥手，楚七十一也就颔首退下。

红樱吹灭了烛火，一个人缩在床上的角落里。现在正是酷暑难耐的夏天，但她却裹上了毯子，因为她觉得冷了。

身子冷了，裹上毯子就好；心冷了，拿什么东西裹住呢？

我们都曾有过最温暖的冬天和最寒冷的夏天，也懂得了若你的心冷，那便是将你烧成灰烬，你还是冷。

扑火的蛾子是否也是因为它们冷？

柒

你觉得孤独而且寂寞，到底是因为你真的孤独而且寂寞呢？还是因为你少了某个人的陪伴。

有些空白不是随随1更便什么人都能填上的啊。

一

白燕举起木棍，大吼一声，迎上了白凛烟的迎面一击。"咔擦"一声，两根白桦木的木棍对上，白燕手里的木棍肉眼可见地弯曲下去，最终折断了，而白凛烟的木棍则势如破竹，笔直地扑向白燕，最终在距离他鼻尖毫厘之差的地方生生止住了。一股强劲的风扑来，吹乱了白燕的头发。

"白叔，真的不是你的武器比我的好？"白燕有些狐疑。这已经是他第五次被白凛烟用相同的一根木棍击败，而且每一次他的木棍都被白凛烟的木棍生生打折了。

"那我们换一下武器如何？"白凛烟把手里的木棍丢过去，自己从一旁的木棍堆里随意又拿了一根，说，"开始吧。"

白燕掂量了一下手里的木棍，发现并无特别之处。然后他用了全力，手里木棍横扫，正要打到白凛烟的腰腹。而白凛烟将木棍向上一挑，轻松破了那一击，然后化棍为枪，笔直地向白燕下盘刺去。白燕不得不收了力道，将木棍调回来拨开白凛烟的一刺。然而白凛烟仿佛早有预谋，中途变招，那刺劲全化成了缠劲，如蛇般缠绕上了白燕的木棍，一扭，白燕手里可怜的木棍就"噼啪"一声化作了两截。

白燕懊恼地将手里的半截木棍丢在一旁，重新找了个木棍："白叔，你用的都是些什么招式？不是说白家人只善用剑的吗？为何连枪招都出来了。"

"话不能这样说，百般兵器皆可通用，方才我使出的招式都可

以用在剑上，虽不能将别人的兵器生生折断，但拨开还是没有问题的。而在战场上你的兵器离手，你还能做什么？"白凛烟淡淡说，

"你都要好生学习了。"

"可我只学了你教给我的一十三式剑招，而你却用上各种偏门招式，是不是有失公平？"白燕说。

白凛烟瞥了他一眼："战场上哪里有公平？不是你死就是我活。也罢，如果你想要公平，那我便也用你所学的剑招对付你。"

白燕眼角一抽，他知道自己肯定是斗不过白凛烟的，无论人家是用剑招还是枪招，哪怕自己用了货真价实的剑，人家也能徒手把自己打趴下。

"少主，长老。"忽然有人急急忙忙冲了过来，打断了白凛烟和白燕的演练。他先是一躬身，然后说，"丞相宁无羁求见。"

"宁无羁？"白凛烟一皱眉头，"他来这里干什么？莫非是冲着少主来的？"

白燕在一旁安静的没有说话。

"我去接见……"白凛烟想了想，"少主你也和我一起去吧。"

白家正厅内摆好了三张椅子，都是上好的紫檀木所制。白家这些年虽然式微，但靠着几位有功之臣和护国将军白凛烟领的俸禄，还没有到变卖家当的地步。桌子上放了三盏茶，色泽动人香气醇厚，自然不是凡品—如果有人用凡品来招待一国宰相也真是胆大包天了。

宁无羁优雅地靠在椅子上，轻轻端起茶盏，嗅了嗅香气，然后才轻轻抿了一口，当下称赞真是好茶。所有的动作都带着一股子老贵族的慵懒气息，神情不像是少年。

而白凛烟则是等他喝完了茶，才端起茶盏，嗅了嗅香气，轻轻抿了一口，回说这茶取自哪里又是如何泡出的……这些东西可能他事先背过不止一次，就是为了在这种情况下回应人家的称赞。而至

于他为什么要后喝茶，这就不是因为什么待客之道了，仅仅是因为他一介武夫实在记不得喝茶的繁文缛节，只好先看了宁无羁如何喝，他便也如何喝，举止僵硬，好像是被提着线的木偶。

白燕更是笨拙，看他们二人喝了茶，才有样学样端起茶盏，嗅完香气，轻抿一口……这过程中他差点把茶洒在自己的白袍子上面。

真是难为了白燕和白凛烟，他们两个面对宁无羁这种骨子里刻着优雅闲适的人，怎么做都像是笨拙的狗熊。

"咳咳白将军，白少主，其实我今天前来一是为了和将军叙叙旧，同时看看这位人中龙凤的白少主。"宁无羁放下茶盏说道。他今年也才十六七岁，真是让人怀疑他到底和白凛烟有什么旧可叙。"二来呢，是有一书请柬要送达。"他从口袋里摸出了一张帛书，上面用规整的小楷写了邀请白燕前往星动司的比武招亲大会，还盖了章。这种事情的邀请怎么看都是动机不纯，而且还只邀请白燕不邀请白凛烟。但宁无羁却一脸淡然地把这张帛书交给了二人，脸上的表情仿佛在说"没错，今天天气真是不错"。

白燕和白凛烟都各自眼角一抽。

"白将军近来身体可好？"宁无羁问。

"一切都好，劳烦丞相挂念了。"白凛烟微微颔首。

"啊，也是，"宁无羁说，"你们当年那事……终于有了定论，不必再背负骂名。而且还找到了流落在外的族人，心结解开，身体自然是好了许多吧。"

"丞相说得一点没错。"

"嗯。"宁无羁点点头，然后转过头问白燕，"白少主，你初来胤凰，想必还没有怎么逛过这里，不如我带你出去走走？"

白燕还没有什么表示，白凛烟却有些高兴地说，"那真是麻烦丞相了。"

这个脑回路一根筋的家伙除了打仗还会些别的吗？难道不知道

文官武将扯在一起必定会有大麻烦的吗？而且宁无翳你不是说来和白叔叙旧的吗？怎么现在也不叙了……白燕用自己听过的各种故事衡量着整件事情并且在心中暗暗腹诽着。不过既然两人都这么说了，那他也就必须跟着这位并不比自己大多少的家伙逛逛胤凰了。

"这里是百器轩，胤凰最好的刀和最好的剑都在这里出售，就连当今圣上的随身佩剑都是在这里定制的。唔……说起来，当年的武神白政君的绝世宝剑'焱祭天荒'也是这里制造的，皇上好几次想要将这里变为皇室专属，可惜都受到了各界反对一直没能成功。"

"这里是渺云阁，胤凰最大的酒楼，据说是夏国某个王爷的财产。是真是假我也不知道，只知道渺云阁共有九楼，但即使是我也只能上到八楼，第九楼的光景……，怕是只有那位神秘的王爷和当今圣上才能经常见到了吧。"

"这里是天香阁，胤凰最大的青……"宁无翳正一脸淡定地指向了某处挂着大红灯笼的楼阁，等他反应过来自己在说什么的时候不禁面露尴尬，轻飘飘把手指挪开，指着另一处地方，"那里是天心湖，风景极其秀丽，不如我们去那里看看。"

宁无翳就这么一路侃侃而谈，白燕想着不愧是丞相大人，一路说起来嘴皮子不停。他们身旁是修建得颇为雅致的房屋楼宇，脚下踩着的是古朴浑厚的青石砖。这里是胤凰的内城，能进来的都是非富即贵，马车和马都不能在此处经过而必须走另外修筑的一些道路，就是怕马蹄踩坏了青石砖。两旁种的高大树木白燕叫不出来名字，阳光透过茂密的树荫投下细碎的光斑。

这里是很好啦，可白燕还是怀念那些在云止岛的时光，那里的天……似乎比胤凰要蓝一些。

"到了。"宁无翳说。在二人面前的是一面湖，湖面烟波缭绕，能看到远处的芦苇在微风里摇曳，因雾气略略朦胧。湖水波光潋滟，天光细碎地洒在湖面，如湖面落满了沉浮的金鳞。稀疏的凉亭水榭，红柱青瓦，水雾穿行在镂空的木浮雕内，穿着靓丽的行人坐在里面休息，也有人在里面小憩。

"走得这么久，也有些累了，不如进去歇息一会儿。"宁无羁又说，自己先走了进去。

这一处水榭并没有人，宁无羁靠着柱子坐在了里面，白燕也坐在他旁边。

"看见没有，从这个角度看过去，胤凰是最美的。"宁无羁伸手指了一处，白燕也看过去。

从这个角度观望到的胤凰被一层潋滟的天心湖水隔着，那湖面上跃动的金鳞悠悠地散到了远处，停在岸边，而岸则接到了青石板的路面。凄迷的朦胧水雾漫上了岸，逐渐化成烟波散开。红木和柚木的房屋楼宇规则地排列着，油纸窗或关或半开，黑色的瓦片折射着璨金的日光。房屋排列到了远处，修筑的高耸的塔楼时隐时现，更远处的胤都皇城露出一侧的琉璃瓦，光照在上面是蕴含了过多凄迷的彩色。

"可惜现在不是晚上，否则这里应该更漂亮一些。到了晚上天心湖面泛着彩鳞，五光十色的斑斓都沉浮在湖面，水雾似乎都带着氤氲。岸边的楼宇挂上了灯笼，透过油纸窗的是隐隐约约的烛光人影，很亮，似乎比白天还要亮一些。霓虹和烛光都能映上天空，将原本漆黑的黑夜照成暗紫色的淡淡光幕，那些或明或暗的星辰都消失了，只剩下那轮月亮阴晴圆缺着。"宁无羁叹了口气说，"还会偶尔放一放烟花，很美。就像夜空里每一颗消逝的星辰都掩埋下去成了种子，在那一刻一齐爆发了。桃花，矢车菊，绣球花，你好像能认得那些转瞬即逝的烟火光花，每朵花交织重叠……"

白燕静静地听着。

"嘿，说过头了。"宁无羁一笑，"其实我是个挺啰唆的人呐，能忍受我絮絮叨叨的人并不多，你挺不错的。"

那时的白燕还不知道来自这位夏国丞相、未来的千古第一谋神的称赞意味着什么。据史料记载，宁无翳一生也只当面称赞过为数不多的几人，其中之一便赫然是未来的夏国大将军、千古第一军神白燕。

"唔……"宁无翳忽然面色一僵，直直地盯着街道。白燕也随着他的目光看向了街上。

此时的街道只有两人。一人是大约豆蔻年华的少女，穿着染红花的绿罗裙，青丝随着她的走动而微微翻动，裙袂翻动露出白皙的小腿，绣鞋像花蝶一样灵动地纷飞着。在她身边是一个颇为高大的男子，轻轻挽着她的肩膀。

白燕看了看宁无翳略有些僵硬的脸色，又看了看那个缓缓走过的女子和她身旁的男子，似乎明白了些什么。

"我身体有些不舒服，先回去睡觉了，你要记得去星动司的比武招亲大会。"宁无翳站了起来，对白燕说道，然后走远了，和那两人背道而驰。

白燕静静地看了一会儿他的背影，消瘦又有些寂寞，秋天尚远却莫名觉得秋风萧索。于是他又转回了头，看着天心湖的烟波浩渺。

"啊啊啊！"擂台上的壮汉捶着自己满是毛的胸口，让白燕莫名想到了狗熊猩猩一类的动物。这里就是颜笙比武招亲的擂台。现在台上站着的是一个胸毛比头发还多的壮汉，肌肉隆起的小臂都快有白燕的腰粗，目光炯炯浓眉大眼……真是可怜星动司颜笙要嫁给这样的家伙。

白燕望向在远处的颜笙，她的头上戴着斗笠，白纱垂下遮住姣好的面貌，左顾右盼地似乎在找谁。应该是没找到吧？他觉得那个女孩心里也应该是不开心的，换了谁被这样决定命运都不开心吧。

不过其他人似乎很开心，人群呼声如鼎沸，都为这位如花似玉的乖巧巫女能找到一位如意狗熊……哦不，如意郎君而开心着。

"谁是下一个？"那人大吼着，目光如雷。

所有人默不作声，但又训练有素般一齐看向白燕。

"就你了！"那人一指白燕，所有人比之前的欢呼声还要更胜，人声鼎沸已经形容不了了，人声撼天动地还差不多。

白燕忽然有种不好的预感，他觉得这些家伙都已经知道要干什么，就他一个人被蒙在鼓里。其实这件事从一开始就不对劲吧？为什么他要一个人来参加这场比武招亲？不邀请堂堂护国将军却来邀请这个来中州没几天的毛头小子，仿佛彻头彻尾都在说"阴谋"二字啊。

阴谋摆到明面上就是阳谋了，阳谋最恶心的地方就是你必须得一步一步落进陷阱还没得选……如此喜笑颜开满脸和煦阳光地邀你赴死，你似乎只能怀着一腔壮烈之情把毒酒干了。

白燕被人群挤到擂台上，完全没有在胤都皇宫朝堂内被宁无翳称赞的大将风范。

"小子看招！"那狗熊扑了过来，拳风刚烈，但白燕还没有反应过来他就跌倒在地上，特矫情地扭啊扭，面色……很努力地做出一副便秘的样子，咬紧牙关挤出几个字，"好小子，厉……咳咳……厉害……我王某……今日，甘拜下风……"

白燕当时就懵在那里，他茫然四顾，看着周围的人们……嘿，这是怎么回事，你们想过我的感受没有？把我推上台是怎么回事？那个家伙忽然倒地又是怎么回事？

他忽然明白了，他们需要他和那个他没见过面的女孩在一起，所以设计了这样一出闹剧。只要他顺着他们的意思来，他们就满意了，就乐意了，而如果他没有顺从他们，他们就会不开心。

可是你们开不开心和我有什么关系呢？白燕很想说出这句话，但他没能说出来，只是茫然四顾，周遭人声鼎沸。

"在一起！在一起！在一起！在一起！"白燕越是茫然人们喊得越欢，脸上狂热得像是白燕和颜笙在一起就是他们生命中不可或缺的一环，所以需要用心很努力地去完成。但你们知不知道我和她根本没见过面啊？她也看起来不是很情愿的样子吧？

年轻的星动司走了过来，对着白燕微微颔首，姿势僵硬异常。她沉默了许久，然后左看右看，等到人群冷了下来也没有见到她所期待的那个人。

结果到了最后，她只好用很低很低的声音对白燕说："我们……可否单独说说话？"

颜笙看着周遭，无数个她不认识的头都在笑着，不认识……不认识……不认识……公子，你在哪里？为什么我找不到你？你不是说好了会来救我的吗？可你没来……要是你来了，我会不顾一切和你逃走的，逃到天涯海角。

但你没来啊，所以就算是天涯海角，也容不下我们。

人声忽然如鼎沸，欢呼声不绝于耳，但白燕感觉面前这个白纱蒙面的女孩，在这样聒噪的光景下，心里被一种悲哀充斥并且漫出来了。

真是一出闹剧……白燕心想，这出闹剧到底是怎么回事儿？当它出现在你眼前的时候是如此荒谬，你的反应也是如此难以预测。你就好像被一个木偶戏师提着线，经历奇怪的二流剧本、荒唐的闹剧。而你现在根本不知道未来何去何从，你所经历的大起大落正在把你塑造得奇形怪状，奇形怪状得如同这世间所有人。

"……这里是？"白燕终于忍不了这么长时间的沉默，问道。他们二人现在正在一片竹林之中，竹林里居然有座颇为雅致的小亭子，望出去竹影婆娑，环境是很不错。如果可以，白燕能在这里待上很久很久，想一些事情，或什么也不想，但他实在忍受不了现在这样的低气压。

那个戴着白纱的女孩把白纱摘下了，放在身旁。她柔软的细发垂下来，遮住了姣好且精致的面庞。白燕承认她是自己所见的女孩中十分漂亮的一个。不过她现在静静地读着一本书，而且周身环绕着一股能感觉到的哀伤，这让白燕感觉不舒服，并且希望找些话来说。

颜笙一僵，手指停在书页上，过了好久才开口："这里是一个小地方而已。"

二人再无话。

过了一会儿，颜笙细微地啜泣起来，泪水滴到书上。白燕有些惊惶，想不通为什么一个人本来还好好的忽然就哭了，想凑上去安慰，但又不知如何是好，只能干瞪眼。

他似乎了解了些什么，但是他又不敢问。他只能看着这一切，无法改变，如同戏外人为一个戏里人干着急。抑或，所谓人与人，也不过都像是戏里戏外。你看得清清楚楚，但你怎么加以干涉，都如同戏外人的无谓之举，改不了那些命定的结局。

颜笙低声抽泣了一会儿，然后站起身，对白燕微微一躬身，说："对不起……我失态了，我身子有些不舒服，先告辞了。"

于是她戴上有白纱的斗笠，慢慢地走了。白燕望着她本应是袅袅婷婷的背影，莫名地觉得有些步履蹒跚。

他呆愣了许久，才忽然发觉她没有拿走她的书。等他拿起那本书的时候才发觉她已经停留在那一页很久了，或者说她其实根本没有看下去一页。

他手不小心一抖，那书"啪嗒"一声掉到地上，抖落一张水墨画。白燕拾起那张画，摊开一看，是个剑眉星目、玉面朱唇的倜傥少年。他并不认识这人，也没有在比武招亲的当天见到他。

右下角有一个很小、很小的蝇头小楷，单一个"薛"字。

白燕对着那本书、那张画看了很久，他好像知道了些什么，但也好像什么都没明白。最后他终于还是把那画塞回了书里。他从口袋里摸出了那只青色的燕子，夕阳斜照，竹影婆娑间轻抚着它，想着某一个有一双樱花绽放一样瑰丽眸子的女孩。

他说："絮樱，我想你了。"

逝水流年，乱了人生。可我放慢脚步，却怎么也等不到那个不知去向的人。那一句对不起，那一句我想你，是否只能对着冰冷的墙壁和虚无的空气说出来呢？

我们在年少的时候总是固执甚至偏执地相信一些虚无缥缈的东西，比如梦想，比如爱情。你觉得就是整个世界横在你面前，你也能紧握不放开你所拥有的一切。你会轻蔑地一笑，说和我重要的人比起来，世界算什么。

但是这个时候名为"生活"的残忍东西就蠢蠢欲动了，他们用你所不能抵抗的方式，告诉你你所秉持的一切都如此脆弱，而你也是如此不自量力。

白燕站起身来，他看着颜笙远去的背影，如同看到自己在狼烟四起群魔咆哮中的仓皇无力。那种无力带着言语所不能描述的悲怆。这种悲怆的无力常伴周身，当你觉得你的生活被束缚，失去自由，行动受限之时，你就落入其中，而后你一切的无谓的挣扎都不过是在这其中越陷越深。

二

红樱随着逐渐被朝阳化开的晨雾醒来时，楚七十一已经像一个尽职尽责的影子一样站在门口，手里依旧拿着那把檀木梳子。当红樱整理好了衣冠的时候，他就会帮她梳头发。

这些天里她已经习惯了楚七十一每天晚上和早上都帮自己梳头，一如她在不久前但却显得颇为遥远的过去，也曾习惯某个讷讷的少年每天都来讲一些稀奇古怪的故事。

原来人是会被逐渐替代的吗？还是说有些人永远无法替代呢？红樱想不明白，但她知道今后将有漫长的时光来佐证其中的某一个观点。

如果她能活过今天。

她在鬼门关里已经知道了很多东西—比如云燕那家伙送给自己的项链其实是墨崖一族的圣物凤血石，虽然她也不知道为什么他送的项链会是这么一个东西……

墨崖一族因为天生阴气过旺不会有太多男性子嗣，只有更多的容易在阴寒体质存活下来的女性，长久以往必然会使得墨崖一族人丁凋零。但凤血石内蕴无可匹敌的绝强生气，可以冲刷掉墨崖一族的阴气，男丁也就能多些。

上一颗凤血石已经被夏国的武神在十五年前夺走，之后随着他跳崖明志下落不明，幸好他们又在这海岛上找到了第二颗凤血石。说来奇怪，不知为何堂主们似乎觉得这两颗凤血石长得极其相似。

但不幸的是，这凤血石被红樱的血滴过，向红樱认了主，从此她的身躯就被日夜冲刷成了比男性还要富于生气的体质。用墨崖一族的话来说，他们体内的血是"死血"，那么红樱体内的血就是百万人无一例的"生血"。

但其实也没什么用，红樱问过楚七十一生血有何作用，他想了想，说："大概就像是一堆黑色的花里面出了一朵白色的，只是不同，没有别的了。"

但无论死血生血，红樱都必须熬过这一天。虽然只要她在鬼门关内，墨崖一族就不会再有阴盛阳衰的情况，但堂主们觉得，看着一块死石头还是比看着一个活人要容易些，所以她跟着门主墨崖断剑练了十余天的暗杀技巧就为了今天一要么杀掉她需要去暗杀的人，要么就死掉。虽说凤血石直接离开主人就会石碎人亡，但主人死了凤血石还是能离开的，只是效果将会减弱很长一段时间。墨崖断剑不希望凤血石的效果减弱了，但堂主们觉得这石头的效果就是减弱一会儿也无妨……

这一次任务必定有很多双眼睛盯着她。

"梳好了，我帮你盘个发，簪子也找来了。"楚七十一虽然在红樱背后，但她还是能感觉这家伙笑嘻嘻的，"你要扮演的是通月摘星顶楼的一位侍女，在给那个老剑客端茶的时候暴起杀掉他。首先你得让他失去戒心，明白吗？"

"明白。"红樱点点头，披上了侍女穿的外衣，又从柜子里拿出一个小包，取出里面的十三根细软的银针，将一端打了个结绑在自己头发里，这样便看不出端倪。然后又取出些粉尘，放在自己指甲里，压实了，这样一弹指甲就是一阵迷惑人的粉尘飘过。墨崖断剑送给自己的短刀"时斩"就紧紧贴着自己胸口，红樱能清楚地感觉到这块铁的冰凉刺骨。

和墨崖断剑学了那么久的刺杀术，今日就要第一次实用起来了。

"这样主人你便全副武装起来了。"楚七十一点点头笑着说，

"放心吧，就算你刺杀失败了，我也会帮你解决他的，我身上带着足足七十一把刀子呢。"

通月摘星，中州最高的一座塔，从远处看就像是顶天立地的一根细长桔梗，好像随时都会被风刮垮塌，但却屹立了千年。古时候幕沧的巫师们在这里观测星象，占卜未来，推衍各种大道。但现在似乎仅仅是用来观光了，游人们攀爬上一百层楼，累得半死，然后终于能在象征着圆满无缺的塔顶看到夕阳西下，逐渐坠到海里。

世上哪有什么东西是完美无缺的呢？就像你来到了所谓的圆满之地，看到落日在海里和倒影拼成一个整圆，但其实你累得半死恨不得倒头就睡哪有心情看那落日和圆满？

所以圆满其实不存在啊。

但今天有些不同，没有那些累得半死的游人看圆满，只有一个苍老的剑客穿着灰色的长衫，盘腿静静地打坐，那把修长又杀机毕露的剑就摆在身边，甚至没有收入剑鞘，剑铭"陌上"。

老剑客盘膝坐在栏杆旁边，闭着眼睛面对远方与他齐平的云层。那些浩浩荡荡海潮般汹涌而来的云层莹白如积雪，漫上了顶层，一时间雾气充盈在顶层，如同身处云雾凝成的海底被裹挟着。

一位侍女微微地躬身，平稳地端着一盏茶，恭恭敬敬地走到那剑客的身边，说："陌上迟年大师，您的茶。"

陌上迟年睁开了眼睛，一瞬间如有无数的剑锋在他的瞳孔里，

那侍女觉得他的瞳仁像是一把绝世宝剑的剑尖，仅仅是睁眼这个动作就像要扫荡开千重云浪万重雾，实在让人不敢与其对视。

他接过茶盏，微微一嗅，说："是西湖龙井没错，真是怀念这味道。"轻轻抿了一口，然后放在身边。

但那侍女却迟迟没有退下，陌上迟年不由疑问道："为何不退去？"

"只是艳羡这夕阳罢了。"侍女轻轻地说，"想来前推至通月摘星建成之时，后溯至通月摘星垮塌之日，这里的夕阳都是一成不变的这般壮阔，让人觉得自己的渺小。"

陌上迟年一愣，然后微微笑了，薄如剑的嘴唇弯起来："是啊，然后夕阳落入沧澜海，夜空中剩下过渡的紫与蓝，又都逐渐黯淡成了黑色。往下望能看见地上的灯光，往上望天上的星光……"

"仿佛置身虚无，不与天齐，不与地接。"侍女和老剑客同时说，二人一愣，然后各自都笑了。

"无论在人力的广博还是自然的伟大面前，我们都仍是渺小的。"侍女淡淡说。

陌上迟年弹了弹剑锋，如一首杀伐之曲嗡鸣，震碎些许云浪："是啊，人是渺小的。"

他闭上眼睛皱了皱眉头，本就花白的头发更显花白，似乎陷入了回忆。末了，他说："当年我们兄弟四人，还有一位穿红衣的姑娘都在这里看过落日。那时候的落日，也与今日这般无二。"

"变的是我们。"侍女说。

"哈哈。"陌上迟年笑了两声，眼神却显得苍老了，"是啊。"

"回不去的也是我们。"侍女说，似乎触动她自己的什么心结，眼眶略红。

"哈哈哈……"陌上迟年笑得更开心，眼神也就更苍老，"是啊。"塔楼之外的夕阳正要逐渐接触到海面，像是两轮红日要融在一起。从这么高的高度来看连太阳都这么小，似乎没什么我们办不到，可还是有很多东西你是抓不牢的。

"当年的兄弟三人呢？还有那个穿红衣的姑娘呢？"侍女像是不经意地提起。

"他们啊，"陌上迟年说，"都不在啦，剩我一个老家伙。"

"小姑娘啊，如果你想要留住什么人，就要抓紧啊……不要等什么以后，以后你是肯定留不住的，只能趁现在。"陌上迟年忽然转过头，夕阳的光照在他如铁削一样的侧脸，眼神深邃得让她看不清。

就是现在……她在心里暗暗告诉自己，眼神忽然坚定了。她一弹指甲，那些迷惑人的粉尘就钻进了老剑客的鼻子里。然后她又甩了甩头发，几根银针就飘落到她的手里。

该杀了你了……她心想，却又有些于心不忍。

但她还是出了手，只是一瞬间的事情。她已经演练了千万遍，所以出手快到年迈的剑客望着夕阳还没能发觉，那几根银针已经直直地刺进他身体里几个主要的行动关节了，这样他一动起来就会奇痛无比。老剑客一瞪眼，一瞬的不解过后是更为炽热的怒意。他拿起自己的那把陌上剑向红樱刺了过来，红樱就只好抽出时斩挡住，一来二去时斩对上陌上剑居然也没有落了下风。

"住手，放开她！"一声怒吼传来，是楚七十一从暗处显身，直直地冲过来。他手里拿着一把漆黑浑厚的笔直唐刀，比普通的唐刀要长上很多，刀身上还有刀铭"宿云"，刀锋则在夕阳里折射出迷醉的金红色。看起来似乎是他那七十一把刀的其中之一，但谁知道他是从哪儿掏出来的。

"砰砰砰砰！"唐刀和长剑，宿云刀和陌上剑，在极短的时间内发生了难以想象的激烈碰撞，火花和银光舞得残影缭绕，高处的云气如白龙盘旋，又像是玻璃一样碎裂。不知为何，红樱觉得二人似乎都有意避开她而打斗。楚七十一避开她还情有可原，但为何陌上迟年也要避开她呢？

这是世上最高的地方，二人手脚也不敢完全施展出来，谁也不知道自己会不会就这么坠下通月摘星。现在场面上自然是陌上迟年处于劣势，他的几个大关节都被插了银须针，不但动起来像推磨盘一样吃力，而且还有股钻心的疼。

楚七十一手起刀落，横斩，一抹银光划出一道弧线，被残阳染成夺目的璨金色，破开云雾锋芒逼人。陌上迟年身上顿时出了一道血线，染红了灰色的长衫。老剑客双目一眯，陌上剑狂龙般舞了起来，刀剑相击火花乱绽！

"陌上沧海！""陌上桑田！""陌上须弥！""陌上芥子！""陌上离坎！""陌上乾坤！"

一招招剑法名称被他吼了出来，手脚的关节处被银须针锁住，因为用力过猛而汩汩流血，过了这一战老剑客即使活了下来也只能是废了。但他还是将手里的三尺青锋舞得如同游龙，一招一式如风雷怒放，卷席云气。楚七十一被打得节节败退，已经到了栅栏边，再退一步就万劫不复。

局面反转。

陌上迟年眼含风雷，他舞起了剑，浑身都流着血，即将要使出陌上七剑的最后一剑。但他却忽然僵住了，右手忽然无力地垂下来，那陌上剑也就掉了下来，叮叮当当。

"你的关节废了，使不出'陌上迟年'了。"楚七十一淡淡地说，脸上没有任何的表情，那些疯狂和温顺都不见了，剩下一张平静的脸。

场面惊人的平静，被猛烈的战斗击打到碎裂的云雾又缓缓合在了一起，原本你仿佛能看到的切割的痕迹都不见踪影。隔着云雾他们相互看不见对方的表情，只有隐隐约约一个被白色雾气包裹的人影。

"是我老了。"陌上迟年笑了，"你居然懂得我的陌上七剑？世人都以为我的陌上剑法只有六剑。"

"三年前，你在青阳顶和西戎王对战过，那一次你用了整整七招连贯的剑法，前六招正是陌上剑法。"

"虽然不知道你为何会知道，但也没关系。那你又怎么知道我的最后一招叫作'陌上迟年'呢？"

楚七十一不说话了，静静地看着他。

过了好久，陌上迟年终于笑了笑："哈哈……年轻人，你怎么对我这么了解？是你们组织告诉你的吗？"

楚七十一摇摇头："不是，因为你是我最敬仰的剑客。"

"现在也是？"

"现在也是。"

于是陌上迟年不再说话，就只是笑，哈哈大笑，眼神沧桑。

"你该死了！"楚七十一静默片刻，疯了一般大吼，眼内厉光闪烁，唐刀重重地切入他的左肩。

"噗—"陌上迟年喷出一口鲜血，眼神里带着一种回光返照般的毅然决然。但当楚七十一如狂狼般怒吼着用唐刀将他的全身割得如同星罗棋布的棋盘时，他的眼里就只剩下一股释然。

最后楚七十一将唐刀往他胸口一刺，然后一脚踹在他身上将刀拔出来，而那浑身是血的老剑客就这样坠下了通月摘星。足足一百层的圆满在他眼前流转而过，如同过往的人生飞逝。

他望着飞速急转的楼层，云层被他砸出一个转瞬间又阖上的洞。他坠入夕阳，张开嘴，说了什么，但谁也没听到。这位老剑客最后的遗言零散在风里，一生的执念化作语句，但却被风吹散。

听不清的是遗言，看不破的是人心，掌不握的是命运，逃不避的是人生。

红樱确定他应该是说了一句话的，但她没能听到。那个老剑客就这样从圆满的一百层坠到了代表一切新生伊始的一层，最终如同一朵红莲盛开。那漫长的一生最后化作怒绽的红莲，尽管红樱和楚七十一看不到了。

"他死了。"楚七十一简短地宣布了这个事实，继续他那温良的笑容。但拥有这种笑容的他刚刚如狂狼一样杀死了一个人，血污密布在脸上，让人不寒而栗。

可能他说得没错，他真的是个疯子。

红樱抱着腿蜷缩在一角，瑟瑟发抖，楚七十一轻轻把自己的外套给她披上，但她还是恐惧地盯着那一摊子血渍，而那个老剑客的音容笑貌似乎在她的脑内轮回着：

"仿佛置身虚无，不与天齐，不与地接。"

"当年我们兄弟四人，还有一位穿红衣的姑娘都在这里看过落日。那时候的落日，也与今日这般无二。"

"小姑娘啊，如果你想要留住什么人，就要抓紧啊……否则你以后是留不住的。"

"是我老啦，我的心老啦。"

"……"

原来杀手是这么受自己谴责的职业吗？你要知道一个人的习惯，一个人的生活方式，一个人喜欢过的人和现在喜欢的人，你把他们的一切都摸得清楚了，世上也许除他自己以外没人比你更了解他了……然后你就该杀了他了。

红樱再也不想当杀手了，但她没得选择。她像是被什么东西推了过去，她逃不开，躲不掉，在那个东西推推搡搡之间她就被推到了这个位置。她有什么选择吗？没有。这一切都是被逼迫的，她没能做出过自己的选择，除却她选择了楚七十一做她的影子这一点，她就没有其他的自主选择了。

这样的被提着线的人生有何意义？但你还是不能置之而不顾。红樱在人生中第一次感受到了命运的威力，而她几乎无从招架。并且这种威力波及了她身边的人—云燕，楚七十一，甚至陌上迟年。

"哎，七十一。"红樱叫了一声。

"什么事？"楚七十一回过头。

"你说，是不是有什么事情我们无从招架，甚至难以察觉，却一直推动着我们。"她轻声说，"就像活在一部奇怪的小说里，作者早已安排好了我们的命运，于是所有的挣扎都无用。就像你杀了陌上迟年一样，他的所有挣扎都无用。"

"有可能，但一定不是无用的。"楚七十一说，"那些挣扎不是为了活命，而是为了不让自己等死。这两者是有差别的。不是说你做一件事情没能成功就无用，就不去做的。那些你相信是对的事情，你就一定要坚持到死。如果命中注定我们要死，那我们也要反抗——不为打败命运，更多是为了表明自己不放弃，表明没有自己先打败了自己。"

"而且不要认命啊，命运这东西我不相信，我一直觉得那不过是人们归咎失败撇清责任的东西。"楚七十一说，"操纵命运的是被命运操纵的我们。"

红樱轻声"嗯"了一下，然后低下头，说起其他的话题，"陌上迟年他……真的是你最敬仰的剑客吗？为什么你杀起他来一点都没有留手呢？"

"是啊，他的确是我最敬仰的剑客。"楚七十一这时坐到了地上，对她温和地笑，"至于为什么我杀他没留手……因为我不杀他，他就会杀了我们。就算他不杀我们，鬼门关的人也会杀我们。"

"虽说我们不是神吧。"他看着夕阳，"但是真的这么做了，心里也挺难受的。……我们不是神啊。我们不是神，救不了所有人，救了我们自己就已经筋疲力尽了。"

红樱闻言，沉默了下去，樱花色的眸子黯淡下来。

"他的原名本不叫陌上迟年，而是陈陌上。"隔了很久，楚七十一忽然说，这些东西红樱只是从鬼门关给出的资料里得知。

"他曾经与另外四个人结成五角盟，其中唯一一位女性叫萧迟年。他很喜欢萧迟年，萧迟年也很喜欢他，他承诺等他成了剑神那一天，就迎娶萧迟年。于是到了二十五岁以后，他就闭关练剑，疯狂地练剑，疯狂地练剑……终于成了中州第一剑神。但当他再去见萧迟年的时候，发现她已经远嫁他人，生活美满。而当年的五角盟，因为一角缺失，不攻自破。"楚七十一娓娓道来，"于是这位剑神只能借酒浇愁，最后剑术大打折扣，到了现在已经只能说是大师级别而已了。"

"等萧迟年死了之后，他更是大为悲伤，从此改名换姓，从陈陌上改为陌上迟年……"楚七十一还是一如既往温良地笑着，"于是只要别人一叫他的名字，他就会想起很久，很久，很久很久以前有个喜欢穿红衣服的女孩儿，叫萧迟年；还有一个满腹理想却终求不得心爱女孩的废物，叫陈陌上。"

"从此陌上迟年。"楚七十一缓缓说。

红樱沉默了很久，仔细地想着陈陌上和萧迟年，还有将二人名字做成的最后一剑……她想说很多话，但最后只是说了一句：

"你是谁的陌上，谁是你的迟年。"

两个人沉默许久，而外面的夕阳则缓缓地和海面倒影接触成了个整圆，象征着人生圆满。那陌上迟年没能看到的圆满，却最终让杀掉他的两个人看到了。

然后夜逐渐深了，天上的星和地上的星交相辉映着，仿佛置身虚无，不与天齐，不与地接。

红樱心情忽然变得低落萧索，她望着塔楼之外的天星和地火：云燕，这就是你想要来的地方吗？那我告诉你，这里其实没什么好的，很冷，很寂寞，离人群……很远很远。就连你说的最美的夕阳，似乎也比不上云止岛那没有云的落日。

我们在码头上晃着双腿讲着故事的时光，会不会就是我们一生里最美好的那些岁月了？

她坐在通月摘星的塔顶，凝视着已经死寂沉默在夜色里的沧澜海，还有天上的星和地上的灯火，心想：我在世上最高的地方，却仍是看不到你。

红樱捏着自己的那条项链："我想你了。"

他倚靠着水榭的红柱，坐着，望着宁无羁所说的胤凰夜景，如色彩斑斓的琉璃之宫，心想：我在世上最繁华的地方，却仍是找不到你。

白燕拿着青色的燕子布偶："我想你了。"

你觉得孤独寂寞，到底是因为你真的孤独寂寞呢？还是因为你少了某个人的陪伴？

有些空白不是随随便便什么人都能填上的啊。

捌

我们觉得我们有那么多的身不由己，那么多的忍辱负重。觉得我们愤怒起来能把世界烧掉，悲伤起来能把自己淹没。但其实我们都是小、人物，很、小、很小的小人物，我们没有强大到可以向世界宣泄情感，所以只好埋在心里。但无论如何，我们都要过好这一生。

一

颜笙失魂落魄地回到星衍阁，随意找了个椅子坐着。一位身形娇小的女子过来，关切地问："笙姐，怎么了？"

"他没来。"颜笙声如蚊吟。

"啊？"那女子一怔，又惊讶地说，"可他不是也喜欢你吗？为什么不来阻止比武招亲？"

颜笙低着头，良久，又冷笑一声："蓉儿，他哪里敢和当今圣上作对，今天他甚至都没来看我，在我彻底沦为联姻工具要和白家少主结连理的那一日，他甚至不愿出他的薛家半步。"

"可他会不会是有苦衷？"蓉儿说。

颜笙头闷着，摇了摇："我也愿意相信他是有苦衷的，但是他一直都知道这一日会发生什么……为什么不来救我呢？"

她抬起了头，泪眼婆娑："你知道吗，我早已打定了主意，等到比武招亲之日他来接我，那么我就一脚把那个不知天高地厚的小子踹下台去，然后跟着公子他逃走，私奔，到天涯海角。我们可以逃到北夷国，甚至可以坐船去东瀛。无论哪个天涯和海角，只要有我们的容身之地，我们就无所畏惧。"

"但是我实在太傻了，天涯海角怎么会接纳我们？无论哪个天涯和海角都容不下我们，因为他根本没来接我……"颜笙轻轻地抽泣起来，把脸埋在娇嫩的手心里，"他是骗人的……都是骗人的……"

都是骗人的，无论那些甜蜜的情话，还是海誓山盟的誓言。嘿，你看，这多老套啊，负心汉用花言巧语骗了女孩儿，但又在女孩儿最需要他的时候不知所踪。更老套的，这个女孩对他动了真心，但他却为她付出了假意，这样的可悲爱情没有立锥之地。

如果不是爱你，我会就这样被你骗了？

颜笙在心里一遍又一遍地说：姓薛的，你为什么不过来？为什么没有在那个怎么看都那么怂的家伙讷讷地站在台上时一把把他推下去，大吼"这是我的女人！你们谁敢动我我就跟谁拼命！"要是这样我就和你跑啦，离胤凰远远的，离夏国远远的，离那些我们讨厌的东西远远的。你骑着马我抱着你，我们可以向明媚的朝阳飞驰……但你没来呀，所以那些都不成立，只剩下我不知道什么时候要嫁的一个我怎么看都怂的家伙。但其实你比那个人还要怂。

你就是个骗子……但我为什么会喜欢你这个骗子……

蓉儿呆立在那里手足无措起来，直到太阳逐渐落山，颜笙才终于不再啜泣，她揉着红肿的眼睛说："蓉儿，你和莲儿帮我把我的工作完成了吧，我今天不去观星了，抱歉。"

"我明白了。"蓉儿点头，"笙姐你也早点去休息，今晚的工作就由我和莲儿完成好了，你的星图需要我帮你画完吗？"

"不用了，我明天自己画。"颜笙摇摇头，然后慢慢踱回了自己的房间。

颜笙在自己的房间里，透过窗户看着外面的星星，手里的笔没有停过，在一张纸上画着一幅诸天星辰图。

"好了，画完了。"颜笙看着那张画出了整片夜空的纸，轻声说，"那么接下来就是找到我的命星，然后再找到公子他的命星，最后找到红鸾星，测姻缘……"

她提笔点了三个点，然后低着头算了半天，眉毛蹙起："一定是错了，怎么可能半根姻缘线都连不起来呢……"

然后她又算了一遍，又算了一遍，又算了一遍……直到第二天的太阳升起，颜笙都没有合上眼睛，筋疲力尽地盯着那三个点，想着有没有什么连接方式可以让这三颗星星产生一些关联。

她忽然惊觉，抬起头看向了窗外，那明晃晃的烈日照进她屋里。她笑了，却是分外沮丧："原来太阳升起来了，可这样不就看不到星星了吗……"

"原来那星图不曾出错，我也不曾出错，错的是我和你……"颜笙说，无声地笑，然后她把笔墨纸砚全都打翻，放声悲哭。

"少主，这些天我总是找不到你人，你都在哪里？"白凛烟一皱眉，对着白燕说。

白燕说："不在哪里，只是随便走走。"

真的就是随便走走，漫无目的，走到哪算哪儿。他觉得胤凰这个地方像座迷城，你根本不知道自己会走到哪里。他有时走着走着，就出了内城来到外城，脚踩的不是青石板的路面而是普通的泥地，看着周围那些人，可以从朝阳升起走到夕阳西下。

白凛烟的眉头皱得好比山川："但是少主，你需要学习排兵布阵之法，还要练剑，在这种时候你居然随便走走？"

"对不起，白叔，我一定改。"白燕微微躬身。

"唉……罢了。"白凛烟挥挥手，"下次注意了，不要再拖得这么晚，你的首要任务是练剑和学兵法，其他一切靠后。"

"我明白了。"白燕一点头。

"长老，少主！"忽然又有人匆匆忙忙跑进来，"丞相宁无翳求见。"

"又是他？"白凛烟一皱眉，"少主，跟我来。"

来到正厅，宁无翳已经站在门口，白凛烟刚准备端上热茶，但被宁无翳挥挥手谢绝了，并指名道姓地说他要找白燕。而白凛烟也不好悖了丞相的意思，只好让白燕和宁无翳一起出去了。

"白少主，你应该有很多问题要问吧。"走出大门不久，宁无翳便问道。

白燕点点头，说："的确有很多，比如昨日的比武招亲是什么意思，为何我成了最后的赢家？"

"这是橄榄枝，"宁无翳说，"是皇上对你抛出的橄榄枝，逼你站队。如果你接住了这根橄榄枝，娶了颜笙，那你就是站到皇上这一队；如果你避开了橄榄枝，没有娶颜笙，那你就是站到了皇上的对立面。"

"皇上居然用一个女孩子的幸福做橄榄枝，他怎么能这样？"白燕皱眉。

"如果只是一个女孩的幸福就能买来未来的将军站到自己这一队，那便已经是天大的划算买卖。"宁无翳淡淡地说，"你还不懂这些吗？对于皇上，对于胤凰，对于夏国，一个女子的幸福算什么呢？"白燕没话说了，过了许久，才问道："那你觉得，我应该站到哪一队？"

"自然是皇上那一队。"宁无翳说。

"为什么？"

"因为我也在那一队。"宁无翳的眼睛里划过一丝狡黠，"皇上在这个位子待不了几年的，之后就是他的大儿子姬永昌继位，而掌控一个弱智一样的姬永昌，比掌控那个老谋深算的姬桀容易得多。只是皇上肯定会起疑心，到时候必然不让姬永昌重用我……那么我就需要通过一个人，一座桥梁，暗地里掌控着新皇。我希望那个人是你，因为你很不错。"

白燕瞪大了眼睛，听着面前年轻的少年丞相的忤逆言论。这些话被别人听到，一告发铁定是要掉脑袋的，但他却像没事儿人一样又轻快又儒雅地笑着，云淡风轻般好像什么也难不倒他。这种淡然的态度白燕一辈子也别想有。

"在奇怪我为什么会对你说这些吗？"宁无翳笑了笑，"其实没什么好奇怪的，因为这些年我结交的盟友，或多或少都被皇上掌控着了。皇上不放心我，他知道以我的能力再加上足够的权力，推翻他还有些困难，但推翻皇太子姬永昌却绝对没问题了。所以他不能让我得太多的实权，我也不敢让自己得到太多的实权，功高震主啊。"

"那么我就必须要一个坚定的盟友，那个坚定的盟友可以和我双剑合璧，可以助我在这混乱的朝野里出人头地。"宁无翳笑着说，"那么你会是我的盟友吗？如果不是，你就去告发我；如果是，我们就一起去渺云阁喝酒如何？"

宁无翳笑得淡然而闲适，似乎根本不放在心上，这种拉拢的话说来就来让人没有准备，甚至觉得荒谬异常。在很多年后，这段史诗般的结盟经历都被各种说书人传唱着，但现在两个当事人都毫不知情。

但无论如何那都是以后，现在白燕面临着一个重大的选择。选择撇开这个担子，还是上面前这个笑容儒雅但鬼知道心里多少弯弯绕绕的少年的贼船。这个抉择足以彻底地改变他的人生轨迹。他看着面前这个淡然笑着的家伙，他是在拿自己的人生做赌注，但却笑得如此无关紧要。

"唉，我真是上了贼船了。"白燕忽然叹了口气，心想该死我原来可只不过是要当个说书人的啊，嘴上却说，"话说回来，你说你要在这朝野内出人头地，又是为什么呢？不图荣华富贵，不图千秋万代，却图这么个读书人的东西。"

宁无羁一愣，然后又笑着说："你觉得呢？白弟，其实有的时候你攀高位，是想让某个人注意到你，知道你的存在啊。"

想让某个人注意到你，知道你的存在……白燕在心里默念这句话，那么宁无羁是想让谁注意到他呢？

白燕不懂。大概这个世界真的很复杂，我不是宁无羁，没有那种看破迷局的能力，就只能在这个复杂的世界里努力简单地活下去了。

"哈哈，不说这些，我们去渺云阁喝酒吧！"宁无羁笑着说，"虽说已经猜到你肯定不会拒绝，但现在心里还是很开心啊。来，今天不醉不归一醉方休！"

"别别别，"白燕眼角一抽，"就算我上了贼船你也不能把我这个十五岁的小孩给灌倒，我还想清醒着回去呢……"

等白燕回到了家的时候，发现颜笙居然也在家里。她皱着眉头看了看一身酒气的白燕，耐着性子说了声少主好，然后问：

"白少主，那天我是不是落下了一本书？是不是在你这儿？"

"是啊，怎么啦？"白燕支支吾吾嘟囔了句，眼神还是迷离的。

"可否将它交还给我。"颜笙淡淡地说。

"好呀好呀。"白燕点了点头，回房间将那本书拿了出来。

颜笙拿了那本书，手指一探确认那张纸还在书里，心中顿时大为放心，但转念又想面前这家伙可能是自己以后的夫君，让他看见了书中那幅画可能不太好，于是问一句："少主，你可有看过我这本书？"

"没有啊没有啊，我每日需研读兵法，没时间看闲书的。"白燕摇摇头，咧嘴一笑，白痴般灿烂。

颜笙点点头，然后就走了，白燕看着颜笙的背影，心中不知想些什么。

"白叔，我今天不想练武了。"白燕对白凛烟轻轻说了句，出了门。

　　白燕安静地坐在天心湖中的临湖水榭内，背倚着朱红色的柱子。夜已经深了，那些水汽漫上岸，被灯光照得氤氲。万家灯火呈现在白燕面前，却并不能让他开心起来。

　　夜色里的胤凰灯火通明，璀璨的金光直逼天上的星光，一眼望去满是金色的灯火，如同黄金的国度。夜色里只有金黑二色，璀璨夺目得如同最明亮的黄金盛放在最深沉的黑色绸缎上，光照过去，一切一切都浮华盛大得难以描述。

　　絮樱，你喜欢这样的胤凰啊，灯火漫城不夜天的。但其实这里没什么好的，太吵，太闹，夜里也太亮，真的，甚至都不如云止村。云止村好歹还有码头和山崖上的樱花树，但这里都没有……云止村还有你呢，这里也没有。

　　"……只见那时，平地一声惊雷，火蔓延开来，人群作鸟兽散，戴筠挡在苏小沫面前，大喝一声道……"隐隐约约有说书人的声音从酒肆里传了过来，白燕听着，走了过去。

　　那是一家小酒馆，虽然勉强开在内城，却被好几家店铺遮住，内里装饰也算不得华丽。在里面的都是些平民百姓，偶尔有些穿着略得体的商贾在内，白燕这样一看就是大户人家公子的出现，让他们吃了一惊，不过谁也没说什么。

　　白燕随意找了个位子坐下来，招呼小二："有酒吗？"

　　"有，有，有。"小二点头，"什么酒？"

　　"随便，你看着办。"白燕咕囔着，又说，"再给我些解酒的东西吧，我怕醉得厉害，今天之前我还没喝过酒呢。"

　　都说酒肉朋友酒肉朋友，可见酒和肉才是你的真朋友。当你觉得伤心的时候，为什么不能大口喝酒大块吃肉？

　　那说书人仍是兴致勃勃："……戴筠和那贾公子扭打不久，贾家的人马就赶来了，拉开贾公子，几个壮汉扑向了戴筠。那贾公子好不威风，大声嘲笑，而苏小沫呢？则干站在一旁手足无措着呐……"

　　讲到精彩时分人群便叫好，也赏那说书人一些铜板。但白燕却很安静，什么话也不说，低头喝闷酒听故事。这个故事他早就讲过了，给絮樱讲过，正是《一甲子别离》。后面的剧情他都知道，但他还是淡淡地听着。

如同听着那些一去不复返的时光，那些难以描绘的所谓青春，那个老码头，那株山崖上的樱花树，都是回不去的惦念，止不住的念想，停不下的滚泪。时至今日他终于明白了命运威力几何，那是不由分说的，我们在人世里浮萍般漂泊。

他喝着酒，思忖着什么。现在他的意愿仿佛完全无用，只是命运引领着他动作，所有的选择都是命运的逼迫，刻意的挣扎也是命运的默许，你的一切行为都被规范，你的最终归宿也已注定。看似能把握住命运的他，被命运牢牢地攥在手心里。

不要以为这种东西不会出现在你的生活里，总有一天你会了解到有些事情你怎么努力也做不到，那个时候你的疲惫你的无力，就被命运的丝线主宰。命运是木偶戏师，你是那个木偶，木偶在戏台上再怎么努力也只是做戏，他真正要做到的是斩断自己背后那命运的丝线。这种事情没有特定的规范，也无从下手，你永远不可能知道如何做，但你就是要做。如同人终有一死，那你也不可能因此不活。

"……他们不愿分开，但还是迫不得已啊！那贾公子垂涎苏小沫的美貌，将她掳了去，戴笃只好和她分别，心中悲痛之下大声哭嚎，但那苏小沫却已经远在他乡，不能安慰他咯。"说书人的声音没有停顿，高亢洪亮。

这也是个充斥着宿命意味的故事，宿命、命运，这两个词真是让人不快。明明这个年纪不会想到如此宏大的事物，但白燕却瞧见一些端倪。他感到未来十年他都将一直身不由己。

"喂。"白燕忽然晃悠悠地站起来了，扔了一锭银子过去，说，"你说得太差劲了，让我说。"

那说书人一愣："看您赏识我的故事，这银子我很乐意收下，可这故事不能让您说啊。"

白燕不耐烦地又掏出一锭银子，扔过去："那就再加一锭。"

"可这……"说书人很是为难。

"你让是不让！"白燕忽然一怒，一把刀子就这样飞过去，插在桌子上。

所有人一怔，那说书人也面有骇色，大声说我让我让，然后退到一边，把位置腾出来留给白燕。

白燕摇摇晃晃站起来，沉默了很久，接着对着酒馆里所有人大声说："于是那贾公子惊异于戴筠和苏小沫之间的真挚感情，放了他们一马，从此……他们过上幸福快乐的生活！"

"……好！这位客官说得真是好！大家都鼓鼓掌！"说书人立刻拍马般带头鼓掌。

不多时，鼓掌鼓完了，说书人胆怯地看着他下一步会有什么怪异举动。但白燕其实早就不在听了，他只是把脸深深地埋在手心里，像是把头埋在沙子里的鸵鸟。

他觉得自己很蠢，强行修改了这么个故事的结局。他管不了，他管了只会更乱，为别人添乱。他不是救世主，不是神，他什么也做不到，那么他为什么要这样做？

因为那一刻他的理性所理解不了的感性用洪水般的力量，伴随着酒精主宰了他。当一个人感性起来的时候他的理智在哭，当一个人理性起来的时候他的感情在哭。他听着那个故事，那个他曾给絮樱讲过的故事，忽然觉得他的理性那么让他恼火，让他的感情悲哭起来，于是他强行修改了那个悲伤的结局。

但他却觉得他可能做错了。

我们觉得我们有那么多的身不由己，那么多的忍辱负重。觉得我们愤怒起来能把世界烧掉，悲伤起来能把自己淹没。但其实我们都是小人物，很小很小的小人物，我们没有强大到可以向世界宣泄情感，所以就埋在心里了。但无论如何，我们都要过好这一生。

二

鬼门关全门轰动。

因为有一个最低等级的小鬼，在她的首次暗杀任务中杀掉了多年前驰名中州的剑神陌上迟年，甚至连伤都没有受。

鬼门关的杀手们或多或少都知道一些内幕消息，那个小鬼身怀墨崖一族圣物凤血石，所以三堂主才会给她安排这样一个几乎不可能完成的任务，让她在一代剑神手下死去。但她不但没死，甚至还将那剑神反杀，她的影子和剑神激战，最后将陌上迟年推下了通月摘星，一代剑神就这样死了。

按照惯例，这个小鬼应该成为鬼门关内的一名正规杀手了。

但她现在却不在鬼门关。

沧澜海边，通月摘星。

顶层的人很少，而且云雾缭绕，红樱坐在柚木的木质地板上，隔着栅栏遥望着远处的夕阳。就在昨天，她在这里杀掉一位曾经的剑神。看着看着，她不由自主地坐到了这一层的边沿上，双腿从栅栏下的空隙里伸出去，晃啊晃的，一如虽并不久远却恍若隔世的过去，她曾在山崖和码头寂寞也不甘地晃着双腿。

只是当初能陪你的人都不在啦。

"你居然在这里。"背后忽然传来人声，红樱转过头去，看见楚七十一温和地笑着。

"为什么我就不能在这里了？"红樱说。

楚七十一坐到她身旁："因为你昨天刚刚在这里杀了一个人啊，正常人杀了人之后都不会重返故地的吧。"

红樱说："你的意思是我不是正常人吗？"

"没这个意思。"楚七十一笑着说。

红樱不再看他，转头继续看着夕阳："这里是我一个朋友想要来的地方，我也来看看。"

"你不觉得这里很冷清吗？距离天和地都有那么一段距离，向天伸手握不到星辰，向地伸手摸不到山水，不属天神也不属凡人，坐在这里，感觉蛮寂寞的。"楚七十一说，并且从自己背后取下酒葫芦喝酒。

"对啊，是挺寂寞的，还很冷。"红樱点点头，"不过那个人说在这里看到的夕阳最美。他说幕沧有世界上最美的夕阳，而通月摘星的顶层有幕沧最美的夕阳。我昨天没来得及好好看夕阳，今天来看看。"

"……唔，好啊，那我陪你一起看吧。"楚七十一仰头把葫芦里的酒灌进嘴里。

红樱晃着双腿。曾经她在做这个动作的时候两眼望天，憧憬着万浪之后的更为广袤的世界，但当她终于来到这里的时候却后悔了，她更希望回到那些还没有抓紧就逝去的时光里。

但其实红樱运气很好了，无论憧憬抑或后悔，她的身边都是有人陪的。运气好的女孩永远有人愿意陪她看夕阳。其他很多女孩是没人陪的，一个人独自看着夕阳西下，胸腔里被什么酸涩的东西堵住也不会有人安慰她。

"哎，你知道为什么通月摘星顶层这里人这么少吗？"楚七十一笑着，不等她回答就转头对她说，"这里其实有很多人的，但他们大都在第八十多层看过了外面的景物就走了，因为他们爬到那个位置就很累了。其实这很讽刺不是吗？你很努力地爬到了八十多层，但你却再也坚持不下来了，你放弃了，你失败了。前面那些楼的努力有什么用呢？"

他说："有些事情你只有从头坚持到尾才算胜利，中间放弃过一次，你就输了。很多时候你都只差临门一脚就能成功，可你总是栽倒在那临门一脚上。"

"是呀，我们永远都是被最后一根稻草压垮的。"红樱看着夕阳，说。

"哎，你有因为临门一脚，或者说最后一根稻草而失败过什么吗？"楚七十一笑着问，眼神在夕阳的光火下扑朔迷离。

红樱就真的想起了些事情，并不久远而且历历在目，但回想起来就恍若隔世。细想起来，发现在那之后又发生了那么多事，认识了那么多人，曾经以为会永远记得的那些事情居然正慢慢地遗忘了些细节……唯有时光方能埋藏时光。

"都是些很久之前的事情了。"红樱最后只是这么说。

"你才十四十五岁吧，哪儿来的很久以前。"楚七十一笑着。他摇了摇酒葫芦，有些郁闷，那里面没有酒了。

"那你呢？你有因为那种东西失败过吗？"红樱把问题抛了回去。

楚七十一也不说话，过了会儿才又笑着说："都是些很久以前的事了。"

……

"还在。"红樱忽然说了句。在她说出这句话的时候，恍如回到了云止村坐在码头上看海的日子。那些日子，天空都是明媚的。

她继续保有着这个习惯，在夕阳西下的时候轻声对着没有坠落的夕阳说着还在。

楚七十一忽然抬头，看向红樱看的方向，是正在逐渐坠落到海里的夕阳。那残阳已经有半个身子隐没在沧澜海的海水里，却仍撒出一大片一大片的金辉，如同水面上漂浮着金箔。在天地交界之处观望，此景波澜壮阔得无与伦比。

其实真的很美，可能那个红樱的朋友说得对，世界上最美的夕阳就在幕沧，幕沧最美的夕阳在通月摘星的顶层。

楚七十一看着夕阳，不知为何脑内蹦出这么一句话来：有些景物你和某些人一起看，才会觉得美丽异常。

"还在。"红樱又说了一句。

夕阳逐渐和海水里的倒影融为一体，化作一个完美的整圆。云霞被残阳散出的万千霞光染成醉醺醺的橙色和红色，向后延伸逐渐转紫、转蓝，向前延伸则缩进了如血残阳里。

有些瞬间你真的难以忘怀，比如楚七十一就很难忘记这一刻：他身边那个女孩寂寞地晃着双腿，对残阳说出第二个"还在"，而那夕阳正好和倒影组成一个圆，美得惊心又动魄。

这个习惯在未来她仍继续保留着，她偶尔看向夕阳的时候，都会重复这两个字，一直到夕阳坠落。就像楚七十一保有了给红樱梳头的习惯一样。而多年以后，楚七十一和红樱坐在沧澜海码头上的时候，她也如同今日一般轻声说着"还在"，只是那时候两人所想的东西不尽相同。

她说"还在"，就仿佛是在表明什么东西依然还在，没有变化。就像是你们相互拥抱，仅仅是为了让自己被抱住，也去抱住别人，让自己感受到鲜活的存在。

"还在。"红樱继续说着。

那个圆不完美了，夕阳最终还是逐渐地、缓缓地坠了下去。海面上颤动着的金箔慢慢地往里缩，夕阳向着海天交接的一线坠落。

"还在。"红樱又说了一次。

那夕阳坠落得很快，但二人都莫名希望那夕阳坠落得慢一些。可能他们隐隐约约地意识到这场荒废时间的一起看落日的举动并不能永远持续着，他们终究还是要走下一百层塔楼，回到那沉重却又不得不面对的现实。红樱和楚七十一还不知道，这个被他们称为"寂寞又冷清的地方"将会成为二人未来用来躲避一切的避风港，在这个没有和真实的世界接轨的世界最高处，他们才能略略找到一些安心，如无根之萍漂到了一处合适的水坑。

眺望世界，靠不进，离不远。

"还在。"红樱说。

那夕阳只剩一点了，露出一个倔强的小脑袋不肯回到海里。然后静静地，悄悄地，慢慢地，那个小脑袋也缩了回去。于是天与地霎时间沉默了下来，随着最后的光沉寂到了沧澜海里，天空瞬间化作黯淡的深蓝色。那些片刻前还逗留在红樱和楚七十一脸上的光都了无踪迹，只有没有光彩的蓝和黑暗。

"不在了。"楚七十一忽然笑了笑，说。

"仿佛置身虚无，不与天齐，不与地接。"红樱说。

"还在想着陌上迟年吗？"

"总是会想到的。"

"愧疚？"

"不会。"红樱摇了摇头，眼里一抹转瞬即逝的哀伤，"如果你不把他推下塔，我们就会被他推下塔。这个世界……很残酷的。"

"但终究有温柔的地方，如同这夕阳不是么？"楚七十一温和地笑着，眼瞳里似乎还残存着夕阳的余温。

"终究是有的。"红樱点点头，轻声说。

我们接触了世界的丑恶，却仍是执拗地相信着世界的美好；我们明白了世界是何等残酷，却也固执地认为这世界终究是温柔且带着黄晕的。我们心里都还有着期许，都还有着盼望，认为几个人的丑恶不是整个世界的虚伪，认为些许的丑陋不是一个时代的错误，认为那些贪婪、冷漠、阴谋和钩心斗角都离我们的生活很远很远，因为我们还年轻着。

但我们终会明白世界并不是一朵白莲花。

"听过行尸走肉吗？"楚七十一看着远处的灯火说。

"听过，那种已经死了但却依旧能够行动的尸体，对吗？听说北夷人的巫师就会制造那样的东西。"红樱依旧晃着她的双腿，"问这些干什么？"

楚七十一却并不回答，而是自顾自说了下去："其实这世上有些人就算得上是行尸走肉。不是那种行尸，而是他们失去了什么很重要的东西,例如梦想啊,尊严啊,亲人啊,爱人啊,等等等等。有些东西你失去的那一刻你就死了,从此活着也不过沦为行尸走肉。"

他转过头,眸子星辰般闪亮:"你有失去过什么重要的东西吗?"

红樱一愣,她想:怎么可能没有?失去了那么多东西……我的亲人,我的过往,甚至名字都被埋在距离中州十万八千里的那个小海岛上,而且我还回不去了。

她不想回想那些东西,但那些东西却从未放弃过骚扰她的脑海。她想去回想的时候总是记忆零散,她不想去想的时候那些记忆就如潮水般涌来了。那片废墟永远存在着。

"你还没回答我的问题呢。"红樱最后只是这么说,不回答他,撇开这个让她不舒服的问题。

楚七十一微笑着,看着地上的灯火,那一颗颗光点都胜似天上繁星,映在他眸里有如他眼中烧起了火。他说:"你往下看,那灯火多么璀璨,生活在里面的人,却是多么力不从心。不觉得我们都挺渺小的吗?这两只手啊,和没长差不多,该抓住的一直都没能抓住。所以我就想了,这里的人,有多少正意气风发,又有多少已经失去了些什么,从此活着不过行尸呢?"

红樱看向了他,撇撇嘴:"你不觉得你这个理由特别牵强吗?你到底想说什么啦。"

他也不反驳,嘴角还是一抹微笑,那么无害,那么温良,却又似乎隐藏着疯了的狂狼。

"只是想和你说说话而已。"他嘴唇翕动,却不发出声音。红樱没听见,只看得见他凝视着漫天星空。

"你真是戴了张面具。"红樱伸手,一扯他那清秀的脸,"心里那么多弯弯绕绕,藏得比我这个女孩还深,但还装作没事儿人一样。"

楚七十一就这么让她扯,一点不怒,还是笑着。

"唉。"红樱收了手,"以后如果你结婚,真的有人能受得了你吗?看也看不透你。"

"不知道啊。"楚七十一笑着说，"反正也没人要我。"

红樱也不再看他，转过头看向下面的灯火。很多人害怕高处，这么望下去就会头晕目眩，但红樱不会，红樱会这样一直看着，山川湖海灯火人家尽收眼底。她想，其实这里也没那么差啦，那天觉得这里冷清可能只是刚在这里杀了个人，所以心里才会有感觉。

你看，这里离人群这么远，但为什么我总要在这种远离人群的地方，才能找到自己的温暖呢？ —

"那你呢？"红樱问他，"你有失去过什么重要的东西吗？"

"失去过啊。"楚七十一答得那么快，快得让红樱吃了一惊。

"知道我为什么叫楚七十一吗？"楚七十一笑笑。

"因为你有七十一把刀。"红樱说。

楚七十一先是一怔，然后又笑着说："原来你还记着呐，但那是我用来敷衍人的。其实是因为在五年前，幕沧最大的氏族楚家发生了内乱，我那一脉正是叛乱者之一，于是全家上下七十人被杀，无一幸免。而我却被父亲藏好在了一个隐僻角落里，看着大火冲天，族人被杀。"

真是见鬼，他说这话的时候居然是笑着的。但他的眼神那么悲戚，那么苍凉，却又燃烧着火，似乎是这把火支撑着他活了这么多年。这把仇恨的熊熊烈焰经久不息，此刻夺眶而出势要燎原。

"我没能忍住，还是跑了出去。他们没发现我，于是我就偷偷地到了厨房，拿了油泼到他们身上，看着他们逐渐被烈焰焚烧我就开心极了，那些哭嚎我到现在还记得……"楚七十一笑得那么温和，但那眼中的狂狼已经按捺不住对天嚎叫了，"杀了我全家的人死了，但我的全家也死了，那一夜我也死了，现在不过是那些残存的仇恨驱使着我要去屠了楚家满门。"

"我从死去的族人身上卸下来他们的佩刀，或长或短都一直背负在身上，从此这七十把刀，连同着我自己的宿云刀一直陪在我身边。知道那种感受吗？在深邃的无穷无尽的夜里站着，风那么冷夜那么深，没有火光温暖你，你仅有的只是你身上七十一把寒冷又锋利的利刃，还有身后背着的酒葫芦。"

"所以我叫楚七十一，不过是纪念在那场战争中死去的族人们罢了。"他轻声说，笑得温和。但他语气里的颤抖和快速变化的眼神出卖了他，他的内心并不是毫无破绽，他的面具并不是永远戴笑，这个自称疯子的家伙其实有着那么旺盛的可以烧起来的情感。

"可你说那一夜只死了七十人，但为什么你叫七十一？"红樱问。

"因为那一天，一个叫楚宿云的家伙也死在了那里啊，那一家人都死了，从此活着的不过是一种仇恨，一种怨念。"楚七十一说，"在灭了楚家之前我都是行尸走肉，只有报了仇我才有可能重获新生。我陷进泥潭了，但我还是希望触摸到那片星空，所以我要挣脱那个缭绕在我身边的梦魇。只有灭了楚家满门，我才会觉得解脱，并且获得新生。"

"背着的担子真重。"红樱叹了口气，"你说你给你妹妹梳头，还说你妹妹仍在家中。那么那些都是假的咯？"

"假的，我妹妹死了，不过我倒是真的给她梳过头。"楚七十一说，"就在举族被灭的前一天晚上。"

红樱不再说话了，看着远处沉默的沧澜海过了很久，久到天上星星都逐渐明亮起来，才说："我们还这么年轻，但为什么却如同活了几辈子？"

楚七十一沉默着，半晌过后，忽然蓦地抽出绑在身后的两把刀，朔气四散寒光凛冽，"看见这两把刀了没有？上面有刀铭，一个是'厘水'，另一个是'照月'。这是我父母的佩刀，楚厘水和楚照月，我父亲和我的母亲。"

"这些刀本来都是无名刀，但我给它们刻了它们主人的名字，带着它们就像带着那些已经死去的族人，他们时刻提醒着我的人生不属于自己，而是为了报仇才得以活下来的。"楚七十一手一抖，厘水刀和照月刀刀尖相击，阵阵嗡鸣。

"像不像那些死者的哭嚎？"楚七十一笑着看那两柄颤动嗡鸣的刀。他的眼里流露出那么沉重的气机，山一样压在你胸口，但你却还能感到他眼里时隐时现若有若无的……疲惫。"和你的感觉一样，我也才十几岁而已，却觉得似乎活了几辈子，可能是身上压的东西重了些。"他说。

红樱看着他温和的笑容，思忖着：这样活着的人会很累吧？带着那么多的仇恨活在世上，每一分每一秒都是为了将某个高不可攀的东西打倒。还没有来得及知晓生命中那些更美好的事情，就被世界的阴暗面束缚住了，但他还是那么执着地看着星空。

不断追随仇恨，亦不断寻找救赎。

"算啦，不说这些了。"楚七十一忽然站起来，伸了个懒腰，"主人你错过了你的晋升仪式，回去之后还要领一下你的徽章。那个徽章代表了你是鬼门关的一名煞鬼，是人是鬼是生是死都属于鬼门关。"

"真不想属于那个阴森的地方，"红樱也站起身来，"不觉得那城门像是要把我们吃了吗？"

"别管这些了，想了也只是烦心，先下去吧。"楚七十一笑了笑，"说起来通月摘星足足有一百层呢，主人要不要我背你下去？"

"……不用，我自己走就好。"红樱瞥了他一眼。

白燕和白凛烟来到了百器轩，作为白家少主他也应该有一把自己的佩剑。百器轩老板淡淡看了他几眼，盘问了他几个问题，又问他所学剑法偏向哪一类，就开始帮他准备材料了。白凛烟说百器轩制造神兵利器，从来都是看人铸剑，无须任何人，甚至是这把剑的主人过问。因为他们铸出的剑没有一把不适合它们的主人。

"白叔，我们回去练剑吧。"出了大门，白燕低声说。

……

红樱在鬼门关内演武场拿着刀子，面前摆放了三个陶罐。她屏息静气片刻，忽然出刀，只见一阵银光过后三个陶罐一齐碎裂。

145

"你的心没有你的刀快。时斩可以平滑地连续切开五个陶罐，而且不在任何一个陶罐上留下裂纹，只留下平滑如镜的切口。"墨崖断剑站在她身后朗声说道，"继续！今天如果没能完美切开一个陶罐就不许回去睡觉！"

于是她继续切割着，如同切开自己的心，不能留有裂纹，而是要平滑如镜。

……

这个漫长的夏天终将过去，走出那小小海岛的少男少女们必须要适应这个壮阔又浩大的世界。我们都是棋盘上的兵卒，永远只能向前走，要么被吃掉，要么冲到棋盘的底线。可以眷恋，不能回头。

也许你冲到了底线会被人吃掉，但你只不过是一个兵而已，除了往前冲，你还能做什么呢？

这一幕大戏演到现在，所有人都或多或少清楚了自己的命运，并且更清楚自己无从改变。那么就怀着一颗安定的心去等待命运降临，届时你将倒下，或者仍然跋涉。

玖

人生不过是由一种重复转变为另一种重复，然后持续不断地转变着，直至死亡。

一

"秋天要到了。"白燕紧了紧衣襟，坐在酒馆里听戏，窗外树叶泛红。

于是这个夏天就这么过了……他想，就这么过了，流水一样。白政君、牛芒、絮樱、颜笙、宁无翳、白凛烟，这些人在这个夏天来了又走。就这么短短的三个月，时移世易。

真是个小酒馆，白燕又想：普通的橡木，不是檀木不是楠木，只是橡木，品种看不出，只是橡木，而且颜色暗淡，是木头里最难看的暗棕色。整个酒馆里都用这样的橡木装饰，地板桌椅窗沿等等等等，如同把一根巨大的橡木从中凿空，实在是难言美感。装潢也不行，就那么直来直去几条线，没什么复杂的镂雕浮雕，至多给你在桌沿上雕个花，除此外没了。平实得不像是能开在胤凰内城的酒馆。

这里没有达官显贵，没有上品名流，没有纨绔贵族，没有富家千金，放眼望去乌烟瘴气，三教九流划拳喝酒听戏，吵吵闹闹的。但白燕就是喜欢这儿。胤凰有如诗如画的天心湖，有湖畔的临湖水榭，有渺云阁，甚至还有天香阁这样百花齐放的地方，但白燕就是习惯来这儿喝酒。他越来越觉得酒是个好东西，这里也是个好地方。

可能这样子的小地方才是适合他的地方，胤凰……不适合。

白燕怀念着他在云止岛的时光，那些一去不复返的日子。他忽然很想回到那个萦绕不去的噩梦之中，那个风雨和烈焰并存的夜晚，海妖倾巢而出。而后他要拼死保护那个女孩，那个好孩子，那个老猴子。

白燕幽幽叹了口气：为什么我们总是事后才发觉这些呢？总是事后才明白有些错误如何避免，但那样于事无补啊。

说书人还是把那些很老的故事说了一遍又一遍，白燕待不下去了，醉醺醺地站起身来，走了出去。他不知道自己要干什么去。

"哎，车夫，"白燕拦下一辆马车，"拉我在胤凰逛一圈。"

随着拉车人说了一声"好嘞"，白燕跳上了马车。

"这位客官您是贵族？"拉车人问。

"嗯，算是，不过对于胤凰还不熟，你就当我是个游客吧。"白燕说，"不要拉我去那些外地人去的人多得要死的地方，去只是胤凰本地人知道的小地方，你带路就好。"

"之前在什么地方？"拉车人问。

"一个挺偏僻的海岛。"白燕说。然后他拉起帘子看向窗外，青石板的路面没有尘埃，行人熙熙攘攘。正午有些毒辣的阳光就这样洒下来，但是暮夏初秋的凉风却能吹进车内。果然秋天要到了，白燕想，这个夏天就这么不知不觉地过完了。

"你们家里人送你去的？"

"没，自己不晓得怎么回事儿就过去了，然后不晓得怎么回事儿就回来了。"白燕回答。

"哈，我也这样，起起跌跌的。"拉车人说，"胤凰内城生意不好做，他们大都有自己专用的马车，今天好不容易拉到人了。愿不愿意听听我的故事？反正闲得无聊。"

"好啊，我们去哪儿？时间够吗？"白燕说。

"时间足够，去哪儿，这个我向客官您保密吧。"拉车人爽朗一笑，"反正肯定不会差就是了。"

"好，你讲吧。"白燕仍是看着窗外。而拉车人笑了笑，目视前方，说，"我以前不在胤凰内城的，在外城。胤凰内城和那里没得比，那里可好了！西山上全是枫叶，秋天一来，没两天'唰'一下就都红了。你要是坐在那里看枫叶看一整天，从早上看到晚上，你会发现不知不觉间那些枫叶就红了整整一大片，但你根本没注意到。"

"听起来挺不错，还有吗？"白燕说。

"然后就是市集，到了交易的时候人都在那里，你什么都能看到。内城的市集我不喜欢，卖的东西都要用绸缎木盒子包起来，叫卖声都没有。外城的市集就支一个小摊子，上面一个小棚子和小帘子，就这么卖，叫卖声此起彼伏的。一直在内城的人永远不会明白外城多好，就算去了哪里也会嫌吵。"拉车人兴致勃勃，"当然啦，我最喜欢的不是市集，是枫林。唔……是不是应该把最重要的放在最后说来着？"

白燕笑了笑："是的。"他有点喜欢这个家伙了。

"也好，就这样，没什么差别。"拉车人也笑了，"对了，你有喜欢的人吗？"

"有过。"

"在你身边吗？"

"没。"白燕说。

"喜欢过几个啊？"拉车人刨根问底。

"就那么一个。"白燕说，"而且她现在不在身边了，不知道还能想她多久。忘一个人很快的，对吧？"

"嘿，可有些人你能念着很久的啊。"拉车人说，"客官，很多人和你说过'忘了她吧，你会有更好的'，对吗？"

"其实没有，因为我没和别人说起过这件事情，说起过的那些人也都不……去别的地方了。"白燕说。

"要是他们在的话，一定也会和你这么说的。"拉车人说，"因为他们也是这么对我说的。"

白燕仍然是看向窗外："为什么这么对你说？"

拉车人并不直接回答，而是卖关子："目前你只喜欢过一个人，对吧？"

白燕"嗯"了一声。

"我也只喜欢过一个人，而且和她差一点就是一辈子。"拉车人抖动缰绳，不知为何白燕觉得这辆车都有些颤抖。"我们是在那片枫林认识的，最后也是在那片枫林分的手。分手那天她穿着枫叶一样，红色里带着微微的橙色的罗裙。我不知道世界上有没有比她更美的天使，但我知道没有她的地方不是我的天堂。"

拉车人转过头，咧嘴一笑："是不是觉得我说的话太肉麻起了鸡皮疙瘩？这些都是和她说过的情话，那个时候我就是靠这个把她追到手的。我哄她骗她，但我是真心爱她。所以尽管我知道她想要的我给不了，但我还是想留住她，你说我是不是太自私了些？"

不等他回答，拉车人又转过头去，说，"以前我在外城就是拉车的，当时我还很年轻，现在三十多了，很难想象三十多的人只喜欢过一个吧？但还真的就是这样。因为时间好长了，五年，我和她在一起五年，我生命的六分之一。"

"当时我除了嘴皮子厉害，会讨女人喜欢就没别的优点了。她居然会喜欢我，我真的开心了好长时间。哦对了，她会女红，衣物织得特别好，我身上穿的就是她以前给我织的。"拉车人说，"结果五年之后就这么分啦，毫无预兆的。"

"为什么？"白燕问。

"鬼知道，谁知道那女人在想什么！她什么都没说，约了我在这里和她见面，然后就分了。你不明白，我还不明白嘞。"拉车人撇了撇嘴，然后又慌忙补了一句，"客官，对不起，刚才情绪激动失态了，多有冒犯，抱歉抱歉。"

"不要紧。"白燕挥挥手，"你追的她？"

"是啊，我追的。"

"你追的话，就应该会料到如果在一起了，很可能就有这么一天吧。"白燕说。

"是啊是啊，料到了。"拉车人说，"我以为会来得很早，没想到来得这么晚。我现在有些怕我没有爱其他人的能力了。"

"我也怕。"白燕说，"但我更怕的是忽然有一天，我又重新拥有这种能力了，爱上其他人。然后那个女孩就这样被我忘光了。"

"要是足够深，不会那么容易忘掉的。"拉车人说，"和你聊天感觉真不错。"

"我也一样。"白燕笑了笑。

"我快要上战场了。"拉车人忽然说，"所以我才找人聊聊说说话什么的，我有些怕死。"

"上战场？"

拉车人点点头："是啊，很快夏国就要对西戎开战，我报名参了军。尽管我很怕死。"

"怕死为什么还要参军？和那个女孩有关系？"白燕问。

"觉得有些事不得不去做，和那个女孩倒是没关系，很多事情，一时半会儿说不清楚。"拉车人说，"我觉得生命不受自己控制，都是些无谓的重复。我想要改变些什么，尽管不知从何改变。但我不想一辈子拉车拉到死，所以这就是我说的有些事不得不去做。哪怕我这一存在会因此消亡，哪怕没有人会记住我，会因为我的消失而悲痛，我也要做。"

"我觉得挺棒的，如果可以，我们应该找个地方喝一杯。"白燕说。

"哈，别的人听了我说那么长一大段话都拍着胸脯信誓旦旦地说我一定记住你，你就只是说我们应该出去喝一杯啊。"拉车人转过头来，不是责问，只是调侃。

"因为我怕做不到，尽管我知道我会努力记住你。"白燕说，

"但是万一呢？万一我忘了。你知道的，忘掉一个人很快的。我讨厌那些明明做不到还要说出来的约定和承诺。"

"是啊，我也讨厌。"拉车人说，"太多人因为他们总是做不到，就这样随意承诺了，于是承诺越来越沦为礼仪性的和口头性的玩笑。我很反感这样的人，就像反感以前那个随意向一个女孩承诺的我。"

"这就是女孩不明不白把你甩了的最痛苦的地方啊。"拉车人大笑两声摸摸头，"你总是猜测你是哪里做得不好了，让她讨厌了。但你总是不知道，因为你和她再也见不到了。"

"要是你喜欢什么人，然后又因为什么外力被迫分开，那样也很惨的。"白燕又看向了窗外，"都挺惨的。都不好。我讨厌这样。"

"我也讨厌。"拉车人说，"喂，我带你去的地方到了，就是外城西山的枫林。现在是初秋，还不够红，就这样凑合着看看吧。"白燕跳下车，入眼帘的是满山斑驳的红色绿色，如同绿色的墙被泼了红色的漆。他想要是彻彻底底都红了应该会很好看的，映衬得地上的泥土，明媚的天空，眼中的一切一切一切都带上一丝丝红意。

"这里就是我和她分手的那片地方，至今想来，我还是觉得有

些奇怪。那五年如同一个梦，现在醒来了。"拉车人看向白燕，"会不会现在的一切都是梦呢？你出现在我的梦里，如此而已，而后我醒来身边的人又是她。"

"很可惜应该不是。"白燕摇摇头，"我对于我的一切记忆都清清楚楚，你的梦肯定不能如此的细致入微。"

"那也可能是我梦中人的辩驳。"他笑了笑，"好啦，我开玩笑的。客官您觉得这儿怎么样？枫林没有红透，也许下次红透了的时候你再遇见我，我就能带你来这儿看红透的枫林了。"

"红透的时候应该很好看，不过现在也不差。"白燕说，"夏天，尤其这个夏天，我不愿意就这么过去了，我还想抓着它的尾巴。"

"这个夏天对你很重要吗？"拉车人说。

白燕说："应该是我人生中最重要的一个夏天了。"

"别这么断言，我用我长你几岁的身份建议你，"拉车人说，"不要用人生中这样涵盖性的词语，人生长着呢。"

"我记住了。"

"除此以外，喝酒吗？"拉车人晃了晃酒壶，不知道从哪里掏出来的，"你说过我们应该找个地方喝一杯，来，践行承诺吧。"

"好呀。"白燕笑了笑，"希望你酒量不要太好，因为我刚喝这东西没多少天。""是个好东西，对吧？让人忘却烦恼。"拉车人就这样坐在薄薄的落叶上，给自己先灌了一口，"酒解愁，愁解酒。不过这的确是个好东西。"

"应该是的。"白燕点点头，接过酒壶也灌了一口。

"接下来在这儿说说话？"

"好啊。"

拉车人干脆躺到了落叶上，头枕胳膊，望着被枫叶切割的天空碎块："聊什么？"

白燕有样学样，也躺了下来，笑："结果现在反而不知道该聊什么了。"

"哎，你现在最希望回到哪个时刻？我最希望回到五年前，这样我好歹能问明白为什么她会把我甩了。要是我问明白了，说不定我就把这个担子放下了。"拉车人说。

"这样啊。"白燕说，"为什么不干脆回到出生的时候？能解决的事情更多。"

"哈哈，说得没错，那就回到出生的时候吧。"

"不不，要是还能再来一次，我们为什么还要做人？"白燕问，"活着挺累的。"

"你这是要问我为什么要活着吗？"拉车人笑了笑。

"如果你能回答的话。"

拉车人沉默了一会儿，坐起来，说："活着……就是为了不要死。"

"可我们终有一死。"白燕说。

"那你愿意现在死掉吗？"拉车人看着他。

白燕也沉默了一会儿，说："可能活着真的就是为了不要死吧。"

"对啊。只要你活着，没有死掉，那你就能遇到好些不错的人啊！比如你的朋友，你的家人，还有几个很好的女孩。这些都是你命中注定要遇到的，但要是你死了，就都没啦。所以活着就是为了不要死。"拉车人说。

然后他们没有说什么了，白燕听着风吹过头顶的树梢。

这里不是你待的地方，他告诉自己：你不过是在逃避。你真的能逃掉吗？你逃不掉的好吗？这个天地是个囚笼，你不是在初入胤凰的时候就明白了吗？那你现在在做什么？这种无意义的感性的事情……陪一个拉车的人浪费时间……

白燕只是想要逃避些什么，他觉得这一切变化得太快了一云止岛到胤凰，这是跨越了不同世界之间的桥梁。他离自己最初的梦想越来越远，他越发感受到在这个世界上生活是如此艰难，艰难到只能苦苦求存。他的生命由在云止岛的另一种重复经过剧烈波动后，变成了现在这种练武喝酒练武喝酒练武喝酒的重复。归根结底，不过是这样，这种被不知名的东西随意拿捏的感觉如此明显。

人生不过是由一种重复转变为另一种重复，然后持续不断地转变着，直至死亡。白燕忽然就想到了这句话。那么逃避算什么呢？逃出重复的那个圈，就像拉车人做的那样？但是他参了军，也不过是重复着参军的人该做的事情，仍旧是无意义的重复。你看似逃出了那个圆，但你还是陷入另一个圆中。

人是得不到满足的。除非他们能找到真正让它们感到幸福的重复，否则他们永远不得满足。好的重复产生幸福，因而幸福便是美好事物的重复。但是对于白燕或拉车人来说，美好的事物的重复不能满足他们，于是他们逃避。不是逃避坏的重复，而是逃避难以满足。

而实际上这种逃避维持不了多久，就像是旅行，那些你该面对的总是要回来面对。你自己的生活节奏只要没有不堪到某种程度，那么最终打破你生活节奏的人一定不是你自己。

"逃避什么呢？"拉车人问。

白燕一惊，仿佛被他看穿了心思。

"我在逃避什么呢？"拉车人轻声说。白燕松了口气，然后又发觉并不是只有他一个想到"逃避"这个词。

拉车人站起来，踢开一块石头，回了车上，说："希望下次也能遇到你这么有趣的人，我们还能聊聊天。"

白燕看着那辆车远去，心想：也许一开始就应该待在酒馆里喝酒的。这样就不会遇到这样一个悲伤的人，听到这样一个悲伤的故事。而最悲伤的远不是这些，而是拉车人不一定能从战场回来，但他却一定会把他忘了的，连同那个悲伤的故事和今日的一切。遗忘的悲伤汹涌在看不见的地方。

二

"老人家，您在钓什么？"红樱站到一个钓鱼的老人身旁，问道。这里是沧澜海，包围了大半个幕沧的绵延的海岸线潮涨潮落，沙滩呈现出泛白的金色，光着脚走在上面适应一会儿后整个脚都是暖的。天光洒下，光线都像是带了棱角，映在视网膜里的光线带着一圈一圈的彩色光晕。那个钓鱼的老人坐在一块石头上，朝海里扔鱼钩一海浪总是在动。红樱很怀疑他到底在干什么，因为这样子是钓不到鱼的。

不过也无关紧要。她想，她的任务不过是杀了他而已，所以无关紧要。

老人不急不慢地抬头看了她一眼，笑了笑："鱼啊。"

"您能钓到吗？浅滩能钓到鱼？"

"很难。"老人说，"基本什么也钓不到。"

"那您在做什么？"红樱问。

"钓鱼。"老人望向阳光，双眼惬意地眯起来，"顺便晒晒太阳怀念怀念。"

"怀念什么？方便说吗？"

"哈，没什么，不过是我这个老头子以前的事情。那个时候我就很喜欢钓鱼，只是那个时候我还不在幕沧，现在来了幕沧养老，自然而然也要做点事情。钓不到鱼不重要，但至少我在钓。"

"和你说些好玩的。"老人又转过头来，皱纹褶在一起，却是那种和蔼亲切的感觉。如同你在一个下午偶遇这个老人，而那时天很好，风很暖，阳光很不错。"我在这里钓鱼钓了十几年，居然真的钓到一些东西。"

"是什么？"红樱居然真的有些好奇。

"大多数时候是些破衣服破鞋子，也有不小心把贝壳啊小虾啊螃蟹什么勾上来的时候。不过有一次，大约十年前吧，我钓到了一条这么大的鱼。"老人用腋窝夹着鱼竿，伸手比划了一下，大概有一只脚那么大，"那条鱼全身都是黑的，肚子也不例外，除了它的眼睛是白色的，而它的额头上有一块完美的圆形白斑。"

"有这样的鱼吗？"红樱说。

"我不知道，但是我真的看到过它，而且不止一次。"

"第二次是什么时候？"

老人说："是在三年后了。两次我钓到那条鱼都是坐在这块礁石上，在浅海钓到的。十几年来我在这里只钓到过两次鱼，而且只钓到过同一条鱼。第二次钓到它的时候已经长了一半。那肯定是它，纯黑色，圆形白斑，白眼睛。"

"所以你接下来都是在这里钓那条鱼吗？"红樱问。

"是啊，我总是在等那条鱼出现。我觉得我和它有些缘分。"

"要是再钓到一次呢？"

"放了，等第四次。"老人笑着说。

红樱一愣："为什么不养起来？这么有缘分的话，我就把它养起来天天看着。"

"这样不好。我们不能干涉我们管不着的东西，无论是鱼还是人。那条鱼我就这么等着好了，那是我的期望，我来这儿钓鱼的动力。要是把它抓起来养起来，我就没那么开心咯。"老人不紧不慢地说，"我老得快死啦，而且没有子女什么的。所以让那条鱼陪陪它的子女吧，现在它也一定有十几二十岁了，是条老鱼了。"

红樱一怔，看着老人，忽然觉得这样的生活很好。坐在这里钓鱼，晒太阳，怀念过往，看海，等一条和他有缘分的鱼。这样的生活能染上阳光和海风的气息。幕沧根本不是一个遍布杀手的国家吧，幕沧有很漂亮的夕阳，有养老的老人和一条总是被老人钓到的鱼，这应该才是幕沧。幕沧不是彼岸花盛开的地狱，而是海风，阳光，沧澜海潮起潮落。

她握紧袖子里藏着的刀的那只手又松开了。

这样的老人怎么会被当作目标呢？他能惹到谁？谁会想去杀

他？红樱疑惑不解。

"老人家，我去叫我的一个朋友来陪您一起怎么样？"红樱说。

"好啊，总是坐在这儿挺寂寞的，来陪陪我这个老头子吧，谢啦。"老人点点头。而红樱小跑着到了楚七十一藏身的地方。

"七十一，我们不杀了，反正偶尔失手一次无关紧要。"红樱开门见山。

"不杀了？"楚七十一问。

"对，不杀了。"她点点头。

"为什么？"

"哪儿来的为什么！我是你主人还不行吗！"红樱一顿，说，"好吧好吧，我正经点，我就是不想杀了。我觉得那老人家过得挺幸福，我没理由去破坏掉，而且他也时日无多，我不想做那个加速他死亡的恶人。"

"你这一次可以放过，那么下一次呢？"楚七十一皱起眉头，温良的笑容都冷了下来，"主人，你应该知道鬼门关的鬼一辈子不能失手五次，你失败了第五次，你就会死。下一次你碰见生活幸福时日无多的老头你也放过吗？你会死的你懂吗！"

"那又如何？！他我不想杀。"红樱言辞激烈，然后又平复下来，说，"至少他不行。因为我也想等我老了能像他那样生活着，重复那些我认为是美好的东西，我要是杀了他就相当于杀掉了我理想中那个年老的自己，我会觉得很难受。我知道成了鬼就很难善终，但就像人要有梦想一样，我这只鬼也该有个托付不是吗？"

她停了停，说："你和我一起去看看那个老人吧，你会喜欢他的。"

"好吧好吧，你是我主人，我应该听你的。"楚七十一摸了摸红樱的头，"只是你只有这一次任性的机会，下一次无论是谁我都杀了他。这是我们的使命你懂吗？我们不是救人的，我们是杀人的。"

"一次就好。"红樱点点头。她拉着楚七十一走回老人所在的那块礁石，这时老人正好钓上一只鞋子。

"小姑娘，这就是我和你说的会钓上来的垃圾。"他把鞋子扔掉，笑了笑对红樱说，"你身边那个是你的朋友？"

"是，我是她朋友。"楚七十一点了点头。

"都来看我这老头子钓鱼啊，哈哈，这可实在没什么好看的，无聊得很。"老人打了个哈欠，"是真无聊，不骗你们，要不是为了等一条鱼这个时候我早就在家里待着了。"

"什么鱼？"楚七十一问。

红樱向他描述了一遍。

"那您在这儿又等了多久？"楚七十一又问。

"差不多十年吧。"老人回答。

"那鱼有可能死了。"楚七十一说。红樱用胳膊肘捅了他一下。

"哈，有可能的，但是我还是得等，等到我死了，或者我看到那鱼死了。这缘分哪，你就是要主动等，你要是等都不等，只会错失掉的。"

"缘分这种东西不是会自己来找你吗？"楚七十一问。

"会。但你想要是我不来这儿钓鱼了，那条鱼能自己飞过来吗？"老人笑着看他，"这种缘分是要我主动一些的，不然我争取不到。"

楚七十一沉默了一会儿，看着沙滩、海浪和太阳，忽然说："其实真的挺好的。"

"对啊，挺好的吧。"红樱附和。

"挺好的？什么挺好？说老头子我吗？"老人笑着看海，"我这老头子有什么好的啊，也就每天钓钓鱼。我为了等一条鱼等了十年啦，这样的生活算什么好。"

"很好啊。"楚七十一说，"要是以后我也老了，我也在这儿钓鱼吧，说不定也能为等一条鱼等上十年二十年的。"

"不要想着成为什么人哟。"老人把线收回来，换了鱼食，再抛出去，"别人自有别人来做，你要做的只是你。既然我是个钓鱼老头，那我就是个钓鱼老头；既然你们俩是杀手，那你们俩就是杀手。做好你们自己，不想当杀手，当你们自己也好。"

"您怎么知道我们是杀手？"红樱一怔，问。

"以前在北夷，我是一个大帮派的统领，只要带着杀气，我一定能闻出来。北夷是个很乱的地方，就像是大街小巷都是战场，你不杀人在那里根本活不下去。那里不需要鬼门关这样的杀手组织，那里每个人都是杀手。"老人说，"现在我告老了，走了，来这里养老，没想到这儿也挺乱的。你们是要杀我？"

"不，不想杀了，我很喜欢您这样的生活。因为我希望我以后也能像您这样，所以我不想杀您。"红樱摇了摇头。

"要是你们想杀我，我阻止不了，我现在就是一个钓鱼的老头了，早不是北夷某个帮派统领。"老人说，"不过杀气的变化我能闻出来。一开始你身上有杀气，后来逐渐就消失了，你的朋友一开始也有，和我说了几句话也就没了。放弃杀一个人在现在是这么简单吗？"

"不是那么简单的，但是我们不想杀人了，杀的太多。"楚七十一说，"老人家你继续钓鱼吧，我们不杀你，你做你那钓不到鱼的钓鱼老头，我们做我们杀不了人的杀手。"

"哈哈，钓不到鱼的钓鱼老头，听起来挺有趣的。"老人笑了笑，然后猛地收线，"可这个老头钓到鱼啦！"

那鱼被老人拉了上来，是一条浑身纯黑的鱼，在太阳下反射出金色的油光。很大，大概有半个人那么大，双眼都是珍珠一样的白色，额头上则是完美的圆形白斑。那显然是条老鱼，因为它张嘴闭嘴呼吸的频率很慢，眼睛也没有多少生气，和老人一样，都是老得快死了。

"哈哈，看来我们缘分果然没断。"老人笑着说，"让我看看你现在有多沉……哎哟，我还真快抱不动你了。"

红樱和楚七十一能够切实地感受到老人的喜悦，这个老人的幸福如此轻盈，仅仅是为了等待一条鱼。但这样的幸福却直击红樱的心，她想她是断然不可能为了等什么东西等上十年的，于是更衬托出老人的幸福很难得。她想，幸福原来是如此简单的事情吗？等一条鱼？

或者说是在等鱼的过程里，那十三年的时光，因为这一人一鱼都温柔起来。这样的重复的日子才让人觉得惬意。有些人的生活会让他们想要反抗命运，有些人的生活则让他们只想要享受。那些在简单的日升日落中重复的循环是幸福的。幸福看起来似乎就是对一件小事日积月累的重复，或者简而言之，幸福是对琐事日积月累的重复。

红樱也希望有这样的幸福，但它近在她眼前，她却无法触摸。

"就是不知道什么时候能再次见到你啊……"老人对那条鱼叹了口气准备把它放回去，但下一秒一支破空的飞矢"咻"地洞穿了老人的脑袋。

红樱一愣，在那一瞬间地寂静无声，好像背景都是彻底的白，老人抱着鱼倒在礁石上的身影是唯一的景物，下一秒血花四溅。她站在老人背后，那老人是怎么毫无预兆就死在她的面前，她看得一清二楚。

她愣了许久，接着猛地跪下，看着老人，好像十年前她面对海妖的无力重又回来。她失去的亲人，失去的朋友，失去的男孩都化作老人的一部分一起死去，在她面前轰然倒地。

"这是怎么一回事……我不是不杀你了吗……"她喃喃自语，"我已经决定了不杀你了啊，为什么你还是会死？"

"是鬼门关的箭，"楚七十一捻起地上的矢，"有其他人也接了这个任务。"

"所以说这是命中注定的吗？"红樱感觉她的眼角有泪滚落，这是不同于她杀死了陌上迟年的悲哀。她杀了陌上迟年，那是她的选择，尽管是被逼无奈，尽管是生存所迫，但那也是她的选择。可是这个不是，这个是命运忤逆她的极好例子，命运生生地把她已经做好的选择扭转。你是否有过这样的经历，那些我们已经想好了的，而且为之规划为之遐想连篇的一切，最终却总是难以实施。也许不能怪罪于命运，毕竟不可能事事都顺应心意，但是这种事情它太残酷了，残酷到悲伤。

为什么会这样？让他们死去的用意何在？拆开相爱的男女，杀死无辜的老人，你的用意何在？为了什么？这能教会我们什么道理？这一切的一切的一切根本是毫无意义的好吗！

红樱低声说："这就是世界。"

"这就是世界！"楚七十一低吼了出来。

为什么生活总要这样肆无忌惮地暴露它的恶？我知道仍然有美好的东西，也知道必然有与之相反的丑陋，可这就是无辜者受难的理由？因为世间存在恶，所以必有人受恶，这是什么狗屁玩意！那些毫无道理的离开，那些毫无预兆的离开，那些毫不在意的离开，都是为了什么？

其实没人能答出来啊，因为他们离开得毫无道理，毫无预兆，毫不在意。

所以她感到悲哀，感到无力的悲哀，为老人为鱼更为她自己感到悲哀。命运的威力她再一次领教了，那些注定好的事情，就是不容更改。就像明天的太阳注定会升起一样，你要怎么去阻止太阳？

她先是低声啜泣，然后猛地扑到了楚七十一的怀里放声悲哭，像是要把那么多天的委屈都哭出来。楚七十一只能抚摸着红樱的头发，说着些不着边际的安慰。礁石上鲜红的血顺着岩缝流到了沙滩，一部分是老人的，一部分是鱼的。

拾

你见识了世界那么黑暗的阴影，却执拗地相信世界是明亮的。

一

秋天的胤凰美得动人心魄，天气凉了下来，走动的行人游子更多了。在波光激滟的天心湖后淡淡渺渺的远山上枫林全红了，雾气里显得晕湿温软。像是一层一层叠加上的红，又蓦地被水墨晕开了。

"真漂亮啊……"一个人慢慢地说。他看上去只有十五六岁，但却剑眉星目声音沉稳，面容虽白净得像个书生，但隐隐约约透出一股子武者的傲气。他穿着月白色的长衫，广口的袖子上绣着云纹，左侧的袖子则用青色的丝线绣了一只燕子，穿梭在云浪之中。

那人看起来自然是一副文人样子，但可惜他用绑带将一把七尺长的剑绑好，斜背在身后，这就将他武者的身份出卖。那把剑的长度甚至快赶上一般的戟，但却只有三指粗，此时收在手掌粗细的青金包浆剑鞘内，引得不少行人侧目。

"胤凰的烟花最美，火树银花。只是可惜燕子你来了胤凰这么久，还没看过胤凰的烟花。"身旁一人儒雅地笑着，神色淡然，一举一动都带着一股老贵族的慵懒闲适，面貌却怎么看都是少年。

"没事儿啊，你不是说了吗，再过些日子就是虎威将军胡天霸远征西戎，临行前他们会放烟花助兴的。"背着剑的少年一摊手。

"那倒是没错，我就不纠结这个问题了……不过说起来，白燕你的'青鸾翎'为何这么长？我原以为武神白政君的焱祭天荒就足够长了，长六尺宽两掌，但你的剑居然比他的还要长一尺，但却仅仅宽三指。"他微一蹙眉，"难道用起来不会断吗？"

"断不了吧，好歹是百器轩做的。老板说里面衬了一块陨铁，断不了。"白燕说，"宁无霁难得你对刀剑这么上心，我还以为你只对帝王心术有兴趣呢。"

"对那玩意儿有兴趣是因为那是我的吃饭家伙，对你那个有兴趣是因为那是你的吃饭家伙。"宁无羁一耸肩膀。真是见鬼，他为什么连耸肩都能做到风度翩翩？

"好了，我该走了，天心湖到了，你不是说你要在这里看看湖景吗？"白燕转头看看四周，天心湖上烟波浩渺，还能看到一艘小船荡开预案出芦苇，木桨在船身之后划出涟漪。　.

秋天了啊，原来时间过得这么快。

"是啊，我去水榭那里了，你先回去吧。"宁无羁朝他摆摆手，走了。

白燕目送他，站了良久，忽然叹口气，然后他望了望天空，几朵白云飘过。

他来到胤凰已经三个月了，应该已经适应了这个繁华的地方，但他还是会想起在云止村的那些时光，想起白政君和牛芒，想起絮樱和自己坐在山崖和海边码头晃腿说故事的日子，那些日子明快而且干净。白燕曾一度认为自己其实是个穷孩子，但仔细想想，当初自己其实富有得如同夏国的皇帝。而现在他是白家少主，将来终究会成为夏国的大将军，但他已经失去了太多太多了……多到不能靠金光闪闪的外壳就包起来。那个男孩和女孩分开了，一如那个富有的皇帝失去了江山。

因为你别无所求，只是想要讲故事给身边那个女孩儿听，所以你看似一无所有，但你已经有了一切。

现在皇帝失了江山，男孩失了女孩。一切美好的事物终被破坏，一切相爱的人终将分离。

"嘿，真好玩，这个世界。"白燕笑着摇摇头。

该走啦，瞎想什么！你要回去练剑，学兵法，你的日程应该是排得满满的，但你却有空在这里对着蓝天白云发呆……说起来这片天真是广大啊，但也真是狭隘，容不下区区一个云燕却能容下尊贵的白燕。

白燕走回白家，关上大门的时候听到清脆的"咔嗒"一声，宛如过去的那扇门对他永远封闭了，再不打开。

他再也不能逃避，无论是好的重复还是坏的重复，都不能再逃避了。他必需也必须直面这个他难以适应的世界，难以适应的徒劳重复。然后倒下，或战胜它。

"所以这就是你的剑？"白凛烟皱了皱眉头，抽出青鸾翎。这把长七尺的剑锋芒毕露，剑身是逐层叠加的海浪纹，呈湛青色，剑锋更是锋利无匹，光滑流转中如同整把细长的剑蒙上了一层青光。乍一看恍若一只青鸟翱翔天际，翅膀的羽翼都是锋锐的剑刃。

"品相不错，应该是百炼花纹钢掺了青金，用叠层千锻的手法锻打成海浪纹。但是锋芒太露，而且百炼钢也太柔软，怎么看都是外强中干类型，"他两指压在剑尖，一用力，这把剑就弯了下去，"太柔，没多少阳刚之气，根本没有一把好剑该有的刚柔并济……少主，百器轩向来都是看人铸剑，也一直都是剑如其人，为什么你的剑会是这样？在战场上这种剑一碰上砍刀就碎成两截了吧？"

"我也不知道。"白燕摇摇头，然后说，"不过百器轩的老板说……这把剑其实是阳刚之剑。你能把它压弯到这种程度，也就只能压弯到这种程度，就算上面压了栋房子也最多将它摧毁而不是压得更弯，因为它的里面衬了一块陨铁。它遇上砍刀会弯曲，但它在弯曲之后的回弹力足以使它硬生生将一般的刀直接切断。白叔你先用力，再松手试试。"

白凛烟依言用力，可他就是整个拳头上去也再没能让这把剑弯曲一丝一毫，湛青色的光流露出竹与松一样的傲骨。他又松手，回弹的力道让整把剑震动起来。白凛烟听说过上好的宝剑，例如龙渊剑和上古时代黄帝的佩剑尚方都有器灵，能通主人心意，现在这把剑的震动像是它的器灵在愤怒。

会弯曲但不会屈服的剑……就像世界上的某一类人，会弯腰但宁死不妥协，你逼一步他们退一步，你再逼一步他们又退一步，但他们有底线有原则，退无可退的时候就会和你拼命。就像曾经的云燕面对群魔退无可退，于是他就和这个世界拼命。

那种人也许会被命运打败，但终其一生都在寻找出路。

"锋利程度如何？"白凛烟转头问他。

"能无损切开十二枚叠放在一起的铜板，"白燕看了一眼那依然在震动嗡鸣的青鸾翎，"夏国将士的盔甲厚度是八九枚铜板叠起来的厚度，意味着这把剑可以直接刺穿人的盔甲杀敌，如果不考虑会不会卡住的问题。"

"很好。"白凛烟把剑还给他，"和我练练剑，你用青鸾翎，我用我的白龙。不用担心我的剑，我的剑好歹也是百器轩做的。我要看看你用这把剑施展出白家剑法是什么样的情况。"

白燕点点头，正准备出去，但忽然又有人急急忙忙跑进来，恭恭敬敬对二人行了礼，说："少主，长老，皇上召见少主。"

白凛烟眉毛一皱，但最后还是叹口气，"知道了，少主你去吧，回来练剑。"

"皇上，臣还是以为此事不妥，"宁无翳眉头蹙起，"白燕和颜笙并没有什么感情，就这样硬生生撮合起来可能让他们二人都反感抵触，达不到预期的效果。要让白燕站到我们这一边，并不是一定要让星动司嫁给他吧？况且他还仅仅十五岁而已，这个年纪谈婚论嫁早了些吧？"

姬桀随意地笑了笑，慢慢地说："卿多虑了，婚姻本来就是走个过场，成大事者会在意这些东西？以后遇见了喜欢的人再招到府内做妾不就好了？谈婚论嫁为时尚早……呵，卿你年仅十七，就能与我在朝堂之上议论国事，所以说年岁这种东西，仅仅是用来约束普通人的罢了。比如朕，还未出生就和邻国公主指腹为婚了，现在她是一国皇后母仪天下，但我还是有三宫六院佳丽三千。"

他说起这些的时候看似漫不经心，但眼里有一阵阴郁闪过。宁无翳忽然想起他面前这个男人隐隐约约有些传闻……关于抉择，在心爱的女孩和皇位之间的抉择。

那些故事早已无从考证，但他知道这个说话慢吞吞的男人其实像磐石一样坚硬。最终这个男人坚硬地坐在皇位之上，而那个女孩却早就没了踪影。这样的取舍理性得让人觉得悲凉。那个女孩在哪儿，叫什么名字，谁也不知道。这就是天子和庶民的爱情，美好，但没有结果。那些开了花不结果的爱情都是毒药。于是天子还是天子，庶民还是庶民，两个世界的人的短暂交集有可能会擦出炽热的爱情花火，但你见过哪一朵火花永恒燃烧着？

于是他执剑君临，放眼望去，世上再无哪个女孩让他心动。

宁无翳想：原来就算是天子也不是事事顺心的啊。宁无翳有些明白这个男人的坚硬是怎么一回事了一螃蟹的壳之所以坚硬，是因为它的肉很软。那么你的壳那么坚硬，是否是因为你的心软？

姬桀这样的人真的会心软吗？还是说他早就将心底的柔软扔掉了，从此坚硬如石所向披靡？而你又要扔掉多少感情承受多少苦难才能如此坚硬？

宁无翳懊恼地想，原来自己的帝王心术也只能到这，再深处就是更加让人难以明白的"情"了。情之一字他从来就不曾明白过，就连那个女孩的心房他也从不曾打开过。

"卿，你应该知道的吧，颜笙之于白燕，只是件衣裳。我送他的衣裳，他就是不喜欢也得收着，偶尔还要穿出来让人看看。"姬桀的手指在龙椅上轻轻敲着，"哪能事事顺心呢？"

"臣明白了。"宁无翳点点头，再为白燕求情下去就会引起怀疑了。

"如此甚好。"姬桀点点头，"其实朕想问问你对于三日后虎威将军西下攻西戎……有何看法。"

"还能有什么看法？"宁无翳摇摇头，"胡天霸外表强势，内里软弱，不成大器，还是被亲王们操控的傀儡将军。平时让他带兵玩玩，去各地平息纷争还凑合，但乱世将近，这样的人留着也是祸患……如果武神白政君还在就好了，虽然他跳崖明志的时候我才两岁，但我猜他如果还活着，相隔十五年听到可以再次带兵下西戎大杀四方，应该会跃跃欲试的。"

"是啊。"姬桀点点头，装模作样悲戚了一会儿，"当初是朕被奸人蒙骗，错杀一代良将啊！"

各自对视，像是一老一小两只狐狸，心里都在冷笑。

"但是，"宁无翳忽然插嘴，"胡天霸是几位亲王搬上台来的，就这样罢免他的虎威上将官职影响不好，更有借口让他们起兵反叛。这些年我们逐步回收兵权确保帝位稳固的用心已经被他们看出来了，可能他们都在暗自培养自己的班底。不！是绝对都在暗自培养自己的班底。外敌内患并肩，让人应接不暇啊。而且三天后他就要出兵，这时候也来不及了。"

"这倒是没事儿。"姬桀笑笑，"听说过鬼门关么？那个幕沧国的暗杀组织。"

宁无翳点点头。

"我安插在那里的探子回了消息，有个人要来这里刺杀虎威将军，正好帮我们除掉这个隐患。"姬桀慢慢地说，"不用担心那人的实力，她是鬼门关内后起之秀，这些日子杀了不少手眼通天的大人物，代号红樱，江湖上人称樱花妖刀，据说她的刀'时斩'快得可以切断人的头，而人却感觉不到痛楚还能说两三句话，之后血才流出来。知道她第一次任务杀掉了什么人吗？曾经的剑神陌上迟年，这可是和武神白政君相提并论的人物。让她杀了胡天霸就好了，谁也怪罪不到我们头上。"

宁无翳默默听着，暗自心惊，他也知道这个最近风头正盛的樱花妖刀杀了剑神陌上迟年，但一共也就知道这些了。反观皇上，居然连她在鬼门关内的代号，杀了什么人，甚至她的刀是什么都一清二楚……真是可怕。他就没有这样的情报网，否则佐以足够的情报和他本身的谋略，掌控姬桀岂不是易如反掌？

"臣明白了。"宁无羁点点头，话锋一转又说，"但不需要提防那几位亲王吗？谁知道他们会不会知道类似的情报。"

其实他知道姬桀敢这样和他说，就表明他已经有了十足的准备。但是适当地对皇上说点表示自己有些聪明也努力思考了的话，并且还让他觉得事情都在自己掌控范围内，总是需要的。

果不其然，姬桀微微笑着点点头："爱卿多虑了，朕已经想到这一节，并且让禁卫军里的精兵伪装成杀手，协助红樱。届时她会发现在这里杀起人来简直是如鱼得水。"

"报——"忽然有个高亢的声音叫道，"白家少主白燕觐见！"

"准了。"姬桀不慌不忙说道，然后对宁无羁点点头，"卿，你先退下吧。。"

于是宁无羁一躬身，退下了。

"无羁。"在朝堂大门外的白燕拉住了正准备离去的宁无羁，"怎么样？皇上把我召见来是什么事情？"

"燕子啊……"宁无羁拍拍他的肩膀，"我帮不了你了，你自求多福吧……不过好歹是颜笙，你还是幸福的,总好过给你找个肥婆。"

"什么意思？"白燕干瞪眼。

"没啥，"宁无羁已经走远了，"拿出你那天在朝堂上不卑不亢一看就大有作为的风范吧，加油！"

于是年轻的少年丞相三言两语撩拨起白少主的不安，白燕吞了口唾沫走进朝堂。

他并不是第一次来到这里，在三个月前就已经来过，但第二次来到这里还是被震撼到：主色调是棕红和金色，这里用了上好的木料和大量的黄金，整个夏国应该再没有哪里比这里更加奢靡浮华了。金丝织的帷幔被悬挂在两侧的高墙上，其后的高大墙壁嵌着黄金的

文字，连起来正好是《天子功德录》。这本书记载了夏国历朝历代
皇上的功劳，一旦皇帝驾崩，就有专门的人把他的功德用黄金铸造
出来，镶嵌在这座巍峨的宫殿内。路上两侧每隔三丈就有一盏纯金
打造的异兽炉袅袅地升起馥郁逼人的龙涎香，而纯金打造的异兽，
诸如相柳、饕餮、穷奇等等都安静地蛰伏在金炉上，代表天子功德
无量四方异兽皆臣服。

姬桀坐在龙椅之上，缓缓地看着白燕从大门走到自己面前。对
于皇帝来说，看着臣子从远处恭恭敬敬走来有种主宰般的愉悦快感；
而对于臣子来说，从那漫长的九十九层石阶走到朝堂，又看着坐在
巍峨龙椅上的身影因为自己的步子一点一点地拉近，实在是一种心
理负担。

白燕本来是没有心理负担的，但宁无斁对他说了那么一堆莫名
其妙却让人脊背发凉的话之后就莫名有些慌……

"爱卿，"姬桀缓缓开口，和颜悦色地照本宣科起来，"来胤
凰三个月，可有什么不习惯？"

"回禀陛下，并没有，一切安好。"白燕摇摇头。当然这并不
是他心里想的，他总不好意思在人家的地头上对人家说这里我住着
真是不习惯，我还是想回我原来那个小村子吧，而且这种话怎么听
怎么虚伪，你来这么繁华的城市居然还想着以前的狗窝吗？

但是狗之所以会回想起很久之前的那个狗窝是因为它在那里过
得安稳而且有一个对它很好的主人，主人会给它吃的给它玩的给它
挠痒痒，其他地方再怎么好但缺了某个人就是不行。旁观者也许会
生出鄙夷，会觉得虚伪，但是当你身在其中，你就明白那个回不去
的狗窝是如此美好一许不是狗窝美好，而是回不去这个附加的词汇
美好。那些回不去的，例如青春时光生命爱情，都是美好的，因为
回不去而美好而值得纪念。

一切的借景都是为了抒情，一切的怀念都是因为某某。你回想
着那场落日，那个海边的码头，那山崖和樱雪纷落下透过罅隙照射

过来的阳光，归根结底还是因为你身边坐了个什么人陪你一起去看落日，在海边谈人生青春理想，在透过樱花的阳光里四目相对，风暖不燥。

"如此朕就放心了。"姬桀点点头，"但是朕觉得一个男人都应该需要贤妻良母，良母强求不来，但贤妻还是找得到的。朕又正好听说星动司颜笙比武招亲一事，白少主神勇夺得头筹，小姑娘似乎也对你芳心暗许了啊……"

白燕听着听着就瞪大了眼睛，心说我可算是知道那天的暗箱操作是怎么回事儿了！原来是你干的！把人家好好一姑娘扔给我干啥？我对她一无感二无责的，给谁不比给我强？我才十五岁长得也没那么老成吧！这个年纪就这样娶老婆真的好吗！

但他忽然又想起宁无翳对他说过，对于皇上，对于胤凰，对于夏国，一个女子的幸福算什么呢？可是要是人的幸福都不算什么的话，还有什么算什么？要是什么都不算什么，那什么算什么？

"所以朕就想啊，既然白少主你对她并无反感，不如我就定了你们的亲事，这样不是挺好？"姬桀笑着说，"郎才女貌，多么般配啊！"

你从哪儿看出来了般配啊！而且这种事情是般配就好的吗？难道不应该先培养感情再定终生的吗？可笑我对她连对妹妹的感情都没有啊！

"爱卿你是想说没有感情这件事吗？"姬桀不紧不慢地开口，

"那也没关系，后天是虎威上将远征西戎的助威之日，整个夏国都会欢庆的，你和颜笙她一起去，就当是逛灯会了，正好培养培养感情。朕可是很希望你和她一起去啊。"

白燕用了好大力气忍住抽搐眼角的冲动，他很想拒绝，但最终他还是谢主隆恩之后告退了。姬桀望着他远去时发懵又有些苍凉的身影，轻声嗤笑。

出了皇宫，白燕轻轻将手探到口袋里，摩挲着那只青色的燕子布偶……这门亲事，还是能拒绝就拒绝了吧。

他根本不想娶颜笙，也许他们能做朋友，但绝不应该是夫妻。他实在是受够了这种命运一点不顾的夺走和强加于人……但是真的有人听我说话吗？我想说我和她其实真的没可能在一起，我想说她也不会愿意和我在一起，我想说我本来只不过是想当一个说书人，我想说我喜欢絮樱，我喜欢絮樱啊！

但是真的有人在听吗？

曾经是有的，在那个没有云的海岛，某一个名不见经传的小村子里有个女孩，她会寂寞又不甘地对着天空晃腿，也会安安静静地听我说话讲故事，甚至还会对我袒露心声倾诉理想。那时候我傻傻的，她也有点傻傻的，大家都有点傻傻的。然后傻傻的人们都死了，分离了，活下来的人不得不学聪明，面对这个远比他们想象中复杂的世界。

二

红樱躲开了挥过来的长刀，不得不从怀里摸出时斩和他打了起来。这一次他们遇上了狡诈的家伙，根本不是陌上迟年那样靠情怀和演技就能打动的人。他们的目标一那个马脸的家伙把手里的砍刀舞得虎虎生风，砍过来的时候不留情面。红樱知道自己的力气敌不过他，就算自己的时斩比他的大砍刀好出不止一点，但还是会被那样的力气震飞。

她脚下虚晃，身子一偏躲过去，然后躲进了黑夜里。幸好是在野外，还是黑夜里，这就是她的主场了，如果墨崖断剑教给她的屏息术她没用错的话，别人就是面对面也听不到她的声音。

呼一她不发声音地舒了口气，心想为什么最近遇上的都是些正面就打起来的家伙？杀手本来应该是潜伏在黑夜中，一击不得远遁他方，来日方长总归要和你算账的人啊。但结果每次她遇上的家伙都像个武士一样凶蛮，逼着她不得不就地解决，无论是陌上迟年还是现在这个马脸的家伙。

她定了定神，从怀里拿出五六枚飞镖，飞出一枚钉在树上，然后趁他转头警戒看那枚飞镖的时候将其余的五六枚同时飞出，在夜空里划出凄迷幽冷的银弧，交织成蜘蛛猎杀的网。

"哼。"那人不屑地冷哼一声，抬腿在树上一蹬，空中扭转着他的身体躲过所有的飞镖。真是难以想象他这种五大三粗的家伙躲避飞镖居然也能这么灵敏。

但是那些飞镖并没有就这样一去不复返，而是像所有老套的武侠小说里那样，在空中转出一道诡异的弧度又折返了回来，继续袭向马脸男子。马脸男子像是早有预谋一样，落地的前一瞬又踩在另一棵树上借力，在空中滞留了一小会儿，那些飞镖仍旧没有打到他。

甚至他在空中还不屑地大声嚷嚷："原来这就是'樱花妖刀'的实力吗？看来能够击杀陌上迟年全靠运气吧！你以为这种被回旋过来的飞镖打到的老套剧情会发生在我身上吗？"

红樱并没有出声，而是看着那一道道弧光又扭转起来，诡异地再次转了一个大圈重新飞向马脸男子。他似乎也有些惊讶，但还是原地一跳，正要躲避。

但下一刻那些飞镖撞在了一起，它们相撞的目的是为了把其中一枚飞镖撞上去。那枚飞镖在空中转体垂直向上射去，生生地没入他的后背。

"这种剧情不老套吧？另外告诉你，飞镖上我是淬了毒的，慢性毒，你大概还能活两三天的样子，如果你能活过今晚的话。"红樱实在是想开口戏弄他一下，毕竟干杀手这一行遇到好玩的目标也不多见。她在说话的一瞬间就如一阵风一样离开，躲到了另一处阴影里。

马脸男子一声大吼，大刀砍向她原来所在的位置，但显然是一场空。他扭头对四周大吼："樱花妖刀你给老子出来！族人都说你的刀技了得，为什么不出来和我比划比划？缩在阴影里算什么好汉！"

红樱微不可查地叹了口气，一来她不是好汉是个女的，二来她是个杀手，你叫一个杀手出来陪你比划比划，首先你自己的脑子就有问题。

"咻！"一阵急促的破风声传来，马脸男子面色一变躲开，发现正好有一把笔直的唐刀插在原先自己站的位置，因为投掷的人用力过猛而止不住的嗡鸣起来。

"可能你搞错了，主人她的刀技不好，仅限于刺杀、割喉和格挡。"忽然有个人影冒出来，站在树顶上看着马脸男子。那人的眸子晨星般璀璨，黑夜里能和天上的星辰争辉。他在说话间又扔了一把砍刀下来，凌厉地飞向马脸男子，使得他节节败退。

"但如果你没搞错，那么这个像是人妖一样的外号就是指两个人。"他忽然猛冲下来，拿起插到了地上的唐刀和砍刀，银弧在黑夜里夺目耀眼，骤然斩出的刀光密集如潮水，汹涌地扑向马脸男子，

"樱花是她，妖刀是我。"

"该死！原来是两个人，大意了……"马脸男子恶狠狠地向地上啐了一口，举刀来迎，"那么你这家伙是用双刀的吗？何门何派？什么招数？"

"哈哈。"楚七十一笑了笑，"你不是一般的好玩，在战场上询问对方的师承？也罢，反正你终究是会死的，那么告诉你好了。"

"在下楚七十一，无门无派，有招就用。"他说话间将宿云刀和那把砍刀一齐掷出去，马脸男子惊慌躲避后，发现他已经左手夹着三柄小刀，右手拿了一把弧形的东瀛忍刀，"因为我可不是双刀流，我是七十一刀流，没有适合我的刀法，所以只能有招就用。"

他左手对敌，手指夹着的三柄小刀对上马脸男子的砍刀丝毫不落下风，居然是某种拳法。火花四射之间已分出孰优孰劣—马脸男子自然是节节败退汗如雨下，而反观楚七十一居然轻松得很，甚至右手的东瀛忍刀根本未曾动用。

"原来妖刀是妖在这个地方，老子领教了！"马脸男子大吼一声，砍刀一用力居然震开楚七十一左手一柄小刀。

"还有更妖的你没见识过！"楚七十一向后一翻，眼中的狂狼似乎在怒吼。他在后空翻的过程中抖开黑色外套，抽出里面的武器尽数扔了过去，密集得像是雨点。马脸男子的表情也变得狰狞起来，双手用力将砍刀挥舞成圆，无尽的银光向他宣泄而来，但他几乎全部挡住。

"怎么样！老子是不是在你这种攻击下唯一存活的人！咦？怎么有具无头的尸体……"马脸男子的头颅在空中旋转了一会儿，最终掉在地上，鲜血泼洒。

红樱在他不注意的时候已经潜行到了他身后，等他对敌正专心的时候暴起杀人，割断他的头颅。

"别忘了我啊，虽然我刀技不怎么样，但至少我会刺杀、割喉和格挡。"红樱从他背上跳下来，摇摇头，"这里面的前两个能要了你的命。"

"主人你的时斩用得越来越好，"楚七十一点头赞许，"已经可以不让罐子有裂纹，光滑地切开两个瓦罐了吧。"

"大概吧……时斩，名字真好，但谁能斩断时光？只是用来杀人的。"红樱正把时斩放到地上擦拭，那上面沾满了她不喜欢的血迹，"又杀了一个人，真想休息休息。"

"去通月摘星？"

"那是休息吗？"红樱瞥了他一眼，"一百层呢，爬的我快要累死。"

"身为影子，我可以背你。"楚七十一一说，笑得温良。

"免了。"红樱挥挥手，"就在这儿吧。"

"死了人的地方？"

"……算了，我们走远点，或者出了沧峦山找个客栈休息一下。"

"那时候天估计都亮了，不如在这里过夜好了。"楚七十一在地上捡他在战斗中掉落的兵器。

"在这里过夜？"红樱站起身来把时斩收入鞘中，拍拍身上的尘土，"还不如走上一整晚出了沧峦山呢。"

"那就稍微休息会儿吧。"楚七十一颠了颠宿云刀，然后手一抖一道弧光闪过，凌厉的破风声。然后满意地收刀入鞘，"可惜我的葫芦里没有酒了，否则就可以庆祝主人你已经完成了五个甲级任务，并且即将前往夏国胤凰杀掉虎威上将胡天霸。"

"七十一，喝酒对你这种要保证身体素质的杀手不好……而且这种事情就不要庆祝了。"红樱叹了口气，"那五个人的音容我居然还都记着，其实他们都不是十恶不赦之人啊，有不少甚至称得上是好人，就这么被杀了，而且还是被我杀的。"

"这是个人吃人的世界啊，庆幸我们是吃掉他们的一方吧，不吃掉他们我们也会死。"楚七十一说。

"这个世界就无可救药成这样吗？曾经还是好好的，结果一下子就天翻地覆了。是世界暴露了本相，还是我们误入歧途？"红樱低声地说，"陌上迟年，老人，刚才那个马脸的家伙，他们罪无可赦吗？看来罪无可赦的是我们吧。是我们误入歧途了吗？"

"是我们误入歧途。"楚七十一说，"这世界是先有了光再有了影子，我们只是不小心陷进影子里了。"

红樱叹了口气："命运真是有失偏颇。"

"也没事儿，"楚七十一耸耸肩，"对我这么个疯子来说偏颇不偏颇都没事儿。"

红樱看了他一眼，眸子明亮嘴角带笑，她说："你还这么执着地说你是疯子啊。"

"本来就是啊，从我用油泼在那帮刽子手身上看着他们痛苦不堪的样子就哈哈大笑的时候我就已经疯啦。"楚七十一还是笑着，提起那些往事似乎毫不心痛，但红樱还是发现他的眸光黯淡了一瞬。

"好啦，说这些干什么，我可不想在这个血腥的地方待着了。"楚七十一左右打量了一下，"主人跟上我，这里离山脚的镇子近一点，我们朝这个方向走。"

"不如我就在这里帮你梳梳头发？"楚七十一从怀里摸出一把

木梳子，笑着。

　　他们现在正在某棵异常高的树木上，坐在一根伸出来的分叉上。树枝居然也勉强承受住了二人的重量，尤其是楚七十一身上七十一把刀的重量。红樱放眼望去，四周都是树，下面是树冠组成的墨绿色的海，因风而起的墨绿色的怒浪和狂涛。夜色里一切都显得模糊不清，但红樱还是看到了远处一座通天的塔楼，每一层都有亮光。

　　通月摘星，无论你在幕沧的哪里，无论黑夜还是白昼，你都看得到这个奇迹一样的百层建筑。

　　"你也不嫌重，随身带着七十一把刀就算了，还随身带着梳子？"红樱挑了挑眉毛。

　　"身为影子应该要对主人尽责嘛。"楚七十一侧了侧身子，这样他就更容易帮她梳头发。在这三个月里楚七十一倒是养成了每个早晨和夜晚都帮红樱梳头的习惯。

　　"身为疯子还挺有觉悟的。"红樱说。

　　"那是当然。"楚七十一温良地笑着，眸子里像是沉淀了星光一样璀璨。

　　"笑得还这么开心。"红樱撇撇嘴，"你不觉得你很奇怪吗？"

　　"疯子能不奇怪吗？"

　　"可你谈论起那些让你发疯的往事语气很平淡哎。"她轻声地说，"好多天前你说过的，你的那些过往，之后我们就再也没谈过了……但现在想起来还是觉得你说起那事儿来太平淡了。"

　　楚七十一无所谓地笑笑，红樱无法转头看他的表情，只能猜测，但却捉摸不到。他笑着说："都过去啦，回忆减少就好了。不要执拗于眼前黑暗的残酷，世界上还有那么美的星空。"

　　红樱沉默了一会儿，又说："你是真的奇怪，因为你有过那么痛苦的经历，你见识了世界那么黑暗的阴影，却执拗地相信世界是明亮的。喏，你看昨天的老人是怎么死的，我几乎都快要怀疑这个世界，但你还是坚持。你是真的奇怪。"

"其实这不奇怪吧。"楚七十一笑着，帮她梳着头发，"其实在我小的时候，我的意思是还没有经历那场灾难的时候，我就会想很多。但让我惊奇的是那时候我的想法远远比现在阴暗得多，当时我认为这个世界黑暗混乱不堪，认为当权者腐败，认为女孩子都在背地里不洁，认为亲情如脆纸一样一触即碎，认为朋友之间的友情总是充满背叛和不忠，认为爱情是一定不可能天长地久的。"

"那时候你才十二三岁吧？思想这么黑暗？"红樱有些惊讶。

"主人你现在也才十四啊，但你回想一下你四年前都做了些什么蠢事，你也会很惊讶甚至尴尬的，小时候我们脑子里总是装着些我们长大了会为之咋舌的东西。不过也可能是我想多了些吧。"楚七十一笑了笑，"我接着说下去。但让我奇怪的是，当我经历了那么恐怖的灾难之后，我却没有继续认为这个世界是多么肮脏了。我见识了世界的黑暗，就再也不去思考这些了，并且开始向往那些曾被我忽视了的光。"

"人总是这样，你没有跌落泥潭的时候你总是想泥潭有多肮脏多不堪，但你跌进去了，你却开始仰望星空。没有见识过世界的黑暗的人总是认为自己没有处在光明之中。"楚七十一叹口气说，"但其实黑暗是靠光明凸显出来的啊，你忍受了那么深的黑，你才会明白这个世界总归是有干净而且明亮的地方的。陷进泥潭越深，头顶那片星空就越亮。"

"你跌进泥潭了？"红樱说。

"可能吧，至少我向往星空。"

"你真是这么想的吗？可你说过你要报仇。"

"报仇和期望光明，这两者并不冲突。"楚七十一淡淡地说，仍带着浅笑，"犯了错的人就得受罚，要是让这种人活在世上，还能有多少人能像我这样相信世界是干净的呢？"

红樱沉默了下来，过了一会儿刚开口想说话，又突然被楚七十一打断。

"主人，你不觉得你这几个月来的话都有点多吗？"楚七十一用手指帮她揽好头发，用梳子轻轻地梳。他沉默许久，终于再开口，

"倒不是我嫌烦，毕竟我也挺话痨的，有人能陪我说话我就会很高兴。不过你自己应该知道吧，你之前并不是一个喜欢说话的人。"

红樱一愣，他说的确实没错，自从来了中州她的话就变多了，但她的心情却并没有变好。

"有些人不开心的时候会努力装出一副正常样子让别人察觉不到，主人你就是这样的人，但你的伪装更厉害一些，你连自己都骗过了。"楚七十一摇摇头，"你的心情很差，三个月以来就没有怎么好过。不是因为杀人的关系，是别的，杀人只是让这种心情恶化了。"

"怎么看出来的？"

"我也有过这样的低谷期，我看得出来。"楚七十一说，"那时候我的情况比你更惨，我刚刚从楚家逃出来，又被抓进了鬼门关。我一直都很不开心，或者说悲伤也挺恰当。但是别人看不惯我这种冷冰冰的脸，他们就说要是下次他们看到我，我不微笑着恭敬地向他们行礼，他们就揍死我。"

"在这种胁迫下，我逐渐学会了在脸上加一层一层的面具，甚至最后我让面具变成了自己的脸。这是种保护。"楚七十一指了指自己的脸，"你看我笑得多正常，多温和。但一直笑的人不代表一直高兴啊。"

"主人你和我不一样，你是自己愿意戴上面具的，但是渐渐地你就会发现这种面具其实很好用。面具保护了自己，也不会让别人讨厌，只有一点不好，就是你的脸露不出来了。"楚七十一帮她梳着头发，轻声说，"我是已经改不回来了，我是个一辈子永远只有笑的人啊……所以我不希望主人你也和我一样了。"

"为什么？"红樱说，"我怎样，你为什么这么上心呢？"

"因为你是我的主人，从你握住我伤痕累累的手时，我就永生永世忠于你。"楚七十一伸出左手，掌心有一道交叉的伤痕。

"所以我想说……做你自己吧，主人，不要假笑，想哭了就哭想笑了就笑。"楚七十一还是那样笑着，温良无害，谁能想到如此沁人心脾的笑容居然是种面具？

"要做光，身在鬼门关这样让人厌恶的泥沼里，也要做光，而不是仅仅相信光的存在。"楚七十一摩挲着自己的手掌，那一道狰狞可怖的伤疤带给他指尖凹凸不平的触感，"红樱，做我的光吧，不要做那影子，我已经是了，不愿意你也是。"

楚七十一轻声说，目光坚定而真挚，"做我的光吧。"

红樱一愣，最终低声说："可我是鬼，阴影里的鬼，怎么做光？我的杀孽早也还不清了。"

其实在前一个瞬间，红樱已经慌乱起来，在这种半算告白半算祖露心声的情景里慌乱起来，她毕竟还小，才十四岁，但就算太多事情不懂也该懂得……楚七十一这个家伙似乎真的喜欢她。

其实楚七十一挺好的，对谁都是那么一副淡然的笑容但唯独对你祖露心声，为了保护你不遗余力，甚至在你要被陌上迟年伤到的时候冲过来杀了他，从来没有离开过你，甚至还会在你早上和晚上帮你梳头。这个小疯子有谁会不喜欢呢？

女人不都应该喜欢这样的人吗？

但是她不愿意，她固执地摸了摸脖颈间的那枚项链，那是某个又怂又蠢又笨的家伙送给自己的。那种人和楚七十一比起来大概只能说一无是处吧？讲故事的话以楚七十一的口才也讲得了啊。但那又怎么样？她喜欢他，喜欢云燕那个一无是处逗自己笑都逗不起来的蠢货怂包，他是死了，难道自己就这样屈服了吗？

这个世界上，已经再也没有人会叫自己絮樱了，可她并不想成为红樱，所以她如果还能见到云燕的话，她会不顾一切地扑上去，因为她需要听到一个人呼唤自己曾经的那个名字，就像呼唤自己被掩埋的过去。

她是如此执拗地相信这个世界上还是有一些事情、一些人是无可替代的。

她还不愿意忘掉他啊，因为她是从那个地方逃出来的唯一一个人不能忘掉那个家伙，如果她也忘了他，他岂不是真的死了？这世上再没有人记得他……但有些事情注定只能活在人的记忆里啊，例如你们各自曾经的模样。就算能够重逢，也是另外一个人了不是吗？

我们不是长大了，而是变成了另外一个人。

拾壹

嘿，那可是我的过往，我的曾经，我那懵懂的悸动的青春啊！它们是明亮的，温暖的，所以我不愿忘却；但它们又太明亮，太温暖了，回忆起来让人想要流泪。

"星动司大人，薛家三公子求见。"仆役躬身说道。

"不见。"颜笙只留给仆役一个背影，语气冰冷。仆役一愣，以往薛公子求见颜笙的时候，她的语气都会显得轻快，根本不像这样如入冰窖。

"可是……"仆役显然还想说些什么，但立刻又被颜笙打断。

"够了让他回去吧，我是天星阁星动司颜笙，夏国三巫女之首，即将成为白家少主的未婚妻。这样的人不肯接见一个胤凰小家族的三公子有错吗？轮得到你们插嘴吗？现在给我出去，然后转告薛家人，从此我的天星阁不许他们踏入半步。"颜笙语气冷得能渗出冰渣子，"他们薛家我也不会再踏入半步。"

"但……"

"还要烦我吗！今晚是虎威上将临行助阵的典礼，我还要和白少主游览胤凰，如果没什么重要的事情，我就回房更衣了。"

"但薛公子有一物希望我交付与你。"那仆役忍着背脊一股寒气，终于把那句话说完。

"那好，东西留下，人走。"颜笙冷冷地说。

仆役立刻把一块布帛交到另一侧仆人手上，蹑手蹑脚退出了恢宏的天星阁。而颜笙站在那里不动分毫，直到确定那仆役走远了，才又忽然瘫软下来，精致姣好的脸蛋发白。候在一旁的蓉儿立即接住了她，焦急地说："笙姐没事吧？要叫太医吗？"

"不，我没事，就是头晕而已。"颜笙摇摇头，"快把那东西给我！"

她接过了仆人递过来的帛书，看到它的那一刻脸色白得更严重。然后她用颤抖的手轻轻一抖，一张画被展开：那是一幅极其精致的水彩，图中穿着水蓝罗裙的姑娘巧笑嫣然，撑一把蓝印花的油纸伞。她用一根翠绿的簪子盘了一个小巧的发式，多出来的头发水泄般垂下。正是颜笙，而那幅画的右下角有一个很小很小的蝇头小楷，单一个"颜"字。

类似的画她还有一张，就藏在她常读的那本诗选里面。这两幅画是她和薛公子请胤凰内最善丹青之人所画，画出来不单形似，就连神韵也相似九成。他们各自在对方的画上写下对方的姓，然后各自拿了对方的画卷。

当时他是这么说的："布帛之物难证我二人之情，不如在此赌一赌。若我们二人谁意图离开对方，就把手里的画卷交还于他。从此青山不改绿水长流，你我再无瓜葛……我拿我对你的情，对你的意和你对赌，不求赢你，但求平手，白头偕老。此局，可赌至生生世世。"

结果哪儿来的生生世世？还没到半年，他就输啦……可是她不想他输，她也想这个赌局能持续到生生世世，但结果是她赢了赌局，却输了他。现在回想，他的情话说得真是低劣，而且白痴得可以……呵，生生世世？

生生世世抵不过生生死死。生生世世也抵不过时移世易。

"这是你给我的答复吗？"她失神笑笑，"唉，你不是说天下之大但与人白首却非我不可吗？你不是还说三千弱水只取我这一瓢，从此壮丽河山与你再无瓜葛，只愿与我相守到老吗？"

"都是骗我的啊。"颜笙将布帛折叠好，"蓉儿，你去我房间把我常看的那本诗选打开，里面也有一块布帛，让仆人把那块布帛送到薛公子那里。转告他，就说从此青山不改绿水长流，你我再无瓜葛，这生生世世之局，我赢了。"

她转身，留给众人一个倔强的背影。

她尚且还不知道在一场感情中受伤而感到自尊受挫，或者说在爱情中顾忌到了自尊是因为她仍旧爱自己。但这并不代表她不爱他。若是她全心全意去爱，没有半分保留，心里全都是他，那么薛公子想要的一切她都给，想要其他的女孩她也帮他争取。这是超越嫉妒、自我、自爱和你的整个人格的爱情，而且这样的爱注定是让你遍体鳞伤。没有爱，你的生活无光，但任何人都不可能只靠爱活着。

幸而她对他的爱不是那般热烈，只能归结于她爱她自己的那一部分，或者称为自爱的作祟，由此引发自尊、愤怒、倔强等等等等的反抗。这是人之常情，人都是爱自己的，但自爱是如此寂寞的事情，能有多少人如此孤独倔强到老？于是你最后还是结了婚啦，除去爱情这一点，是否有"你这个年纪应当如此"的思想作祟？那是世界强加于我们身上的条条框框之一，是众人沉默并遵守的铁律。

不要瞧不起那些在爱情里却仍顾忌颜面的自爱者好吗？你不知道他们受了多大的伤。你总要试一试鞋子才知道合不合脚，未曾经历的事情你只能评论不能发言。当一个人不得不爱自己的时候，就是因为没人爱她，她也失去了爱一个人的能力。自爱是因为无人爱你。更爱自己的人，是因为没有人能做到比自己更爱自己。

但那又有何用？无论说不说这些，这样一场漫长而又寂寞的旅途总都会持续，直到找到一个和他在一起不计付出也不计回报的爱的人，否则你就只能更爱自己。哪怕步入婚姻，也只是爱情的坟墓。

天星阁门口空无一人，仆役走了，颜笙走了，只剩下秋天的红叶在风里打转。

胤凰，胡府。

仆人们为胡天霸整理好着装，是一身掺了银的沉锻铁造的全套铠甲，银光耀眼。在右肩处有一个相貌狰狞的虎头肩甲，用上好的金线镶边。殷红如血的大氅披在身后，用金银两色的线绣了一幅巨大的虎头。整体看起来富贵有余，杀气不足，好像是富贵人家的少爷定制出来的铠甲。

胡天霸对着铜镜中自己的面貌看了看，皱了皱眉头有些不满："这身甲胄穿出来和我想象中有些差距，早知道当时让百器轩的家伙帮我锻造一身金甲，再用红玛瑙和蓝玉镶嵌，必然富丽堂皇……唔，身后的大氅倒是挺好看。"

仆人不敢出声，心想连皇上都不敢穿如此华贵的甲胄，若是您穿上来岂不是大不敬？但他们都没说出来，而一位侍女则恭敬地走上前来："将军，就这件了吗？"

侍女长得意外的精致，据说曾经是某家的千金，被胡天霸掳来做自己的侍女。说是侍女，实际上倒不如说女奴更为适合，胡府不少人都知道这个小侍女是胡天霸的禁脔。

胡天霸点点头："虽然不怎么好看，但也就这样了……薰儿，还有多少时间到我出场？"

"回将军，还有半个时辰。"被称为薰儿的侍女恭恭敬敬回道，语气有一丝热切，眼神清澈又带着丝丝魅惑，直勾勾地盯着虎威上将。

"那好，你们都退下吧，不过薰儿你留下。"胡天霸轻轻一挥手，顿时房内就只剩侍女薰儿和他。

他看了看薰儿，嘴角勾起一抹淫笑，眼里闪起让人生厌的淫靡之光。房内熏香似乎放了些奇怪的香料，闻起来让人面色潮红且身体发热。譬如此刻的薰儿就朱唇轻启，眼含魅丝，气息散乱，面色姹红。

"将军您真是……吃不够。"她缓步走上前，白如玉的手轻轻按在胡天霸的胸口，让他一阵口干舌燥。

"那是当然，谁让我家薰儿长得如此之魅？这双桃花眼，真是勾人啊！幸好我把你养在府里，否则谁知道你会勾引多少男人？"他用被铠甲包裹的手指轻轻拂过薰儿白净的脸蛋，一阵冰凉的触感如电流一样刺激着薰儿。

"我哪里会勾引别的男人啊……我只会勾引您而已。"薰儿媚笑着，白嫩如葱的手从胸口一点一点地划到了小腹，舔舔嘴唇，分外勾人。

胡天霸也忍不了了，他现在想做的事就是把面前这个女孩的衣服扒光，在出征之前最后一次享受这年轻的肉体，鬼知道他下一次回到中州是什么时候！等他把侍女服撕裂之后里面的白嫩胴体应该会如同羊羔一样美好吧，届时他将如同古时候诸侯出征挂旗一样，在她的身上也高挂自己的旗帜。

"咻！"忽然一阵凌厉的破风声打断了胡天霸的遐想，一把刀撕裂纸窗飞了进来，在昏黄淫靡的烛光中依旧是一层阴冷的白光，突兀得如同食人骨血的妖魔出现在天香阁万女缭绕之中。

"啊！"薰儿忽然瘫倒在地上，脸色苍白，瑟瑟发抖。而胡天霸则怒目而瞪，一把挡开那柄刀。那柄锋锐无匹的刀居然只是在掺了银的沉锻铁铠甲上划出一道白痕。

"什么东西！"

"不是东西，是取你狗头的人！"窗纸彻底碎裂了，一个浑身黑衣的家伙冲了进来，他的眸子晨星般闪亮。他从背后取下两把刀挥舞起来，两手挽出的刀花似乎能引起赫赫风雷。

"左手是东瀛刀术，右手是南蛮的冲锋刀！你是什么人？"胡天霸惊声叫道。

"我说了，取你狗头的人！"黑衣人大笑着说，"没见识的家伙，我两只手都是南蛮刀术！左手是南蛮的暗杀刀，右手是南蛮的骑兵冲锋刀！"

只见他左手的长刀划出诡异的弧度，刀尖直刺胡天霸的后心，而他右手的砍刀则是简单不花哨地直劈，却让胡天霸根本避不开，因为他无论怎么闪都至少会被两刀其中的一刀砍到。

胡天霸忽然大吼一声，左手抄起倒在地上的薰儿向他扔过去。黑衣人脸色一变，砍刀在空中硬生生止住了力道，但还是在她手臂上蹭出一道血痕。凌厉的攻势不攻自破，他望向胡天霸小人得志的样子，表情狰狞起来。

他低声骂了一句，眸子里隐藏在晨星中的狂狼似乎吼叫起来。

挥刀，相击，火花溅。

胡天霸也抽出了佩刀，二人的刀交缠在一起，黑衣人左手砍刀和胡天霸的大刀拼在了一起，火花在刀锋的对决中炸出来，一阵刺耳的声音响起。

"你说什么！"胡天霸大声吼道。

"我说你妈！"黑衣人狂吼，嘴角的笑意被一股子疯狂吞没，"你居然敢伤她！"

他抄起左手的长刀，一下一下地砍在自己的刀上。胡天霸的后背忽然沁出冷汗，脑子轰地一声炸开：这个家伙居然单单用右手持刀就和自己双手持刀打了个平手！现在他用另一柄长刀一下一下地砍在他自己的刀上，每一下都使他的刀更添几分力道。胡天霸显然快要撑不住了。

黑衣人又大吼一声，将左手的长刀往自己右手的刀上狠狠地砍下，力道瞬间增加不少，而胡天霸的刀居然也应声折断，分为两截。胡天霸只能眼睁睁看着那柄砍刀往自己胸口砍去，"砰"地一声他胸口的铠甲居然碎裂开来。铠甲厚如十枚铜板叠放，用的更是沉锻铁和银的合金炼制，此刻居然被一把平平无奇的砍刀开了道口子。

但更让他惊奇，或者说惊悚的还在后面。黑衣人一脚飞向他的小腹，紧接着胡天霸闷哼一声，一口逆血喷出来，倒飞向墙壁狠狠地砸在了上面。然后黑衣人冷哼一声，将两把刀刺穿他的铠甲和身体钉在墙上，鲜血溅射出来染红了雪白的墙。

"你这个畜生！"黑衣人大吼一声，再次拿出两柄刀穿过他的手掌钉在墙上。胡天霸痛得大喊一声，昏厥过去。

"你怎么敢伤她！"他又吼一声，又拿出两柄刀硬生生穿过他的髋骨，也钉在墙上。胡天霸又被痛醒过来，鬼哭狼嚎。

"我叫你死！"又是两柄刀刺穿他的脚踝钉在墙上。

"叫你不得好死！"又有两柄刀刺穿他的手肘。

……

"楚七十一，你做得过火了，这样子很容易就会被发现的。"薰儿站起身来蹙眉说道。只见她从眼睛里摘下两片薄如蝉翼的黑色薄膜，眸子恢复成清澈的樱花一样的眸色，正是红樱。美貌侍女的白皙肤色其实是她用化妆伪装出来的，她真正的肤色远比薰儿的皮肤白得多，是一种冰雪的苍白，但却被化妆术掩盖了。再加上鬼门关的改骨易肉之术可以让一个人的面貌在小范围内天翻地覆，用此来伪装成一个和自己相似的人也不无不可。

"这样的人渣，死不足惜。"楚七十一似乎也平静下来了，但却略微皱着眉头，因为红樱的刀伤仍然在汩汩流血，侍女服的袖子已经彻底染红了，"只是你的伤……"

"我的伤无关紧要，一个杀手没受过一点伤就说不过去了。一处伤都没受的杀手只是新手，身上只有一道老伤的杀手却是世界顶尖。不多不少，就那么一处。受伤在所难免，我下次注意就好了。"红樱摆摆手，"止一下血吧，然后找个医馆疗伤就好了。"

"唉，也罢。"楚七十一说，"那就这样吧，我真应该一过来就直接用鬼门关的刺杀术的，那样你就不会受伤了。"

"对啊，不仅如此你还不用弄出这么大动静，这里的血腥味就连我这个鬼都快闻不下去了，真是反胃。可能会引起注意，不，肯定会引起注意的……"红樱微微叹口气，"你也真是疯了。"

"我本来就是疯子。"楚七十一无所谓地耸耸肩，笑着说，"而且这可是为你而疯啊，你应该高兴才对。"

"把好好一个房间变成修罗地狱，还说这是为了我，并且还希望我高兴……正常人都会愣一下的。"红樱瞥了他一眼，"不是说好的我伪装，你偷袭，我则趁乱在你们二人打起来的时候把他的脑袋割下来吗？你这样还有点杀手的样子吗？"

"本来也不需要那种东西，能杀掉人就好了。"楚七十一终于把所有的刀都从胡天霸身上拔出来，依次收好，"不过我的确干过火了，不但浪费了时间还容易被官兵抓住，快点跑吧，被人抓到就惨了。"

说着他翻出窗户，红樱也跟着他翻出窗户，在黑夜里躲藏进阴影之中。

"主人，你是不是和我说过你其实一直很想来胤凰？"楚七十一好似漫不经心地问道，这时他已经处理好了红樱的伤，"这里感觉如何？"

"比我想象中还要繁华，我很喜欢这样热闹的地方。"红樱轻声说。

"热闹？我以为你会喜欢人少一点的冷清一点的地方。"

"那种地方我又不是没待过，很寂寞的，坐在码头上半天都没人和你说话，唯一能看的就只有远方的天空。我还是喜欢热闹些的地方，就算要寂寞也最好寂寞在人多的地方，这样你才不会有被整个世界抛弃的感觉。"红樱说。

他们正漫步在灯火斑斓的街巷，青石板的路面没有一丝尘土，干净得像是被无尽的暴雨冲刷洗过。行人熙熙攘攘，茶馆酒肆隐隐约约传来不真切的喧嚣，灯火通明。

"但其实我不怎么喜欢这里，灯光太亮，好像埋着什么东西。"楚七十一扫视四周，"天上的星星都被灯火照得黯然失色，一个没有漂亮星空的城市是没有灵魂的。对了，主人你说你不喜欢冷清的地方，那你为什么总是往通月摘星跑？"

"因为那里看得到灯光，大片大片的灯火。"

"灯光？你对于这个似乎很执着。"

"对啊，因为有灯光的地方就一定有人，有人的地方就不会冷清了。"红樱轻声说，"我讨厌冷清的地方，就像你讨厌黑暗喜欢星空一样。"

"因为星空是能在夜里发光的东西，是能在黑暗里遍布每个角落的东西，不觉得温暖吗？"楚七十一温和地笑着。

红樱轻轻地点头。

"今晚会有烟花哦。"楚七十一忽然又说，"胤凰的火药技术很厉害，烟花更是中州第一。"

"嗯。"

"……其实挺难想象的，我本来以为你会喜欢待在冷清的地方，你根本不像是喜欢热闹的人嘛。"楚七十一忽然说。

她偏了偏头，看着他："不喜欢热闹这种事情要怎么看出来？"

"你挺安静的，虽然总是在找话题说，但你骨子里有种安静。"楚七十一笑着，"不像是会喜欢热闹地方的人。"

"嗯……可能是安静惯了吧，所以试试别的。"她看着灯火。

楚七十一忽然不说话了，抬头看着远方金銮殿的琉璃顶在华灯中如同片片彩鳞，沉默片刻才说："主人你知道吗，我其实听过别人说，那些会感到寂寞的人都是知道什么是不寂寞的人。你听过吗，在北夷人居住的地方有座巨大的雪山，雪山上有一种花，叫雪妖姬。那是一种可以入药的草药，十分稀有，而且一株出现了周围就不会再有第二朵雪妖姬。"

"有人就想会不会雪妖姬一旦被种在一起就活不了了，于是他就上了雪山，摘了几株雪妖姬养在一起，但它们都能很好地存活下来，所以他就更不明白，为什么雪妖姬身边总是没有同类呢？"

"后来一段时间过去了，有一株雪妖姬的花期要到了，于是他就把那株雪妖姬摘下来。雪妖姬一生只能活两年，两年大限一到就花枝凋零。渐渐地，许多花都在一年内大限将至，于是他把所有花期要到的雪妖姬卖给别人，直到最后只剩下一株雪妖姬。"

"那一株雪妖姬其实十分年轻，一共才九个月，但当它重回寂寞，它只撑了两天就凋谢了。然而它本来还可以再活一年多。这时那个人才明白，雪妖姬根本就不是一种能够忍受寂寞的植物。但它如果一生都没有同伴，身边的世界一直都是白茫茫的话，它也就不知道什么是寂寞——寂寞根本不是你望着一望无际的空旷世界无人陪伴到死，而是你的世界也曾经有声有色过，也有人陪你欢笑过，但最终还是空了下来。那时候漫上你胸腔的，让你几乎发狂的空虚才是寂寞。"

红樱看着远处的灯火通明，心想，是谁曾让她的世界有声有色过呢？呵……这个故事还真是有趣。

"唉，七十一。"她说，"如果现在让你选，一个是什么都不知道什么也不去想浑浑噩噩地空活百年，一个是放手一搏让自己也曾像烟花那么绚烂，却又转瞬间凋零。你选哪个？"

"我希望如烟花一样，"楚七十一望着绛紫色的，几乎没有星辰披挂的夜空，"那样我至少活过。"

红樱点点头。

说起来，上一次和别人这样漫无目的地闲逛是什么时候了？似乎很久了，那一天……也是有烟花的。

她至今还记得她和一个笨蛋牵着手走过街道，好像前方的路无限长，怎么走也走不完。那时候两侧灯火阑珊，夜空繁星点点，之后忽然烟火就升起来了，在夜幕中狂放。而那时候那个笨蛋说了两句她一直不知道答案的话：

"我们是会变的，对吗？"

"但烟花还是会放，对吗？"

我是不知道第一句的答案啦，但我知道第二句的答案。

"我不知道我们会不会变，但烟花还是会放的。"她轻声说，在那一刹那，烟花升起，繁花绽放。

白燕和颜笙静静坐在临湖水榭处，背后是烟波浩渺的天心湖，湖水在黑夜里蒙上一层燃烧的灯火，恍若金鳞沉浮，眼前则是美轮美奂的胤凰楼宇，黑瓦的釉面反着彩光，灯火璀璨直逼天上星辰。夜空里星星很少，只有零星的几颗闪烁着，剩下的是空旷出来的，被灯光染成绛紫色的夜空。

这才是絮樱喜欢的胤凰，夜色中只有彩光和黑暗，和谐地融在一起。絮樱会喜欢这里他不奇怪，从他给絮樱一讲故事就是半天，但她却并没有不耐烦时，他就知道絮樱不喜欢寂寞，尽管她经常寂寞又不甘地晃腿望天，但寂寞这种东西是能控制得了的？

白燕看着夜幕下华灯耀目的胤凰思绪蹁跹，而他身边的女孩则低着头，二人都各自想着自己的事情，完全没有想要和对方说话的意思。

他知道，颜笙很可能就是自己未来的妻子，毕竟这是圣上之命谁人敢违？

但他真的不喜欢这样，好像给骏马配种一样，拉了头秀气的小母马就说你们可以繁衍出强健神骏的后代了，不考虑双方心情。而且他甚至连骏马都算不上吧？不管不顾就这样了，好像他还没反应过来，身边的人就已经做好了祝福的准备甚至连姑娘都找来了。

但天可怜见他和身边这位堂堂星动司连话都没说过几句，最亲密的时刻是他像个白痴一样看着妙龄少女啜泣并且手足无措。他知道她有喜欢的人，他也有喜欢的人啊，让所有相互喜欢的人在一起不就好了吗?

这个世界干过的最缺德的事情就是把你心爱的东西抢走了塞给别人,又从不知哪个椅角旮旯拽出来一个二手的扔到你怀里,你还不得不好好捧着。

"白少主……"最后颜笙还是开口,却不知道他们两个人能说些什么,只得缄口作罢。 ——

白燕微不可察地叹口气,心想白少主白少主白少主,来了胤凰每个人都叫自己白少主,好像自己真的就是白家少主一样了。那个叫云燕的又孱弱又怂包的孩子呢?早都不见了吧?

或者自己把他忘掉了,忘在那片废墟里,带着十五岁前的所有记忆。他可能还在那里无助地原地打转,在山崖上两眼望天望出血丝来,等着一个早就来不了的人,为她讲故事。

想想就令人不快,有种堵塞胸口的酸涩液体涌上来。

他不愿去想了,那些记忆总是在他彷徨无助的时候汹涌而入他的脑海,让他茶饭不思。他很努力很努力地练剑和学兵法,只是让自己有事情做而不用去想那些一想起来就让人潸然泪下的往事。他一面抗拒着回忆往事,一面又不愿意忘掉它们。

嘿,那可是我的过往,我的曾经,我那懵懂的悸动的青春啊!它们是明亮的,温暖的,所以我不愿忘却;但它们又太明亮,太温暖了,回忆起来让人想要流泪。

白燕想,他的青春如一把锈蚀的刀,没有完全出鞘就在里面碎为齑粉。他在本来应该和絮樱讲故事的时间里肩负起白家这个沉重的担子,而那些本应该延续下去的温柔时光却硬生生被遏制住了,转而成为刀枪剑戟的锋芒。命运这东西就是如此肆无忌惮地张牙舞爪。

"我们走吧,我送你回家。"白燕站起身来,说道。颜笙也乐得让他送自己回天星阁,她不想多待。

其实白燕带着颜笙来到临湖水榭是想和她说几句话的，但他十分悲剧地发现他们两个之间很难有什么可供沟通的话题，虽然他的确想和她聊聊成亲这个话题，而且双方也都知道这是不得不提的一壶，但却都不知道该如何委婉地开场。

算了，路上说说吧。白燕叹口气。

"颜笙，"过了许久，白燕终于还是要说了，并且单刀直入，"你知道我们两个要成亲的事吧？"

"嗯。"

"你怎么看？"

"圣命难违。"她淡淡地吐出这四个字，眸光黯淡。

"不想做些什么吗？我知道你不喜欢我。"白燕说。

"能做些什么？"颜笙语气被刻意压住了，但还是听得出来冰层下的暗流，"能做些什么？我们什么也做不了。"

"可以对皇上说吧，"白燕蹙起眉头，"让他收回成命。"

"收回成命？别傻了。"颜笙冷冷地嘲讽，"我们是棋子，棋盘上身不由己的棋子，摆弄我们的一直都是命运。就连皇帝也不过是命运棋盘上稍大一些的棋子，但也是棋子。棋子怎么能掌控自己的命？"

"你相信命运？"

"我是星动司，研究星象算的就是这个。"颜笙低下头，声音低低的，"我怎么能不信呢？"

"不想跳出棋盘？"

"我们跳不出棋盘的。"颜笙低声说，"这天地是个囚笼，古往今来无人能逃出。你听说过这样一种理论，意思是我们现在发生的一切都是命中注定，包括我在说的话，在做的事，在想什么，都是注定的。我一点都不喜欢这种理论，好像从世界的诞生时就有了世界的终结。说到底这也是因为我们只能活一次的缘故，因为一切都是初识，所以命中注定也好，种种巧合也好，都无从考证。但是我不喜欢我也要接受这种不容更改的宿命论调，因为这正是星辰算法的基础。"

"我是胤凰里最相信命，也最不想相信命的人。"她轻声说完这句话，就再也不说话了，看着路面不知所想。

白燕叹口气，知道自己劝不动了。于是也就不再说什么，缓缓穿过人群的熙熙攘攘。他累了，想放弃，颜笙也是如此。他们也清楚这个时候放弃抵抗可能会彻底改变自己余下的漫长人生。但是其实……凑合凑合也一样吧，就这样吧。

"看，烟花！"身边忽然有人叫出声来。

白燕朝天上看去，果真有一点火光攀上夜空，开出绚烂的花。

他猛一怔，想起很久很久，或者不久之前他也曾和一个女孩看着烟花。那时他们手拉着手，仿佛心连着心。那场花火的浮华最终湮灭在女孩的眸子里，那些曾有的残烟半缕锁进记忆的深处。

那时候她看着烟花，他看着她。

小小的心里都觉得这个世界不能阻挡他们。

"我们是会变的，对吗？"

"但烟花还是会放，对吗？"

云燕再度问出的这个问题，湮没在人群的喧嚣之中。

颜笙一愣神，看着他。她一直觉得这个家伙是个很肤浅的人，她第一次见到他的时候他的表现不但怂包更是手足无措，第二次见到他则是浑身酒气，所以她对于这个未婚夫一点都不喜欢。

但此刻这个少年的眼神变了，迷惘又深邃，深得她看不懂。

"我不知道我们会不会变，但烟花还是会放的。"红樱看着夜空中的花火，轻声说。就在同一条街道上，二人背对着望着同一片天空的同一片光景，却看不到各自的身影。

她身后的楚七十一温和地笑着，身影笔直修长。

看,烟花又放了,但是男孩再也看不到女孩眼中的浮华绚烂花火,看不到那扇虚掩着轻轻一出就能推开的心房。他们再也牵不到彼此的手,他们的心曾经靠得那么近,但现在却渐行渐远。

这个世界上最捉摸不透的是心与心之间的路,有时那么近,有时又那么远。他们就在同一条街上相背而行,只要转头就能看见对方的身影。但看到了又如何?他们的心已经万山相阻,并且要逐渐忘却。我们都了解遗忘是何等的可耻,但却重复着这样可耻的事。

那个让我们手拉手看烟花盛放的夏天已经走远了,剩下来的是万物枯黄的秋天。那场闪在你眸子里的狂花乱绽,再无什么可比拟,却也再看不见。

至此,再无絮樱,再无云燕。

夏年历武仁十七年,虎威上将胡天霸临行前遇刺,卒。即日,景德帝姬桀命护国将军白凛烟统领三军,下西戎。

武仁十八年,护国将军白凛烟战场遇害,卒。同年,先锋将军白燕继其位,统领三军对阵蛮夷。

武仁二十一年,由民生问题,夏国引发史无前例的"朝野之乱",文武百官各持己见,遂于胤凰内发生大规模械斗。景德帝姬桀遇害,睿文帝姬永昌继位,改年号"凤槃"。

凤槃一年,丞相宁无翳发动变法,剥削亲王拥兵数,巩固中央集权,减少税收,推广私塾,嘉奖农耕且打压商贾,史称"凤槃变法"。同年,宁无翳向西戎战线献策不下十条,奇策频显,奠定"谋神"称号。

凤槃五年,因西戎战争旷日持久,夏国国库亏空,与南蛮结为同盟,史称"铁联盟"。

凤槃六年,夏军于大西荒原处大败西戎狮虎骑,白燕孤身杀入敌营,取西戎王首级,奠定"军神"称号。

至此,十年。

　　这是我们身处的时代，日新月异，却仍墨守成规。于是在那个转角我们失散了，曾经的温度残留指尖，那是我们回不去的思念。回不去，这三个字蕴含的沉重压力令人窒息，你只是轻声念上几遍就觉得无力。那是那些年你的怯懦和命运的张狂的总和。我们的青春是回不来的，无须重复，我们深谙这一点。但是除了青春呢？一个故事里除了满满的青春孤独梦想轻狂放飞寂寞张扬等等字眼，就没有别的了吗？

　　是有的，在举手投足间，写不出的情绪都埋藏在那里，你看着他们的眼睛，从里面倒映出你自己。这个时代的我们都是悲哀的，且前一万个时代后一万个时代的所有人都是悲哀的。我们不能让别人变成我们，也不会让自己变成别人。即使并肩同行，但你还是理解不了别人，也不为别人所理解。这是一个满是异类的时代，每一个行走的人心中都藏着言语形容不出的怪物。

　　乱世的绘卷已经展开，我们如此迎接我们的时代，待得风浪平息过后，我们的故事也将尘埃落定。演员尽数出场，落幕后重新开幕，将是所有人不可避免的结局。一如太阳升起又落下一样无可避免，任何的努力都阻止不了太阳的升落。

　　十年的流逝如此之快，在白燕戎马征战，红樱剑影刀光的时候，时间就这样过去了，带走他们的青春年少。

　　也许最悲哀的事情不是他们都变了，而是他们还没来得及适应就被迫变了。一句轻飘飘的"十年过去了"之后，他们的十年就真的这么过去了。

（第二卷完）

第三卷 十年

拾贰

你说你要对命运挥剑，但是你要怎么才能向宿命这样虚无但又沉重，缥缈但又凝厚的东西对抗？像是对抗狂风，不但显得你那么弱，还无从下手。

白燕在两军阵前，手持那把七尺青锋"青鸾翎"，骑着高头大马，白袍被狂风吹鼓在身后猎猎作响。阴霾天空，隐约雷鸣，这场历时十年的漫长鏖战终于到了尾声。

他身后的将士们都迸发出炽热的战意，他们知道这场战争已经到了最后。他们守着朔月城，以及城内的睿文帝姬永昌，而与其相隔不远的西戎敌军守着青阳顶，以及青阳顶敌营里的西戎王。如果他们赢了，那么夏军就能一举进入青阳顶杀掉西戎王，从此夏国就能彻底消灭四方蛮夷中最难缠的西戎；如果他们败了，那么西戎的狮虎骑就会杀进朔月城取了睿文帝项上人头，于是西戎便将取缔夏国。

双方的国力都再也不能支撑这样一场漫长的战斗了，但他们也清楚如果掠夺到敌国的国库和土地，就能恢复元气弥补战争的损失。所以两国首领不约而同前来助阵，持续了整整十年的大西荒原之战该有一个尾声了。

这是一场凶狠至极的豪赌，要么我赢，你灭国；要么你赢，我灭国。

这场军神白燕唯一参加过，持续了整整十年的漫长征战，要在今天画上句号。

他举起青鸾翎，凛冽的青光流转，他的眼里也辉映着熔炼的金火，灿烈如阳。以他十年戎马生涯的经验，怎么也该知道得说他知道此时该说些什么鼓舞士气的话。

于是他就大吼："将士们！看着前方！我们打了十年的仗，并终将赢得胜利！那些高高在上的一切终将俯下身子，迎接我们的凯旋！"

身后的将士们也举起他们自己的武器，大声吼叫，声音震天："那些高高在上的一切终将俯下身子，迎接我们的凯旋！"

他又大吼："此仗，不胜，不归！"

身后将士也跟着吼："不胜不归！不胜不归！"

"给我冲！"白燕最后大吼一声，挥起青鸾翎，眼瞳里熔金炸裂！

阴沉如浓墨的天空被雷电点亮，四面八方时隐时现的雷龙躁动着。透不过漆黑云层的雷电照亮了天穹，在那环绕着黄沙荒原的沉寂天穹上不时地亮起。那阴霾的天穹像是鼓面，光环绕着亮起，每出现一次就将那里的云层染上黯淡的色彩，接着又沉默回了黑色。压抑的雷鸣响起，仿佛亘古洪荒时代的战鼓击打，打的不是鼓而是你的胸膛。

那黯淡的天穹忽然就爆发了，雷电凝聚的狂龙在云层里盘旋游动，靠近哪里哪里的云层就发亮，等它窜出来的时候半边的天空都白得发紫，雷鸣永远跟不上它的速度。你好像能看到它在云端不屑地笑，轻轻一摆尾就是电闪雷鸣。

那么浩大，那么恢宏，穹顶低垂压了下来，像是伸手就能碰到混沌天幕。白燕有些茫然地左顾右盼。他处在一个极其荒芜的地方，只有无穷无尽的黄沙和突破阴霾的狂雷围着他，天如锅盖地如棋盘，彼此的分界是那么清晰，唯有那通天彻地的雷对这界线不屑一顾。

借着雷光，白燕看到远方烟尘滚滚黄沙漫漫，隐约有战旗飘扬。在这宏大到无以复加的战争中，脚下的黄沙，天边的怒雷，身后的将士，面前的敌人都显得虚无且缥缈，只有手里的剑和胯下的马是实实在在的。

"啊——"身后的夏军将士在狂吼，声声战吼有如战鼓擂擂般震撼，也像是太古时代一直吹到现在的埙声般悠扬。但在白燕听来那却是缥缈的，他仿佛处在另一个时空里，这里的白燕只是一个虚幻的投影。他不清楚自己是怎么回事，在这么大的战事里却似乎魂不守舍。

温热的血洒到他的脸上，他忽然惊觉西戎的狮虎骑已经和夏军对上，而他也靠着本能杀死了扑上来的西戎战士。一切混乱起来，一阵阵狂吼和哀嚎响彻在白燕的耳边，但他还是很茫然，他看着那么多那么多的士兵潮水一样对撞，像是两拨潮水要将彼此撞击得粉碎，一时有种莫名的不真实感。

他的眼瞳金光大放，手里足足有一人高的青鸾翎收割着那些西戎士兵的生命，在他的火照之瞳里一切都变得慢了起来，那些舍命的突袭像是小孩子的拳头慢悠悠打过来，他只需要转个身子就能把人分成两半。

他的面色淡然，或者说茫然惘然。

为什么要打这么一场仗？白燕忽然问自己。

在他问出这个问题的时候他用青鸾翎的剑鞘挡掉了一只袭过来的箭矢，同时用青鸾翎一连割下两名西戎士兵的头颅。鲜血喷洒到他的白袍和脸上，他的瞳孔并未对着战场，而是对着远方穿梭在低沉云层里的雷龙电蛇，它们猛然爆发的时刻天穹亮得发白白得发紫。

真是好玩，为了什么要去打仗？白叔说即使天下是个牢笼，那么武者也就只需要杀掉牢笼里的一些人罢了，可为什么要杀掉他们呢？白叔教我打仗的时候还说所有人都有个挥剑的理由，那就是你必须要去守护些什么，你挥剑的时候砍的不是敌人，而是你的懦弱你的放弃你的无能为力。但是笑话，我要守护的人都在离这里十万八千里远的胤凰，我跑到这里来干什么？反正西戎不过要点地皮，给就给了，他们没事儿就好。

白燕面色惘然，但还是一如既往地挥剑。他已经在这十年里养成了习惯，只要在战场上他的剑就不会停下。

天幕阴沉，雷鸣阵阵。

忽然间，他想起了十年前，有个在海岛上的很怂还总是傻呵呵笑的男孩，他有一肚子的故事要讲给身边的一个樱花色眸子的女孩儿，那时候天很蓝，樱雪纷落。他们曾对未来有那么多的期许，觉得未来将遍布阳光和鲜花，但他们终究步入了铁灰色的，遍布刀枪剑戟的世界。

白燕忽然一惊，他回想起那个已经变得很淡了的名字一絮樱。这样干净而且美好的词不应该在战场上说出来，说出来就像是给这个词染上了血腥气。但他止不住想她，尽管他已经有了妻室，但他仍旧在回想那个樱花色眸子的女孩儿，像是回想那段有泪水也有欢笑的少年时光……那个樱花色眸子的女孩寂寞又不甘地晃腿，那个樱花色眸子的女孩静静地坐在海边的码头说着对未来的憧憬，那个樱花色眸子的女孩和他在那条漫长的街道上漫步仿佛走不到尽头，那个樱花色眸子的女孩和他牵着手看着烟花……

他还想给那个樱花色眸子的女孩再讲一次故事。

该死，白燕在心里暗暗咒骂了一声，他居然快要忘掉那个女孩儿长得什么样子了，那曾残留在指尖的温度，那对他展现过一瞬的笑靥，居然都忘掉了。

嘿，这怎么能忘啊？那是你的青春你的年少时光啊兄弟，你曾经那么狂热那么执拗地喜欢过一个姑娘，但现在你居然忘掉啦？那她对你来说算什么啊？

但他忽然间也明白了很多，比如她挽留他讲故事不是因为他讲的故事好听，而是因为她寂寞了那么久终于有个人肯陪在她身边，她舍不得他走；比如她和他牵手的时候什么话都不说不是因为别的什么，而是她当时也和他一样赤红了脸而且不愿让他看到；再比如他和她交换项链和布偶的时候她忽然红了脸又踢他一脚，是因为她忽然明白了一些定情信物的意思，而他这个破榆木脑袋就是没能领悟到。

这样想起来他和她何止是有机会啊，简直是有无限的可能啊！

但那个女孩儿死在那个海岛了，随着他过往的记忆一起被埋在了那里。

有些事情你总是要到长大了才能明白，等你明白的一瞬间却只能扼腕叹息，因为你领悟得再透彻你也回不去了。

你错过了她一次，就是错过了她的一生啊。

真是……白燕摇了摇头，没说什么，只是忽然觉得累，而且疲惫，觉得有些事情在他不知不觉还未适应间就放下了，尽管他原是不想放手的。但就像人们承诺时斩钉截铁相信自己一定能履行诺言一样，他们放弃时也是放弃得不留情面觉得自己真的是做不到了。

所以白燕觉得他做不到了，在很久很久很久以前就做不到了，但是在此时此刻，不知为何，他忽然明白了这一点，于是疲惫不堪。

在这样的战场上觉得疲惫是件很可怕的事情，能够分分钟要了你的命。白燕不得不努力振作精神，挥舞着青鸾翎冲锋陷阵。血、刀光、剑影朦胧成一片，战吼声和哀嚎声不绝于耳。他们脚下是厚厚的尸骨，马蹄踩下去就能将血溅到衣服上。白燕十年戎马，也没有碰见过多少次如同今日一般的惨烈战争。

或许唯有那一场战争……那一次他孤军无援，重要的人一个接一个倒在自己身前，于是他最终如同恶魔一样，挥舞着沉重的如烧铁一样的巨剑咆哮着冲向潮水一样的妖魔。整个世界没有人来帮他，这个被世界遗弃的孩子生生地从连天的血幕里杀了出来。

但这个孩子躲不掉命运。他杀得了恶魔，却杀不了横亘在他面前的铁灰色的宿命。也许他的宿命就是战场，白家人世世代代的宿命都是战场。于是他在十年前对抗海妖，那是战场；十年里他对战西戎人，也是战场；现在十年过了，他从十五岁的少年成长为二十五岁的青年，还是在这儿，还是战场。如同被看不见的丝线引领，那些一心妄图逃避的，都在不经意间张牙舞爪地出现。

白燕挥剑，青色的剑光流成一片巨大的半圆，切开好几位西戎士兵的胸口，马蹄踩过他们的尸体奔向前方。在前面是更多的，无边无际的汹涌的人海，穿着生铁甲或硬皮甲的西戎士兵挥着砍刀叫嚣着冲上来，但遇到白燕后便如遇见了妖魔，纵使他们怀着无比壮烈的勇气和愤怒，也只能死于这白色的恶魔的剑下。

四面八方都是涌来的潮水，唯有那骑白马穿白袍的身影是水中的礁石，在冲刷中仍然嶙峋。

等等……四面八方？白燕转头看了看四周，夏军早就没有了，他一马当先已经冲得太远，冲到了西戎狮虎骑的鱼腹之中，不远的前方就是西戎王的营帐。

他一怔，想起多年以前，有个人对他讲过一个弥漫着铁锈味和血腥气息的故事。那时候那个老人喝一壶酒，摇摇晃晃地看着天空，晴夜里群星瑰丽，但从他嘴中道出的却是一个鲜血淋漓的沙场。

他怒吼，瞪眼："喂！所谓的人世，睁大你的眼睛好好看看，我还活着啊！"

这句话蕴含了那么沉重的要把人淹没的悲伤，但又像个少年，一个宁死不肯屈服不肯放手的少年，一个对着世界怒吼的少年，尽管他当时老得快死了。白燕叹口气，觉得历史似乎永远在重演，一辈辈的人将他们逃不掉的宿命一辈辈地轮回着。

"喂……"白燕轻声说，挥剑横劈，开始的话语微不可察，但到了后面就越发清晰起来。

"所谓的人世。"他的声音越来越洪亮，一如二十五年前那个人站在这里，身披银铠手持巨剑，所到之处血流成河。

"睁大你的眼睛好好看看！"他开始喊叫起来，脸上带着一种诡异的神采。

"我还活着啊！"他怒吼，声嘶力竭！手中长剑有了灵魂一般，切破狮虎骑的制式生铁甲，以一种刁钻的角度送入其心脏而不会卡到肋骨。他出剑，上下左右前后，短短一瞬中刺出无数剑，如同钢铁的花开在他身边，每一片花瓣都是霎时间送出去的剑尖，每一片花瓣都精准地带走一个西戎士兵的生命，钢铁的花染血，世上再无如此妖冶又如此森严的花……那朵花名为"死"！

白燕是将军，永远都是将军，即使他孤身一人，也有他的剑做他的兵。将军下达命令，士兵只要执行就好了，无论那命令是什么。

白燕只要不厌其烦地下达"死"这个命令，他的剑就能完美无误地执行。在佛教里这种情形叫"天人合一"和"圆满"，在剑法里这种情形叫"人剑合一"和"大成"，但在战场上却永远没有这种情形的记载，因为有幸见过这种情形的人，都死了。

他的面色潮红，是因为气血翻涌，这种情形下他无用的体力消耗可以锐减至最低，导致他气血翻涌的是他身为白家人的血在烧，那猛虎的血，那归属于战场的血在烧。

他瞪眼，瞳若金焰。

白燕胯下战马飞奔，而他手里的剑挥舞成圆，抵抗住来自四面八方的攻击和箭雨，他距离西戎王营帐仅仅只有一百步。

"哈撒胡！"一个身穿金裘的西戎壮汉气急败坏地大吼，白燕不用想也知道是"放箭"的意思，因为这一百步的距离只够他们搭弓再射一箭，如果这一轮射不中的话，他们根本没有更多的时间去阻止白燕从营帐里揪出西戎王。

密集的箭雨飞向他，如同一片松林所有的尖细松针顷刻间炸出，如潮如雨。那些箭的箭头都足有一指长，被大西荒原的铁匠扭曲成螺旋形，却仍旧保持着箭尖的锋利。任何生灵的躯体被这样的箭刺入都会皮开肉绽，箭尖更是会像钻头一样钻进肉里，而扭曲的箭头本身就带有血槽的作用，一旦刺入就会造成血流不止。就算是皮糙肉厚的犀牛被这样的箭射中也只能无助地哀嚎，甚至连钢铁的铠甲也会被这样的箭豁出一个口子。

如此密集的箭雨只为了一个人。这下子，落在后面的西戎士兵会死掉很多吧？

白燕冷哼一声，那些疲惫和迷惘仿佛都被驱走了，剩下的是焚烧世界的战意。他的手指化作蝶翼般的残影翻跹舞动，只能看到一团模糊的肉色。而长七尺的青鸾翎则如同被拽住尾巴的游龙，在他手指莫测的变化间也化作一团青色的朦胧的光。

而后狂震起来。

"砰砰砰……"密集的箭雨落在青鸾翎上，都被它轻而易举地挡下。每一次震动都代表又有一支箭被挡开弹飞，而那震动几乎密集如雨打芭蕉。那些被挡下的箭或被折断，或被弹开斜插在了地上，白燕经过的地方都是空白，而两侧却插满了箭矢。

这道空白的狭长地界如走廊般笔直地蔓延向西戎敌营。

"吁—"白燕忽然勒住了马，极速前进的马忽然感到缰绳的力量，抬起前肢，嘶叫起来。

"我是夏国将军白燕，遵循草原鹰之神的指引，来到传承千年的鹰皇之血的继承人面前，且用最古老的仪式、最锋利的刀剑、最悍不畏死的心请求一战！"白燕朗声叫道，不卑不亢不愠不火，声音洪亮。在很多年前他也曾对另一个王这么说过话，只是现在少了当初那一份锐气，却多了金戈铁马的杀气。

如果他不请求血战，那么青阳顶最精锐的禁军就会围攻上他，他的体力仍有富余，但也绝对撑不起这样猛烈的攻击。所以他对着西戎的王请求血战，一如当年白政君也曾对西戎的将军请求血战。

"胡说！你是什么人？流的是什么血？夏国来的狗贼也敢用这种草原的方式寻衅！"那名身披金裘的西戎人大吼一声。

"我是白燕，血脉中流着的是白家千年万年传承下来的血，不是夏国狗贼，是夏国将军！"白燕怒目而视，赤金色的烈焰熊熊燃烧在他的眼瞳之中。

"狗屁！"那西戎人大喊，"虎豹骑所属听令，上！"

"慢！"忽然一阵低喝从营帐内传来，"草原的鹰神永远不会垂青于懦夫！我是西戎的王，草原的雄鹰！我的大将军你是想让我当懦夫吗？"

一个壮硕的身影从营帐内走了出来，身穿一身整齐的铠甲，不同于胡天霸那样的花里胡哨，他的甲胄朴实简单，以实用为铸造目标，冷峻得像是一块生铁——真的像块生铁，尽管甲胄本就是由铁造的，但你看着那铠甲泛着的森严的冷光，你就会想到这是一块冰冷的铁，而被其包裹在里面的人也似乎变得冰冷起来。

这是用来冲锋陷阵的甲胄，并不是什么取悦子民展现国力的花哨铠甲。白燕在看到那身甲胄的第一眼就明白了。

"一国之主，无须出帐，何以披盔戴甲？"白燕问道。

"怎么猜到我是西戎王的？"那人笑了笑，就连嘴角的弧度都是硬冷的。

"你的左肩，肩甲上有苍鹰和猛虎搏斗，还有环环相扣的十二金环围绕，是西戎王的标识，"白燕说，"这种事情你应该能猜到的，为什么还要来问我？这样会让我觉得你蠢。"

"你们夏国不是说过吗？示敌以弱。"西戎王说。

"以草原的雄鹰自命的人，居然会用这样的诡计？"

西戎王冷笑一声，说："每年祭祀的时候，西戎人们都会抓一只鹰祭祀鹰神。他们披上羊皮伪装成羊，一旦老鹰靠近抓走了羊皮，就能看见下面藏着的弓箭和刀。他们不用这样的计谋就抓不到鹰，鹰飞得太高太快根本射不到。就连雄鹰这样的生物也会被诡计所害，我学一点又有何妨？"

"你们一直都说西戎人是堂堂正正的。"

"我们一直都是堂堂正正的，我们堂堂正正地和敌人打，赢得战斗。"

"你还没回答我的问题。"白燕说，"为什么披盔戴甲？是你害怕的表现吗？害怕夏军攻过来？"

西戎王摇摇头，说："不，我只是希望去战斗，在我当上西戎王之前我一直是个战士，我在战场上一步一步走到今天。我穿上这身盔甲，我能感受我的心脏还在这沉重的铁里跳动。"

白燕说："你是王，你应该死在王座上，你手下有那么多战士，他们只有你一个王。"

"在此之前我还是一名战士，我应该先把你杀了，然后做他们的王在王座上颐养天年。"西戎王说，"对他们而言我是王，但对我而言，我是我自己的战士。"

"都一样。"白燕忽然说，他的眸子里金光如烈焰一般跳动。

"什么都一样？"西戎王按住剑柄，语气生铁般冷硬。

"王和战士都一样，都会死在我手上。"白燕拔剑，朗声说，

"我是夏国将军白燕，遵循草原鹰之神的指引，来到传承千年的鹰皇之血的继承人面前，且用最古老的仪式、最锋利的刀剑、最悍不畏死的心请求一战！"

"好！"西戎王拔刀大声应道，"我是西戎之王那古刹，遵循草原鹰之神的指引，来到夏国将军面前，且用最古老的仪式、最锋利的刀剑、最悍不畏死的心接受他血战的请求，并请鹰之神投下他三千眼中的一眼，注视这场血和铁和荣耀的战争！"

"血和铁和荣耀！"他们二人刀剑相撞，金属的嗡鸣响起，然后各自在对方的左右双肩轻击三下。这是西戎一种古老的仪式，西戎人为了食物、女人、首领的位置或报仇，总是会选择这种血腥的对决。借助外力者，死；踏出所画圈外者，死；无人旁观佐证，血战无效。

当他们高喊誓言，就代表鹰神将用他三千眼中的一眼注视这场对决，除非其中一人死去，否则血战不止。无论后悔抑或冰释前嫌，只有二人其中一人死去，此战方可消。

"白将军居然如此通晓血战仪式，真是让人咋舌。"西戎王在地上用自己的兵器划出一个圆，然后走出这个圆，压着圆的边沿又画了一个圆。

"我的祖父就差点因此而死，所以我了解过这个。"白燕用青鸾翎接着西戎王画的圆的边沿也画了一个圆，然后又接着自己画的那个圆的边沿再画一个，此时黄沙遍布的地上就有四个并排在一起的圆。

"你的祖父是西戎人？"西戎王用刀沿着四个圆中最外两圆的边画了一个大圈，这个包裹四个并排在一起的小圈的大圈就是血战之圈。血战二人踏出圈者，死；与血战无关者踏进圈内，死。

"不，我的祖父是夏国武神白政君，二十五年前曾在这里与某一位西戎将军血战，他胜利了，却被你们西戎人追杀。"白燕撇撇嘴站到圈内，剑尖点地，"看来你们并不像你们所说的那样光明磊落。"

"白政君，真是个可怕的名字，你不愧是他的孙子。尽管他只胜了寥寥无几的战争，但那几场战争让我们国力倒退十年。"西戎王点点头，"你也一样，消耗了我们十年的时间。至于光不光明磊不磊落这件事情你不用担心，我用西戎王的名义向鹰神起誓，血战之约阻挡者株连九族，你可以作为得胜者回去，但这种事情是不可能发生的。"

"不是你说你就能赢的。还有我消耗你们的时间，那也只是消耗时间和国力罢了。我胜利的战争并不多，你们的虎豹骑很强，你们的战术……很猛。"白燕摆出剑招的起手式，站到圈内的两人早该开始血战，却在这里喋喋不休讨论祖先和国事。他们两个人似乎进入一种全然忘我眼里只有对方的境界，其他的人早就不放在眼里，只留下一众西戎士兵干瞪眼。

"你是想说我们的战术很傻对吧？杀了一个，另一个就拿起他的刀，挥着双刀吼着冲上去，再死，后面的人就捡起他的两把刀，一把叼在嘴里两把双手握着冲上去。西戎人不多，但打起仗来不要命，所以才总是能赢，这不叫战术。"西戎王也把刀斜在自己胸前，说，"战术是给士兵用的，但我们是亡命之徒。"

"让我看看西戎王是不是一个亡命之徒吧。"白燕轻声说，这是点燃本就被火药塞满的空气的一点火星，霎时间原本矜持的战意陡然拔升，熔金色的眼睛望着生铁一样的脸孔，四目相对是炽热的战意。

"定当如你所愿！"西戎王猛冲过来，手里的阔背砍刀在夜色里闪起一抹转瞬即逝的银光，刀镡上鹰翼和虎头狰狞可怖。他一跃而起，身形如扑食的猛虎接近猎物后猛地跃起，手中大刀是猛虎的利爪。一记简单的直劈，却将所有退路封死，白燕后退一步就到了边界，左闪或者右闪都会被他砍到。白燕相信面前这个人有能力在他躲避的一瞬间变招。

"青鸾剑法，燕回旋！"白燕大吼一声，并未退避，而是瞬间出招。说是回旋，但却用的是刺客一般狠辣的直刺。他的青鸾翎剑长七尺，而西戎王的阔背砍刀仅仅长六尺，一寸长一寸强，直刺出去的砍刀的直劈还没有落在他身上，西戎王就已经被捅穿了胸膛。

"哼！"西戎王冷哼一声，砍刀向左一劈，白燕根本看不清他是如何收势又如何变招，只见银光一振，那口大刀就变了方向。一阵金属对撞的嗡鸣响起，刀和剑都狂震起来，白燕借着西戎王左劈之势身形一转，青鸾翎在空中划出一道完美的圆弧。

直刺七分力，借上西戎王变招留下的七分力，回旋后的"燕回旋"足足有十四分力！

白燕以脚尖为轴，像是整个身子被西戎王震开一样画了一个大圆，以此增长青鸾翎的伤害范围，并且正好躲开西戎王的左劈。西戎王赫然中招，腰腹部的铠甲也被砍出一道口子。

"好刀，好铠甲。"白燕说。

"刀是我祖父传下来的，他曾用这把刀杀死过草原上狼群的头狼，也用这把刀杀死其他的西戎部落首领。"西戎王说，"铠甲是我托人请夏国百器轩制作的，的确很好，用起来也有股子蛮荒味道，但觉得还是比不上我们西戎的生铁甲和硬皮甲。说到铠甲，白将军你居然身穿白袍上阵，不怕受伤吗？"

"我用白家剑法改的青鸾剑法在战场上从无敌手，自然不需要防具，何况那种东西影响我行动。"白燕轻轻挽了个剑花，"青鸾剑法，鲲鹏倒海！"

他猛冲过去，双脚化为残影，隐隐是沿着一个看不见的圆移动，速度却奇快无比。他手里的青鸾翎再度绽放成一朵森严的钢铁之花，在先前的战场上就是这朵钢铁之花收割了数不胜数的西戎士兵的生命，每朵花瓣都代表死神的挥镰，而现在这一式"鲲鹏倒海"如同那朵钢铁之花骤然将所有的花瓣都刺向西戎王一人，声势如山倒海倾、地覆天翻。

"哈哈，真是好剑，剑法也好！"西戎王大声笑道，阔背的砍刀如同游龙，精妙地挡住了所有的攻击。霎时间圆环内沙尘扬起，场外众人只能看到两个模糊的人影，以及无数透过沙尘迸射而出的刀光剑影。

白燕大喝一声，一道沉重至极的剑光劈下，却莫名让人觉得是一座山，一片海沉了下来，那灵巧雅致的修长剑身根本不是什么供人观赏把玩的佩剑，而是一柄真真正正的大杀器，一柄代表了死神仍行走在人间的证明。持剑者，死神之代言者也！

那个下劈的瞬间漫长得让人屏息静气，却又根本来不及让时间流动就已斩出，那才是真正用来杀人的剑术，而不是各种宗门用来陶冶贵族子弟情操而教授的花剑。因为青鸾翎过于修长的外形根本无法使用世界上绝大多数的剑术，所以白燕将他所学的白家剑法改编，糅合了长武器中的枪法和戟法，才在这一片血腥的战场上诞生了青鸾剑法。

青鸾剑法诞生之际就是为了杀人，所以这是一把根本不会被各大剑宗所记载的杀人剑。剑是百兵之君子，百兵之王者，但青鸾剑法有太多太多的暗杀技、偷袭技，以及根本无法避让的绝杀技，这样的东西沾满了血腥和戾气，不但不是君子反而是疯魔。

疯魔……白燕轻轻叹了口气，原来你都成了疯魔啊，真像是多年以前你挥着巨剑冲出重围，也如同恶魔一样对抗你的宿命。但其实你还是接受了你的宿命，你不愿意成为白家的少主，但你却顶着白燕的名字一步一步爬到了今天；你说你不愿意放弃那个女孩和你那过去的一切，但你还是有了妻室；你说你要对命运挥剑，但是你要怎么才能向宿命这样虚无但又沉重，缥缈但又凝厚的东西对抗？像是对抗狂风，不但显得你那么弱，更无从下手。

他想起很多年前有过一个老人，他对这个世界怒吼咆哮，但等他吼得嗓子都嘶哑了，又转过头对他轻声说话，而那一刻天地寂静只有一个人的声音：

"小猴子，我只能帮你到这里啦，你那一剑要如何挥出去，我怎么也看不到了。"

原来这么多年，我才懂得你说的天帝是什么，那不是一个人，而是我的理想我的抱负我的追求我的梦我的青春我的曾经……我那无可奈何但又不得不面对的宿命。

"当斩！"白燕大吼，青鸾翎在一瞬间对上了西戎王的砍刀，火花几乎迸射到二人的脸上。这一刻天空阴霾低沉，偶尔在某些地方隐隐透出些被闪电点燃的光，但又转瞬不见。金色的雷霆之龙在墨黑色的云端徘徊，靠近哪里哪里的云就被照得发白发紫。

仿佛是天穹之上人类所不能及之处，有着众神的征战，他们的鲜血化作墨云，他们的怒吼化作雷霆。所以此刻墨云汹涌，千雷万霆。

雷火，扬尘，刀光，剑影，交错。

斩！

这一回合的交手胜负已分，而这胜负分出的刹那甚至不够沙漏里的一粒沙落下，但事实上他们在这不够一粒沙通行的时间里已经刀尖相击无数次，震出的气浪居然生生震碎了周身的烟尘。

青鸾剑法，鲲鹏倒海，是将所有的攻击倾注在一个小小的面上，在那个面上如同整面海压在上面，这是所谓"海势"，意思是势如大海。敌人除了拿起武器对抗别无他法，因为这一招的前奏太快太猛，你除了防御什么也做不了。

然后你将剑向下一送，用力向敌人的武器一挑。他之前必然会用尽全身力气抵挡之前形成的海势，而你这时候一挑就是压垮他的最后一根稻草，他的武器也势必因为你的这一挑而击飞。这是借力打力的一条旁门左道，不是借敌人的力，而是借自己先前那么多次攻击的力，脱敌武器。

你费心费力塑造出的海势被你自己毁灭，是为"倒海"。

但西戎王居然看出了这一借力打力的诡异招式，并且收住了手，将刀向白燕的脖颈砍去，而白燕也将鲲鹏倒海原本的上挑改为斜劈。最后的一刻，西戎王再度变招将本已固定的刀的轨迹下移攻向白燕的左肋，不但防住了他的攻击而且重伤了白燕。

白燕皱着眉头捂着左肋的伤口，淌出血来。那里被西戎王的砍刀划破切割出深可见骨的伤，伤口差一点就要伤到他的心脏要了他的小命。

在那雷霆阵阵、黄沙卷天中，他孤身一人。在他面前的整个世界都要杀了他。没人救他，没人帮他，如同他救不了别人帮不了别人。他涌起对敌整个世界的勇气，也涌起对敌整个世界的孤独。

西戎王皱了皱眉，看了看自己右臂上的伤，虽然没有白燕左肋的伤口严重，但也不容小觑。

"真是厉害的一招，鲲鹏倒海是吗？要不是我最后把刀的方向从你的头颅换到你的胸膛，恐怕你的剑已经把我从中一分为二了吧。我记得上一次和你们华人比武受伤还是在十三年前，那个时候我还是个不知天高地厚的毛头小子，居然拉住了前来做客的剑神陌上迟年要比武切磋，于是他在我面前施展了陌上剑法，阻挡我的全部攻击，但却不伤我分毫。"西戎王用感叹的语气说，"我问他你能不能把你最强的一招施展给我看。他说所有人最强的时刻都是他孤注一掷的时候，那时候你无路可退，所以你舍掉一切，为了一个什么东西、什么人要硬生生地开出路来。"

"那时候我不懂，却死缠烂打着让他施展，结果他真的向我施展了陌上剑法第七式。好在他最后还是及时收手，只在我的左腿留下了伤痕。我直到今天都在想，如果他的那一招真的是孤注一掷地施展出来的话，我应该已经死了。"西戎王用力挥刀，凌厉的破风声响起，"最后一招分个输赢吧，是该孤注一掷的时候了。"

"我要用的招式是青鸾剑法，青鸾啼霜，希望你不要死得不明不白。"白燕说，并且摆出一个诡异的起手式，像是某种东瀛刀术的起手。他的眼瞳里燃烧的熔金越来越旺，似乎不知何时就要夺眶而出，燃烧这整片荒原，而呼应这无限奋勇和孤注一掷的是漫天的雷霆。

"哈哈，为了我西戎百万人口，还是希望白将军你入土为安啊！我要用的招式是鹰翼刀法，狂鹰荡，希望你不要死得不明不白！"西戎王狂笑，原话奉还。如每个时代必然会有的枭雄，他的脸上是生铁般的坚硬。

"孤注一掷吧！"白燕放声大吼，挥舞起来的剑有如风雷！

"血和铁和荣耀！"西戎王也大吼，刀光阵阵风声烈烈！

他们同时出手，同时怒吼，同时划出无穷无尽的潮水一样的刀光剑影。他们脚下踩起的沙尘扬灰弥漫开来，彻底遮蔽了所有人的视线，西戎的狮虎骑士兵们只能看到从中不断迸射出来的剑气，切割开沙尘泄出凌厉的杀机。入耳的是密集如雨的撞击声和金属的嗡鸣，那种嗡鸣如同一声叠一声的更为尖锐的海潮声，往往是手中刀剑的振动还未结束就再度撞击上去。

天空忽然狂雷大作，浑浊沉郁的墨色云层像是被什么东西搅开，阴霾的天空仿佛湖水一样泛起褶皱，云层又怎么经得起湖水般的褶皱和波澜，蓦地破碎了，像是被看不见的利爪撕裂成成千上万的碎片，如一株树的叶子层层叠叠。而从细小的罅隙里透出的是雷霆所带来的光明，在一瞬将一片岑寂的天染成白得发亮的明昼，之后又瞬息间归于阴霾和死寂。

恍若金蛇的游龙、细小的白色电蛇一齐从天宫里逃出来，来了人间作威作福。在云端肆意遨游徘徊的正是那一条条窜在黑色云层里的金龙电蛇，它们的咆哮是雷霆的震怒，它们的摆尾是亮如明昼的闪电奔走。这些直击心灵的异象让人觉得天与地的距离是那么近，盘古花了一辈子撑开的天地在众人眼中似乎要缩回去了，将他们从头到脚挤扁，那些雷霆和光火即将落在他们身上，他们的眼瞳在雷霆的映照中闪烁不定。

忽然有个西戎士兵耐不住这漫长持久的岑寂，捅了捅身边人的胳膊，问："莫鲁哈，萨易苦多卡达莫鲁，萨西卡西达（你说，是我们大王能赢，还是那个什么华族人能赢）？"

"马西哈鲁，卡达莫鲁卡西（还用说，肯定是大王）。"另一个西戎士兵耸了耸肩。

其实谁心里都没底，沙尘太密而人影交错太快，刀光剑影的纵横间仿佛与大西荒原战场同样血腥和残暴的战争气息扑面而来，你隔着沙尘也闻得到那股血腥气。西戎王和白燕二人仅靠一刀一剑就制造出了不逊于千军万马的杀气。西戎人们只能企盼，企盼等烟尘散尽他们的王提着刀神色冷峻地现身，而那夏国的将军人头落地。

"砰！"一声远远压过之前金属嘯鸣的声音炸裂开来，隔着沙尘众人都能感受到那股扑面而来的气势，还有锋锐得几乎可以割裂风的气浪一震，化作一道圆形的波纹荡开。烟尘破碎，如同玻璃的碎裂，那杀气如蛛网般的裂缝遍布黄沙滚滚。

这时天空的雷霆偃旗息鼓，仿佛为了人间的王和人间的将军之间的决战停止雷声而表示郑重。夜空重归于阴霾和沉郁，一丝光亮都没有，压抑得像是被锁在鼓内的小人，永远不知道下一刻是鼓声把他震得耳朵都聋掉，还是有人将他放出来，所以只能怀着恐惧和企盼等待末日或天国的降临。

你对最终的战局什么也做不了，像是个局外人，待在这里如同一个错误。在场的成百上千人都这样想着，但他们却不知道他们将要见证什么——史无前例的，夏国最强的"军神"将于此刻诞生。烟尘散尽时他们会看到寒光闪闪的刀剑，还有胜负已分的结局。

"我输了。"一个冷硬的声音响起，带着一丝丝的疲惫，吟诵着古老的仪式之言，"我踏出了圈外，这是逃避，是耻辱，我的子孙将因有我的血而蒙羞，伟大的鹰之神也会因有我这样的败者做他的子民而羞愧，在此，我请求胜利者的刀剑落下，切开我那早就不应挂在脖子上的头。"

所有人都看到了一西戎王的砍刀切向了白燕的侧腰，几乎快要杀死他了，但白燕却用长达七尺的青鸾翎直指西戎王的眉心，西戎王为了闪避这一招向后退了半步，但就是这半步让他踏出了圈子，踏出了血战古老又神圣、残戮又血腥的站台。

白燕用没有感情的金色眸子扫视四周，被那眸光扫到的人们不寒而栗。他们看见的是一个恶魔的诞生，而这个恶魔内心曾有的孤独彷徨曾不被重视，于是恶魔扬起赤金色的瞳孔，执剑瞭望。

"混账！"那名披金裘的西戎人大吼，"狮虎骑听令，杀了白燕！低贱血统的华族人怎么能赢得胜利！怎么能让他杀了大王！"

"给我住手！"西戎王大声吼道，"我输了血战，输了生命，但我不愿意输掉尊严！我说过，讨伐血战胜利者之人，诛九族！"

然后他转过头，盯着白燕金光燃烧的眸子："血战失败者若还有残命，理应跪着被赢家斩首。但我不愿跪下，请你就这样将我杀死，我要在死的时候站着，只有站着我才能守护我的子民。"

"真是执拗，我成全你。"白燕叹了口气。

于是西戎王站得笔直，如同折不断的钢板。

"其实你本来连侧腰的伤都不用受，你有好几次可以直接杀掉我的机会，但你在迷惘……一个将军身在战场就是为了杀敌，你为何而迷惘？"西戎王忽然轻声说，恰好可以让白燕听见。

"因为一些过去了很久的琐事。"白燕叹口气，"想到自己的人生起起跌跌完全不受自己控制。"

西戎王看着他，点点头："我明白，但这实在不是一个将军在战场上应该想的东西。"

"可能。"白燕点了点头，又摇摇头说，"作为王，你却死在这种地方。血战的赢家会受到尊崇，而失败者会被所有人唾弃，子孙也因其蒙羞。你应该坐在高耸的王座上，饮下最后一杯酒，拔出你的剑默默地看着城外大军压境。这才是一个王应有的死法，而不是现在这样。"

"我们草原的王永远是不安分的雄鹰和猛虎，不像你们夏国的皇帝，被一个黄金做的椅子禁锢了。我们这些当上西戎王的、祖祖辈辈的英雄都是和我一样，在营帐内也身穿铠甲，时刻等着出去大战。"西戎王在死前笑了，笑得还是那么冷硬，"我是西戎人，无悔死在战场上。"

"有个人对我说过，'为你挡在身前而死的人，都是为了将他们活着的信念传给你，让你好好活着，救更多的人，并且在必要的时候，也可以去死一死了。'你这样死了，你觉得值吗？"

西戎王冷硬地对上白燕的眼睛，说："因战而死，有何不值？我这一生戎马，掌权不过几年而已，从我握住刀柄的那一刻，我就再也没想过要松开，现在我将死，也不会松开我的刀柄。还是那句话，我是西戎人，无悔死在战场上。"

白燕举起青鸾翎："有什么遗言吗？"

"当然有，你听好了，这是来自西戎王的遗言，错过了这次你就再没机会听见。"西戎王笑了笑，然后又对天放声大吼，声音嘶哑得像是裂帛，又铿锵得如同生铁，"你回去告诉那个谋神宁无翳，告诉那个天杀的夏皇姬永昌，就说这天下不是你们想得就能得的！你们杀我西戎七十万人，这七十万人你们知道他们的名字吗！你们杀起来毫无负担，当然毫无负担，你们没和他们说过话，没和他们谈过各自的梦想，不知道他们喜欢的人，不知道他们的亲人和朋友，所以你们挥剑的时候就视他们为死物了！你们明白吗，这天下不是个死物，不是种荣耀，而是有无数人生活着的一个有血肉的东西！它是活的！"

在他的话语铿锵有力地落地之时，他那表情狰狞的头颅也被白燕挥剑斩落在地。白燕想不到这个生铁一样坚硬的男人死前会说这么一番话……看起来像是对他说，对宁无翳对姬永昌说，但实际上是对天狂吼，对这个世界表达愤怒。

这个男人一生里最后的情绪是愤怒，少年一样的愤怒，可他的年纪已经五十而知天命，还是这么愤怒，愤怒得能够撼动天上的雷霆。

下一刻他的头就掉了，鲜血泼了一地，愤怒和狰狞被永远定格在他滚落在地的头颅上，无头的尸体却仍然矗立着不动分毫。

"所以呢？"白燕轻声说，"这天下是活的，所以呢？我们改变得了什么？我不杀你们，别人也会杀；我不夺天下，别人也会夺。我们至多能做到独善其身，但这对于你说的天下无关紧要。我们不是救世主你想过没有？我们是杀人的。"

然后刹那间，沉寂下来的天空爆发出耀目的光！一株玄奥的雷霆古树开在他们头顶，那枝干分叉缓缓生长的轨迹似乎都能被看清，但却又迅捷得让人来不及捕捉。那株树雄踞着霸占了整面天空，烈焰一样的白光激射在它周身，整片天空在此刻真真正正的亮如白昼，被那株雷霆之树点燃，没有遗漏任何一个角落。如此庄严，如此冷峻，宛如发光的铁和燃烧的钢。

这才是真正的火树银花，胤凰的烟花和这东西相比真是弱爆了。

后人将永远记得在这狂雷大作的阴霾日子里，军神白燕一骑绝尘突破狮虎骑防守，只身闯入西戎敌营，并且取了西戎王的头颅。

因为他们永远记得英雄和成功的枭雄，失败者已被掩入黄土。

"你说过草原上的雄鹰会被人用诡计捕捉，真是一点没错。"白燕轻轻叹了口气，声音低到任何人都听不见。而他身边的西戎士兵都怒目看着他，却不敢有所动作，这不但是出于株连九族的恐惧，还有对于强者的畏惧。他跨上自己的战马，所到之处人群分开，西戎士兵只能用仇恨和愤怒的眼神看着他逐渐走远。

远处隐隐是漫天的烟尘。

白燕叹了口气，忽然快马加鞭冲了过去，一边冲一边高声吼道："我是将军白燕！已经取到西戎王项上人头，西戎人心已散，正是一鼓作气追击的时候！"

身不由己，白燕忽然想到这四个字。他这一生都被一种说不清道不明的东西支配着，说言不由衷的话做身不由己的事，他现在其实只想找一个酒馆，靠着一个温暖的角落喝一杯酒看斜阳，但他身为将军不得不留在战场。

是命运吗，支配着我人生的大起大落，带给我远超孤独寂寞悲伤颓丧千百万倍的东西？你离我离得这么近，像是一根根线落在我的肩头，又这么远，如木偶到木偶戏师的距离。

他看着夏国军队的人流穿过他，嘶吼着奔向西戎军营。那些混乱、不堪、狞恶……他一一尽收眼底。他只想放声悲哭，在这样荣耀的时刻，他却只想放声悲哭，但他不愿不敢也不能。世界上总存在着别人无法理解的、言语不能描述的、泪水也无法述说的悲伤。你只能像咽下打碎了的牙齿一样咽下你的悲伤，如同黑色的雪花飘到你的心里把你埋起来。这种悲伤向别人说了，他们会同情你，会怜悯你，会觉得你可怜，会安慰你，会拍拍你的肩头，会抱住你，会转移话题让你开心些，但他们就是不能理解你。

甚至你自己都不能彻底理解这种悲伤，你只是知晓它的存在，而且模模糊糊地知道为何，但当你想要向自己解释的时候，你却无从下手。当所有人都不理解你的时候你可以放声高歌，但要是你自己都理解不了自己呢？

时至今日已经没有人会真正理解我了，白燕又想，因为岁月把每个人远隔，我们相互遥望，但都缩在我们各自的框子里。因为从来不曾有一个人一直一直陪在你的身边寸步不离，你发生过的一切他都尽收眼底，所以理所应当，在这样的沉重的框子里的你不会被任何一个人理解。那些黑色的雪花终究会把我们都淹没。

那些黑色的雪花就是漫长时光赋予我们的滞涩悲伤。

"好啦，别撑着了，你要保护的西戎子民们……都要被我们杀掉了。回归草原鹰神的怀抱吧，和他们一起。"白燕望着远处，对着那具死撑着不肯倒下的尸体轻声说。就在话音落下的刹那，那具魁梧如山的、套着铠甲的躯体轰然倒地。

他在人潮人海中闻着尸体、血和铁锈的味道，忽然觉得当初樱花的香气和阳光洒在海面的味道那么遥远，但又那么近，卷席着十年来无数次被他淡忘却在辗转反侧的不眠之夜卷土重来的过往记忆。

他轻轻把脸埋在手心里，吐出一个温柔的名字：

"絮樱。"

原来我一直不曾忘记你，时间也没有将你完全移走。

可我已经变啦。有朝一日我再也不会惦念着你的名字，我们曾有过的曾经也会被时光移开。我回到家之后是我的妻子颜笙轻轻唤我的名字。

白燕移开手掌，目光恢复了坚定，再无任何温柔留存在内，金色的烈焰燃烧，任何的柔软感情都会被烧掉。他放声大吼，如铁和砂子一样坚硬："全军出击！不留活口！这西戎的疆土，将会是属于我们夏国，我们这些有功之臣的！"

说完了，他又忽然想骂自己，觉得自己真是个人渣。

可能他要斩断的命运根本不是西戎王，要对其挥剑的天帝也不是西戎王，要是他死在那里，他可能还对他的宿命有所交代，但他杀出重围，于是便只好在宿命的旋涡里越陷越深。那些刻意规避的无谓之举也不过是在另一个角度上陷入了宿命的怪圈。他像是一个穿着素白衣服的小人站在黑色的背景墙下，茫然地看着天空落下黑色的雪花一点一点地把他淹没。

他最开始不过想当个说书人，连救世主都不愿去做。现在他望着这么多人死去，他无能为力，什么都做不了。他做不了说书人，做不了救世主，追不到自己的梦，也帮不了别人，他是军神白燕，目的就是杀人。他在战场上挥剑挥了十年，这些无意义的重复除了让他在宿命的旋涡里越陷越深外，别无他用。

夏军欢呼着大杀四方，黏稠的鲜血汩汩流淌在地上，白燕屹立人群中，扫视着四周想找些什么，但视线所及的远方却只有阴霾的天空和震怒的狂雷。

拾叁

我们小时候总是天不怕地不怕的，后来知道了天高地远，也就怕了。

一位容貌清丽、身形窈窕的女子倚靠在阔背的木椅上，看容貌应该有二十四五岁的样子，足够用天仙下凡这个词语来描绘，略施粉黛后清丽间夹杂一丝魅意，樱花一样的眸子波光潋滟。她穿着一身殷红如血的裙子，宽大的袖口边沿用黑线绣着彼岸花。她轻轻用一把银色的刀子敲打桌面，刀鞘的正面铭刻了"鬼门关"三字，反面铭刻的则是"时斩"二字。

真是祸水，但死在这名祸水手里的不下千人了吧……来人暗暗心想，恭恭敬敬对女人行了礼，说："启禀门主，蛛网已经在北方结成，蜘蛛们也派遣到了那里。"

"很好，网已经成了，那么北夷也在我们的掌控之中，有什么特别的事情吗？"那女人的声音清脆得像是风铃撞击，却并没有多少情绪。

"回禀门主，近期最大的事情应该就是夏国一举覆灭西戎，大西荒原被夏国和南蛮平分。根据蜘蛛传回来的消息，军神白燕一身白袍，一人一马一剑闯入西戎敌营，取了西戎王首级。这件事情在夏国传得沸沸扬扬，但外面的人还没得到消息，我们这是第一手。"那名身形矮小的男子说道。

"夏国日益强大了，不能放松警惕。我们已经查出夏国安插在我们这里的三名探子了吧？"

"没错。"

"减少他们对乙级以上消息的接触，但是要做得小心，不要让他们发现我们的动作。你是三堂主之一——蜘蛛堂堂主，虽然我刚接任门主不久，不知道你们的实际水平，不过这点简单的小事不会让我失望吧？"

"绝对不会，但是让他们这样输送消息回国可以吗？"男子有些疑惑。

女人说："真正机密的消息他们不会知道，一些小道消息知道了也对大局产生不了影响，反而是个可利用的好机会，让他们自以为聪明一会儿吧。如果到了必要时候，你们无须过问我，可以直接送他们去做些'任务'。"

"属下明白。"那人点点头，"对了，您先前吩咐我说要注意楚家的动静，不过以后可能不需要再过问这件事情了。"

"为何？"

"楚家因江湖恩怨，被灭门。"矮小男人说。

仿佛黑暗中传来一阵响动，或者是什么令人恐惧的东西在无边际的黑色的原野上睁开了眼睛，刹那间他仿佛能看见晨星一样闪耀的眸子开阖，接着又遽然归寂于无声。矮小男人不禁觉得后背沁出一丝丝冷汗，他身为蜘蛛堂堂主，一辈子也算是见过很多黑暗、肮脏和令人恐惧的东西，但没有什么比得上面前门主背后的男人—那个鬼门关内真正的疯子。

他知道，那个影子就在什么地方，可是他看不见他。

"谁干的？"女人蹙眉。

"我们也才刚刚得到消息，没能确定是什么势力干的，不过市井上有些流言蜚语——他们说亲眼见到了叶家人和楚家血战，又有人说林家和宋家也参与了进来，甚至还有传言说幕沧皇族也掺了一脚，是真是假我不清楚，不过蜘蛛们正在全力调查。"

"你那些安插进楚家的蜘蛛呢？"

"死了，整个楚家被灭门，蜘蛛甚至来不及传信回来。"

"蛛网破了？"

"破了。不过就是蛛网留在那里也没有用了，因为楚家已经彻底成了一片废墟，族中库存被人运走，除了满目疮痍之外什么也没留下。"矮小男人叹口气，"一夜之间啊。我们蜘蛛堂甚至不知道发生了什么。"

红衣女子沉默片刻，说："这件事后面牵扯太多，去调查吧，不过千万不要卷进去。我们鬼门关自古保持中立，除了为皇室服务外，绝对不能和中州任何势力有过度的接触。这一次我怕不会简单，如果像那些流言蜚语所说幕沧皇室也掺了一脚，可能就是幕沧境内的一次大洗牌。"

"幕沧国平均五十年对境内势力清洗一次，但这次距离上次洗牌只有三十年不到，为什么皇室会这么心急？属下以为这件事情不是皇室所为。"矮小男子摇摇头。

"我不是幕沧人，甚至都不能算是一个真正的中州人，这些事情我都不大懂，"红衣女子缓缓站了起来，说，"我除了杀人之外什么也不会，但这却是我能当上门主的原因。你退下吧，我想去那里亲自看看。"

"是。"矮小男子点头退下。

鬼门关奢华的绝影堂正厅似乎很是空旷，红衣女子对着无人的正厅沉默了一会儿，说："七十一，还想藏到什么时候？"

"这都被你发现了。"一个人无奈地走了出来，没人看得到他是从哪里出现，仿佛凭空一般。他穿着裁剪修身的黑衣，背后用绑带绑着不知其数的刀，还有一个酒葫芦垂在腰间。他的面容清清秀秀，但岁月让他的棱角刚毅了，眸子则是晨星般闪亮，笑容温良有如绵羊。

"说得好像有哪一次我没能发现你一样。"红衣女子撇了撇嘴，"去不去？楚家的废墟。"

"去。"黑衣男子耸耸肩，笑容一如既往的温和。

"我本来以为你知道楚家被灭的时候会特别激动呢，没想到气息紊乱了片刻之后就什么都没有了，"红衣女子说，"还笑成这样。"

黑衣男子并不接话，只是笑。红衣女子看了他很久，也没能从那种笑里面找出什么东西来。

"我记得我之前和你说过吧，"红衣女子扯了扯他的脸，"以后如果你结婚，真的有人能受得了你吗？看也看不透你。"

"可现在是你和我结婚哎，你这是在委婉地说你受不了我吗？"黑衣男子眼神无辜，还是笑。

"那就别摆出那副笑脸啦，我记得自打我见到你你就是笑，第二种表情是杀人的时候大吼大叫。"红衣女子撇撇嘴，有别样的风情。在人前她当然不会这样，不过这偌大的绝影堂现在只剩下他和她了，所以做些平日里不敢在鬼门关里众人眼前做的事情也不无不可吧。

黑衣男子揉了揉脸，笑着。

"行了行了，别给我摆出你那副笑脸，去楚家吧。"红衣女子摆摆手。

"红樱……"他忽然叫出了她的名字。

红樱回过头："什么事？"

"不，没什么。"他笑了笑。

"看来这里就是楚家。"红樱站在一片废墟面前叹了口气。

在他们面前的是一片废墟，从散乱在地上的烧焦的木头和破碎的石片的数量，依稀能看出这片建筑曾经完好时的规模。空气里弥漫着一股让人厌恶的味道，夹杂着尸臭、焦糊味道和烟尘味。曾经庞大的家族如今化作残垣断壁，让人不禁感慨命运多舛。

"不想进去看看？"红樱说。

"……算了。"楚七十一轻声说。

"嗯。"红樱看着他，应了一声，然后又问，"有什么想说的吗？"

"不知道从何说起，所以还是算了吧。"楚七十一四处扫视，无法想象这里就是他曾有过的家。他开始走起来，漫无目的，绕着一个小圈子踱步。他的头低着，所以看不清他的表情，还会是那样温和的笑容吗？或者说是些别的神情，寂寞、不甘、惘然……抑或

221

空空白白？

"大仇得报了。"红樱又说了一句，她有些忍不了这样的寂静。

"是啊，大仇得报了。"楚七十一抬起头来，蹲下，伸出手摩挲着一处烧焦的树桩的断面，"死了很多人吧？"

"对。"红樱说。

"里面有很多无辜的人吧，他们为什么会死呢？"楚七十一继续摩挲着树桩的断面，说。

红樱不知道该如何回答了，这曾经是她十四岁那年刚加入鬼门关时才会问的问题，现在类似的问题她不会再问了。因为这种问题很蠢，而且没有答案，就像你问人为什么会变一样。

有时候她照着镜子，觉得镜子里的人陌生得让人恐惧。她回忆着自己小时候的模样，那孱弱娇柔的身躯和现在玲珑浮凸的娇躯根本对不上号，这就是让她最为恐惧的地方。她听过别人说起一个问题，如果将一艘船所有的零件一点一点替换掉了，那么这艘船还是原来的那艘船吗？

她想，现在的自己和曾经的自己，以至于出生时的自己完全不一样了。那么她还是她吗？她出生时只是一个婴儿吧，那么小，现在她这么大了，她还是她吗？

这种问题永远不会有答案，就像那些无辜的人为何会死一样，不会有答案。

"我不知道啊……"楚七十一目光有些涣散，喃喃自语，像是惘然地站在迷雾中心的少年。他面对这个世界的未知迷惘得像个孩子，可他已经快要三十，快要到而立之年了。

"我记得这个树桩原本是株很大的梧桐，两人合抱粗。小时候我经常在上面爬树，然后我的妹妹就在下面很不安地大叫哥哥你小心啊……"他回忆着，那些曾经的时光涌上他的脑海，让他语气悲怆。

"我想要报仇没错，但我不是要对这里的所有人报仇。这里有孩子，有女人，有娇柔的花一样的女孩和张狂的少年。他们不该死的，他们应该有着比我更好的未来。"楚七十一站起来，神色又恢复了一如既往的温和，只是在那之中隐藏的东西深邃得红樱也看不见。

红樱蹲下来，用手抚过焦土："结果现在都死了啊。我听说有种悲剧叫你看见了，但你无法改变。现在我觉得还有另一种悲剧，叫你看不见，更谈何改变？"

她忽然叹了口气，说："他们应该都是很可怜的吧，没人救他们，就这样都死了。这就是为什么我不信神不信佛的原因，我杀了那么多人，你要我怎么相信神明会普度众生，会让世界公平公正？怎么相信这个世界上有救世主？没人救他们。这就是结果。"

"就像不会有人救我们一样。"楚七十一说，他脸上的笑容突兀得触目惊心，如同一个肿瘤让人觉得不舒服，"没人能救得了我们。"

"但是我真的很想去救一救人的，有很多人对我说过你不是救世主，但是我不信。"楚七十一捂着脸，笑声里带着哽咽，"现在我信了。我不是救世主，救不了所有人，我看得见或看不见，都无法改变。但我真的很想做，很想很想……"

"我很想，但我做不到。"他似乎是哭了，又似乎在笑，他的情绪似乎很激动，又似乎平静得如同镜面一般的湖水。他只是轻声说出这句话，像是用尽了全身的力气。

楚七十一想，他这一生最无力就是在承认他无力的那一刻，那一刻他所有的无力都加倍了。于是乎他清楚地意识到世界的光明总是有的，但那守护者不应该是他。多少次我们要抉择是秉持自己无路可走的正义还是屈服世界而低头沉默，或者说抉择自己的原则和普世的原则，我们都感受到了自己的另类和力不从心。那些高吼着让另类的我另类下去的轻狂时代过去了，我们应该面对现实一有些事你就是无能为力，哪怕与你的正义相冲突。

我们的心在自己的原则和普世的原则里摇摆不定，这样的抉择总是没个结论，所以有时我们就只好如钟摆一样在两边来回摆动。这种无奈之举更衬托出我们无力中暗含的另一层无力。

最后他拔出宿云刀，对着楚家被火烧了一半的牌匾砍了一刀，顿了半晌，才终于说："这样我就算报仇了……樱儿稍等，让我把这些刀埋了。"

然后他三两刀挖出一个坑，将自己全身上下另外的七十把刀埋在里面，盖上土，缓缓注视了一会儿，然后走开，牢牢地抓着自己手里的宿云刀，不回头。红樱只好跟在他的身后。

其实红樱是很想问些问题的，问你背了整整十年的担子，如今终于卸下来，你是觉得肩上轻了还是重了？那些曾让你痛不欲生的仇恨如今就这样消弭了吗？接下来，你要怎么样呢？

她一直在想着他说的那句"我很想，但我做不到"。

但她最后还是什么都没问出口，只是笑了笑，说："那你现在就只剩一把刀了，我该不会要叫你楚一了吧？"

楚七十一也笑了笑，温良得像只绵羊，但却直视前方没有看她。他说："楚一有些难听，还是叫我楚七十一吧，或者叫我楚宿云也行。"

"还是叫七十一，这样叫惯了，懒得改了。"红樱说。

楚七十一还是笑："好呀，你是我娘子，还是我主人，我听你的。"

红樱点了点头，沉默了一会儿又说："接下来去哪儿？我不想回鬼门关。"

"随便逛逛吧。"

"大热天的随便逛逛？不如找个凉亭歇着。"

"也不错。"他目视远方，天边云层舒卷，阳光柔柔地洒下来，是个漂亮的好天气。

他忽然扭过头来，笑容温和得让人会相信是发自内心："夏天了，难得的好天气啊，不如我们去通月摘星吧。一个好天气，阳光都能洗涤人心。我们经常坐在那里看夕阳看星星，却没怎么看过这样漂亮的太阳。"

"好啊，去那里吧，晒晒太阳也挺不错的。"红樱轻轻点头。

她看着楚七十一如今显得有些刚毅的清秀侧脸，从那笑容里她看不出任何的怅惘，只有温和。

　　"我喜欢这里，是冷清了一点，但是你能在这里看到幕沧这个小国家的种种一切。夜晚这里最好，眺望下去灯火汇聚成海，每一点萤火一样的微弱的光都是一个家。有灯光的地方就有人，有人的地方就不会觉得冷了。"红樱还是坐在木头的地板上，双脚从木栏杆下方的空隙间送出去，轻轻地晃。这个习惯从她孩提时代就有，并且一直延续至今。有些习惯是时光也无可奈何的。

　　"是很不错，从这里看夜空很漂亮。"楚七十一坐在她旁边，说。

　　"什么样的漂亮？"

　　"大概是绸带一样的吧，星河横亘过夜空，星星的光不是纯粹的白，有紫色和蓝色的光。很好看。"

　　"接下来你又要说胤凰的夜空不好了对吧？"

　　"果然是我老婆，了解我。"他笑笑。

　　红樱撇撇嘴："因为这些年来你都在说这个。"

　　"还是那句话。"他看着太阳悬挂在天穹的最高点上，接着逐渐要向西倾斜了，"一个没有漂亮星空的城市是没有灵魂的。"

　　"你就当胤凰的灵魂在它的灯光嘛。"

　　"不一样的，灯光再怎么温暖也是冷的，星光再怎么冷也是温暖的，所以不一样的。"楚七十一摇摇头。

　　红樱忽然托起腮来："其实我喜欢胤凰的原因也说过几次吧。"

　　"因为喜欢人多的地方吗？"

　　"对啊，喜欢热闹的地方。就算你自己融不进那种热闹，但你看着也感觉被温暖了。这就是为什么世上总有人要借着各种理由一大帮子人聚一聚的原因，因为如果你一个人待着，是忍不了那样的寂寞的。不是所有人都可以一个人细水长流地演尽浮华的。"红樱说，"就算注定要孤独吧，那也让我孤独在喧嚣中。"

"锣鼓喧天的孤独吗？"

"算是。"

"听起来就挺寂寞的，你是想说你是一个很寂寞孤独的人吗？"

"不知道我是不是，有时候会莫名其妙地觉得和这个世界格格不入，有时候又觉得自己彻底被这个世界同化掉了。我理解的孤独比这个要严重得多，像是怀才不遇孤芳自赏的孤独，那种无比沉默的样子。"

"那种也算是孤独啦，但其实孤独很稀疏平常的，稀疏平常到你吃饭的时候都可能会突然觉得'啊！我好孤独'。"楚七十一说，嘴角是笑容。

红樱愣了片刻，也微微一笑："是那样吗？"

"是啊，都是那样的。"

他们沉默了一会儿，在这段时间里太阳开始向西滑下，金红色的阳光弥漫开来。

"上一次我们来这里，是多久前？"红樱忽然问。

"两年前吧，记不太得了。"楚七十一说。

他们沉默了一会儿，楚七十一忽然轻声感叹："天啊……我真是怀念那些无拘无束甚至肆无忌惮的时光。"

"你是想说青春吗？"红樱笑了笑。

他也笑了："但总要用几个词概括一下吧。"

"所以你理解的青春是无拘无束肆无忌惮？"

"难道不是吗？虽然什么都不懂，但什么都想试试，坚信努力就能有回报，觉得只要花了心思花了时间精力就没什么能难倒我们。伤害别人似乎也可以原谅，别人的伤害似乎也能淡忘。不是无拘无束肆无忌惮吗？"楚七十一笑着，"我们小时候总是天不怕地不怕的，后来知道了天高地远，也就怕了。"

"那些其实是优良的品质吧。现在我们懂得多了，但不会什么都想去试试；我们更加努力，但我们不会再坚信回报可以对等了；

我们花了更多的心思时间精力，但还是被难倒了。我们做什么事情都再三斟酌，明明心里不快脸上还要带笑。所以那些根本就是我们失去了的优良品质啊。"红樱晃着腿，"就像你小时候天不怕地不怕，但你现在对什么都怀着一股子敬畏，你觉得哪个好些？"

"还是初生牛犊不怕虎好些。"

"对啊，那样子的话，虽然我们什么都不懂，但我们也什么都不怕。"红樱轻声说。

两个人都沉默了好久，太阳还是车轮般向西方滚动着。

"我们又像是十七岁的男孩女孩那样谈起人生大道理了啊，那时候我们什么都不懂，但还是要说，要对这个世界发表看法，觉得自己的声音是应该被重视的。"楚七十一笑了，"果然是怀念吧。"

"是啊。"红樱轻声说，"果然是怀念吧。"

怀念什么呢？能怀念什么呢？

在很多年前，她就以为记忆中那个孱弱、怂包而且总是对她讪讪地笑的男孩已经被埋起来了，再也不会出现，但是他总会在她无法入睡的夜晚悄悄地被想起。偶尔望向沧澜海时她也会想起云止岛那片干净的海，会想起那个老码头和他。

真是奇怪，他的面孔都有些模糊了，但那个老码头却记得一清二楚，经常坐着的那块木板的纹路和质感都纤毫毕现。

其实她也不知道为什么会想起他，就是觉得那样的日子很干净很美好，天空和海洋都比幕沧的要蓝上许多。也许你想起一个人是把他连同着你的往昔一起想起来的，回忆不幸的往事就是另一种全新的不幸，那么回忆幸福的往事，就算领略到的幸福会因为现如今的处境而掺杂苦涩，但也有一丝幸福留存其中啊。所以他才会在心里的某个角落里占据了些许分量。

可能她更多的是怀念自己，怀念那个安安静静坐在码头上晃着腿的絮樱。从一个人变成另一个人，是一瞬，是一生。红樱花了这么多年让自己成为红樱，但记忆中那个小女孩倔强的身影，寂寞的神情，不甘心地晃动着的腿和那曾仰望的天空一直挥之不去。

十年啦，我都快忘了你叫什么名字了，絮樱……对吧？你的身影挥之不去啊……我们曾仰望的天空都是明亮的。

但她到底是有夫之妇，有了自己的家室并且准备要一个孩子了，她偶尔会追忆的过往和如今相隔了整整十年。这十年横陈在中间，是一种无法逾越的重量，如千山相隔，万山相阻。

也只能是怀念了。

"你在想什么呢？"楚七十一轻声问，将她从沉思中惊醒。她抬头看了看，夕阳已西下。

"没什么。今天夕阳很漂亮啊。"红樱说。

"因为夏天了啊。"

"夏天的夕阳有别于其他季节的夕阳吗？"

"没什么区别，但是看夕阳……果然还是在夏天看最好。"他轻轻说。

看夕阳果然还是在夏天看最好……这一句话莫名其妙地让红樱心神一震，为什么呢？她不知道。她看着夕阳把鱼鳞一样的云层染得发红发橙，霞光映在二人的脸上，光影扑朔迷离。

红樱沉默半晌，说："通月摘星是中州最高的地方，对吗？"

"对啊。"

"可在这么高的地方，还是有什么东西你看不见。"她看了看远方，那个谁也不晓得的方向，"有些东西，夏天也好，冬天也好，晴空万里也好，阴云密布也好，日出也好，日落也好，反正你就是看不到。"

夕阳即将坠入海中，那残阳似乎带上了往昔的光晕，一千年一万年过去，夕阳都是这般坠落海中。如火残阳总一般，逝水年华却无二。

随即穹幕黯淡，二人无话，只是看着沧澜海缓缓地被夜幕侵蚀。

她和他坐在一起，不说话，却十分美好。这样的默契是用时间温养出来的。而将其和她曾经与云燕坐在码头上晃脚讲故事的那种美好相比也没有可比性。这么多年过去了，那些好坏都隔了时间的河，于是你只是展望和怀念，不代表你一定要放手你的现在追随你的过去不顾及你的未来，说实话，那样虽然浪漫，但是很傻。

红樱开始想些什么，今日，往昔，未来。她不轻易让自己陷入回忆，这让她感到情绪的更迭和波动。但是如果她开始回忆起来，就几乎无法抑制。

锣鼓喧天的孤独……她又开始回想着他说的这句话。其实不是这样吧，她看着锣鼓喧天的时候不会觉得孤独的，她会觉得有些开心和温暖，觉得和这个世界拉近了距离。因为在那时候她觉得自己的格格不入略微减少，在充斥世界的洋溢甚至聒噪中，心里从小就存在并且不断成长的不甘和寂寞也消弭了。而只有当她陷入某种沉寂的境地后，才会觉得胸腔里什么东西缓缓地溢出来，往事也浮上心头。

她是如此拒绝寂寞，把一切的孤独排斥在外，努力地贴合这个世界。如果让她选择心中的繁华和外界的繁华，她会选择后者。因为她也曾沉默着等待一艘船从远方破浪而来，结果却等到了一个讷讷的男孩，但最后那船来了，把她从那片已成废墟的故土和青春年华带走，她所深爱的一切都葬在那里。

她心甘情愿地接受了外面的一切繁华，更加闪亮的灯光，永远遍布云层的天空。她总是看着这个庞大的运作着的世界，这让她感到安心。

就算注定要孤独吧，那也让我孤独在喧嚣中。

但是她还是用最后的执拗为自己的灵魂保留了那一丝倔强，她静静地看着这个喧闹聒噪的人世，她却在心里轻轻地摇头。她喜欢世界的锣鼓喧天，似乎这样能掩盖过她的寂寞，但是她其实隐隐约约向往着曾经她晃腿望着一望无垠天空的日子。她心中年少孤独的那部分没有消散，还留存着，她瞪着眼睛窥视外面，溢出来的孤独却被压在心里。

因为她的寂寞倔强地向往着寂寞。

拾肆

为了现如今牢牢抓在我们手上的世界，和那些已不在身边的女孩们，干杯。

白燕立在大门前，什么话都没说。白府已经被翻整一新了，大门用鎏金镶边，彰显主人的威名赫赫，偌大一个"白"字牌匾挂在门前，据说还是当今圣上亲自挥毫泼墨所写，并且用纯金镶嵌。这让他一时有些不适应，因为在他记忆中白府是个地方颇大但是装饰简明，甚至说简陋的地方。大门开阖时总伴随一阵吱呀声，露出前庭朴旧的灰色石板，两侧并不栽种植物而是放满各类兵器，白凛烟和他演武时总能激起一阵阵扬灰。

胤凰在他未曾征战的三四个月里给他留下的记忆还算是美好的，在他明媚干净的云止岛生活和未来的戎马生涯之间起到一个过渡的作用，所以大体上给他的记忆是一个繁华但也不失趣味的地方，但却具有局限性。因为他几乎总是在家里和临湖水榭之间来来回回，所以对于胤凰的记忆仅剩水榭风光、路上行人和各种习武的经历。

但现在如此华丽的门庭让他不适应了，这不像是记忆中胤凰的样子。胤凰的繁华他只有意会没有领略，所以胤凰对他来说就是几个地方、几段记忆的结合。

在戎马生涯中他也曾回来过一次，和颜笙成亲并且居住了一小段日子。那是战争略微收敛的时候，双方都默契地收兵喘息一阵，所以当时已经接替白凛烟成为大将军的白燕才得以回国，大概居住了两个星期的样子。

那时候他已经开始厌倦这场战争了，但他总是身不由己地被一道又一道浪推向他所陌生又惧怕的地方，不得已拿起他的剑同命运抗衡。惧怕选择命运的人最后都会被命运随意挑选。

现在这扇门即将缓缓洞开，他厌恶战场，也想逃避这里。他到底要去哪里？

或许有些地方是你回不去的。就像多年以后，你成了万人敬仰的军神，但你曾经的愿望不过是可以给那个女孩讲故事，希冀着能够和她一起来到这缤纷的世界，相信只要你们在一起这个世界就奈何不了你们。

现在这个世界真的奈何不了你们了，你们的能力强大到可以粉碎命运，但你们早就处在了不一样的时空里。像是两个不同高度迷宫里困住的人，你就是把迷宫炸了拆了，也找不到对方了。而你们也早知道这一点了，所以你们不会拆了那个迷宫，你们会缩在迷宫里安然接受一切。

门开了，水色罗裙的女人站在门口，对他点头示意。两侧是毕恭毕敬的仆人。门里装饰奢华。

"夫君，你回来了。"她说。这句话不轻不重，恰到好处，但是莫名让人觉得她在等待着什么东西，却一直没有等到，现在她只不过正和一个路人打声招呼，打完招呼就缩回去继续等待着。

等待什么呢？谁也不知道。她自己可能也不知道，但是她要等，她的整整的青春都用来等待，要是她不继续等下去，她可能会疯掉。

白燕点点头。

"我听说你的战绩了，你杀了西戎王。"

白燕还是点点头。

于是她也点点头，走回去。白燕随着仆人的带领又一次踏进家门，茫然地望着周围的一切。

"丞相让人帮忙修整了白府，我现在还有点不习惯……说到底还是以前好。"她轻声说了一句，却也没说好在哪里。

白燕不难从她的脸上看出倦容。她已经二十六了，在她十六到二十六这段时间里本应该陪着她的夫君在忙着杀人，他们之间本来就缺少一种名为感情的东西。感情是可以培养的，这话没错，但他们已经过了那个可以用很长的岁月温热两人的时间。他们变得疲倦，也没有那个精力，只想固执地守着自己那一小块地方不动弹。

"房间的规划还和原来一样，你记得的。"沉默了半晌，她又说了句。

"……嗯。"白燕在后面跟着，缓缓应了一声，然后说，"这些年来受苦了吧？"

"还好吧，都差不多，和以前星动司的生活没什么变化，不过都是一个人在空旷的空间里待着而已。你在战场上，你才是受苦的那个。"

白燕略微沉默了一会儿，本想说一句"都受苦了"，但他最终还是没能说出来。你的年龄越大，也就越懂得无可挽回的事情很多；有些东西你学会了死抓着不放手，有些东西你知道可以放任自流。于白燕于颜笙，对方都是可以放任自流的。他们之间唯一需要做到的仅仅是"相处"而已。就像你年纪大了，就一定要和一个人生活在一起，而且不一定是和想要在一起的人在一起。

于是原本一个人的孤独，彻底变成了一个人的孤独。

"还好，不是安全回来了嘛。这些年胤凰变得怎么样了？"他说着，眼睛扫视四周。真是个孤寂的地方，想必在他征战四方的时候，颜笙就住在这里度过了她的整个没来得及开花的青春。

他想对她表示些同情，但是没必要了，没必要了。

"老样子，晚上还是吵，灯也太亮。西戎的荒原又是什么样子的？"

她的眼底漫着清冷的光，如同白莹莹的积雪上流过宝石一样的蓝色河流，弥漫其中的寂寞已经结成了冰。她的可怜不比故事中任何一个人少，她只是没来得及描写，就被埋了起来。这个被耽搁了大好时光的女孩，终于学会不去相信那些应该相信的事物，坐在空旷的房间里注视自己空旷的心灵。

那里是否还有曾经的影子？

"和沙漠也差不了多少吧，其实走得多了，哪里都一样。既然都是陌生的地方，那差不多都一个样子，风景好坏没有区别。"

他们似乎找到了问话的节奏，你一问，我一答，我一问，你一答。那么僵硬，像是陌生人一样。

像是陌生人一样……白燕在心里轻叹一声。也许陌生人的定义就是你们聊了很多，但顺着心意的对话很少。不在乎认识的时间，只是你们之间的距离而已。

"有什么有趣的事情吗？"

"打仗会有什么有趣的事情，就是死人。庆功宴的时候喝肉汤都像是喝血水。"

他终于走到了正厅，望着昔日寒酸的地方，今日变得富丽堂皇。

他想起那时候年少的丞相也来这里找过他。也许除了他的事业之外……更多的是玩吧？到底那个时候还是小孩子，小孩子除了玩能干什么呢？可能等你成了大人，整天忙东忙西，也没真真切切得到过什么东西，不如玩。

想到了就想问，白燕不经意般地提起："宁无翳现在怎么样了？"

"挺好的，当今文官之首一大概是你在武官里面的地位，一代谋神。他送给你的计策很有用吧？我闲来无事去听说书的时候听到的。"

"是很有用。"白燕终于找不到话题了，望着桌面的镂雕不知道在想些什么。

"喝茶吗？龙井，宁丞相送的。"

"有酒吗？上过战场之后，有些不太习惯那么清淡的东西。"

"没有。我一个女人，在家里不备酒的。"她摇摇头。

"那就茶吧。"白燕看着离自己很远的窗子，几只燕子飞过去，"茶，酒，差不多。"

"也好。"她点点头，蜷缩在宽大的椅子里，仿佛等待什么。几个女侍手脚利落地沏茶，茶水在茶具中滑动，然后盛在茶盏之中，袅袅的一缕茶烟。

"我出门了。"白燕对颜笙说。她微微点头，默许自己十年不着家的夫君一回来没坐多久就出门的事实。

白燕也微微点头，然后出了门。颜笙继续蜷缩在宽大靠背的椅子里。分明是一个贵妇雍容地坐在椅子上，背后是大幅镂空雕刻的木质屏风，但给人的感觉却像是在萧索的白色背景下，一个小女孩低头注视着自己在地上的影子，整个世界都是黑白的。

而且孤单，从未有另一个人涉足。

这是一个没有别人见过的荒芜世界，无论是当初的薛公子，还是如今的白燕，他们都看不到这里。这里只有一个小女孩和她的影子，日复一日地相互对视。小女孩动动腿，影子动动腿；小女孩歪歪头，影子歪歪头；但小女孩说你好，影子不说话。

这个影子代表什么？不知道。但我猜，只是猜，也许是这个孤单的小女孩在等待一个能走进她心灵深处的人的时候等来的东西—可这个小女孩，最终等到的只有自己。

颜笙揉了揉眉间，拿起茶盏，喝茶。

她终于从十年前那个为了一堆星象哭得一塌糊涂的小女孩，成长为如今的模样。但是也许那个小女孩还在的，她在她心里，在白色的背景墙下和自己的影子对视。她的屋子空旷，她的心也空旷。她也到了不再过多地去追求什么东西填补这些空旷的年纪了。就让它空着也好，反正无论怎样都是一个人的对吗？

她盯着自己的影子，和自己的内心如出一辙。

也许她等待着的并不是一个特定的人，而是一个概念。自从她被薛公子抛弃，又活守寡长达十年之后，她等待的一直都是一个完美的丈夫的概念。如果她的生命里能够出现这样一个人，她一定会不顾一切地追逐。那个影子是她所等到的一个替代物，因为她几乎快要忍受不了那种寂寞了。就像你在床头放一只小熊，那是一个替代物，替代着你的暂未出现在床边的那个人。人总是忍不了寂寞的，这个时候替代物的功用就无比强大。

但是没有人能让她去爱，除了那个替代物，可那个替代物在她的臆想里只是她自己——也许，她更爱的还是她自己吧。不是因为她更爱自己而不爱别人，而是因为无人能爱所以只能爱自己。这种干净的坚强总是能让人心疼。

我们这个故事里，留给颜笙的地方就只剩下这些了。她出场时面上戴着白纱，将要散场时心里却戴着白纱。这个女孩，连同她的影子她的等待，已经走到了尽头。关于她再也没有什么值得述说的了，她只需要在接下来的故事里做一个尽职尽责的旁观者，怀着空落落的心去等待，坚定地爱着自己。

那十年的乱世弹指间就过了，众多的纷纭来不及描写，就让它在最华美的那一刹绽放凋零。在这一幕大戏里，沧海桑田的那些年我们看不到，有些人的心变得空旷或者变得寂寥的改变时刻，我们也看不到。太多太多的物是人非，没能描写就已物是人非。像是绕过了乐曲里最激昂的部分，只留给你们袅袅的余音。那激昂的乐音需要我们去揣摩，那十年里缩略掉了的青春需要我们去揣摩，而留下来的，叫作定局。

我们的人物走到如今这样，也快没什么值得在这个故事里述说的了。他们的青春年华在我们看不见的时候走向了灭亡，而剩下来的是更加沉稳坚毅的彼此。他们面对生活感叹自己的大起大落和命运多舛，但他们会努力地生活着；他们感受到了宿命的威力，但他们趁着心火未熄仍未屈服。

也许他们成人的样子也值得描写，但是这一出大戏也只剩下寥寥几幕，再没有多余。施粉黛，着华服，咿咿呀呀唱戏，二胡弦鸣，无心满堂彩；丝缕烟，半樽酒，萧萧瑟瑟秋风，经年隔世，有心无人应。

无心满堂彩，有心无人应。

我们都不过是他人生命里的一道满堂彩。而转到我们自身，我们更像一个观戏人。他人的人生之戏在我们面前上演，我们只是看着，无法改变。

说多了，让我们把目光转回白燕。

白燕在青石板的街上闲逛，记忆里那条路变得更长，行人熙熙攘攘让他看不清沿途风景。他兜兜转转了一会儿，决定去酒肆坐一坐。

没什么人认出他来，显而易见的。白燕要了酒，几盘小菜，找了个靠窗的位置坐着，透过掀开的纸窗看着外面的暖阳。他忽然想起来白政君。不知道为什么，在这样的干净的日子里，他想起那么多过去的回忆。

他想起来白政君说要去南蛮，靠着树喝着酒看着姑娘的大腿，还要泡温泉。在他的臆想中南蛮是个很好的地方吧？阳光暖暖的，一年四季都是春天，而且像下午三四点那样温软惬意，还有烈得只喝一口就酩酊大醉的酒，热情的姑娘们。酒肆中有谈笑，背靠的大树伞盖很浓树荫很好，碎金色的光柱倾泻下来，美得让人觉得是幻境。

他也想去那种地方，一个人就好。当然他更想去幕沧看樱花，看海，看通月摘星顶层缓缓坠落的斜阳。或者这些地方都很好，但是他去不了。不是说你真的去不了，而是说就像有些人你得不到一样，有些地方你一辈子也去不了。只是遗憾。

因为那些地方只能存在在你的幻想中啊，是到不了的极乐土，是臆想中的乌托邦。就算白政君能活下来，到了南蛮，他也可能会觉得和自己的想象天差地远。所以他也许不需要去幕沧，只需要这么想着，如同十年前他和另一个女孩一起憧憬中州那样，想着一个永远到不了的桃源。这是幸福，却是悲哀的幸福。

"……只见那时，平地一声惊雷，火蔓延开来，人群作鸟兽散，戴筠挡在苏小沫面前，大喝一声道……"有说书人的声音传来，一阵一阵。白燕蹙了蹙眉，忽然发觉这个故事似乎在哪里听过。

奇怪，那该是十年前了吧，那么老的故事，为什么到现在还在说？

白燕继续喝他的酒，想着白政君，想着老猴子，想着对天帝挥出的那一剑，想着絮樱，想着云止岛，想着仲夏祭。好些面孔都模糊了，他甚至记不起来他们的面貌。比如牛芒，他只记得那个孤狼一样的身影，可他怎么想，想到头痛欲裂，就是想不起来他长什么样子。

他在想他的青春失而不复得。

失而不复得的东西也不止青春。就像十年前他也在这里喝酒，大发酒疯，带着少年人的傲气，强行改了那个故事的结局。现在他重又坐在这里喝酒，重又听到了那个故事，但是他懒得改了。

他知道他不是神，不是救世主，他以前那些觉得能为这个世界做些什么的想法太蠢了……他其实改变不了什么。

于是这样想的他被彻彻底底地从骨髓里改变了。

你得到的再多，你还是会去想你失去的那些。尤其是那些注定要失去的，简直让你痛彻心扉。这就叫矫情，死矫情，穷矫情。但是这个该死的玩意儿谁也免不了。

也许就这样听下去也挺好的，白燕百无聊赖地思忖着。他看着窗外，女孩们的绣鞋探出长裙，白皙的脚踝如同白色的蝴蝶，一切的一切都蒙上一层暖光，如同太阳近在咫尺，所以橘色的金光水泄而下。白燕感到这个地方真的很好了，对他来说真的很好了。他不愿意挪窝，无论南蛮还是幕沧都不愿意去，再怎么惦记也不愿意离开这里了。他想像一个老人一样安享剩下的生命，尽管他仍然年轻，但他渴望衰老。

他只想在这儿展望他的乌托邦，展望他失而不复得的曾经。

这里哪里不好了？有妻子陪着他，还有那么温暖的天光和偶尔夜晚时出现的焰火。白燕不生在这里，不长在这里，不在这里骄纵不在这里神伤，但他不介意在这里死去。这样的想法不应该出现在一个二十五岁的年轻人身上。但是白燕想，他是一个没有来得及长大的小孩，以及一个从没有年轻过的衰老灵魂。他找到了他的归宿，哪怕不尽人意，但也无力改变。所以他不介意在这里死去。

在这里，至少他能活着。

说书人仍然咿咿呀呀地说着故事：……戴筠侧卧在病榻之上，手里捏着远方的来信，信上说：

"我不知道你见到我的信时已经是什么时候，可能已经很久很久了。不过不用挂念，我自安好。两个人做得到的事情，我一个人付出双份的努力也能做到。

我现在下嫁给溯泽的一位商户，做妾。我生活得很好，不用为柴米油盐发愁，只是偶尔要耍心眼，除了心里恶心，其他都很好。虽然我很讨厌在这个年纪钩心斗角，但是也随便吧，都一样的。

不怎么想你了，只是会在睡不着的时候想你。过去了有三年吧？大概。其实没什么人得到他们想要的东西对吧？当初贾公子想要强娶我，也是落空的。我也是落空的。我不知道你怎么想的，不过我希望你过得比我好。世上有我悲惨就够了，其他人都幸福些吧。

不会再写信了，这是唯一一份。希望你能收到。

找一个对你好的女孩，如果你找不到真心喜欢的，那一定要找一个真心喜欢你的。否则婚姻有什么意义呢？但是强求不到就罢了吧，只是要幸福。

不用来找我。不用挂念，我自安好。两个人做得到的事情，我一个人付出双份的努力也能做到。"

说书人的声音顿了顿，接着说："读罢，戴筠神色呆滞，掐指一算，五十年已白驹过隙。不曾想，一别之后，隔世经年。蓦然，老泪纵横。"

白燕喝着酒，不发言语，只是暗忖着：原来如果当初他不去改变那个故事的结局的话，后来居然会发展成这个模样。而且这个模样的结局才是真实的。

"小二，再来一壶。"白燕远远地招呼着。

一别之后，隔世经年。

这就是结局，最后我们都不在了。

就像宁无羁说过的红樱说过的白燕承认的楚七十一也不得不承认的，夜晚是胤凰的灵魂所在。这个城市只有在绚烂的霓虹灯火中才能焕发出它的魅力，是一座真真正正的不夜城。如同天上的城市不小心掉下了凡间，而你只是误入其中，在灯火里迷了路。

这就是为什么有些人不甚喜欢这里的原因，他们讨厌这种迷失的感觉，但也总有些人喜欢这里。

但无论怎样，丞相府的夜景显得更加静谧。

"你已经喝过了吧？"宁无羁皱着眉头，夜色下他的青色长袍朦朦胧胧。

一张桌子摆在院子里，桌上是白玉的酒杯和酒壶，不远的旁边是稀疏的竹影，摇晃着灯光点点泄了进来。白燕和宁无羁坐在桌子的两侧。夜空无星，月色黯淡，灯火如霞。

"喝了，酒馆里。"白燕也不想隐瞒，面色仍然微醺。

"堂堂大将军，就喝酒馆里的酒？"宁无羁起身给他倒酒。

"是啊，怎么了？"

宁无羁耸耸肩："没怎么，本以为你会和颜笙花前月下呢，真没想到会过来找我。"

"不是盟友吗？"白燕瞥了他一眼，"我好歹是有点盟友的觉悟的。"

"乱世都过啦，"宁无羁说，"人心也安定下来了。现在我们各自做什么，都影响不了彼此了。"

"对啊，乱世过了。你的梦想不是名垂青史吗？现在目标达到了，开心吗？"白燕捻起白玉的酒杯。

"谁和你说过我的目标是名垂青史的。"

"难道不是吗？你好像每一步都是为了这个目标。"

"世上有很多东西，看起来千篇一律，内里大相径庭。"宁无翳说。

"行。"白燕一仰头把酒灌进去，"我也就是个粗人，打了那么多年仗什么文学啊什么思想啊都忘光了，所以你别给我扯这些有的没的……这酒还真是烈，打仗的时候除了庆功时喝点小酒，其他时候都喝不到。"

"是啊，好酒，皇帝库存里我给划出来的。自从姬桀驾崩，新任皇帝也没什么用，夏国皇帝就彻底名存实亡了。现在真正掌权的是我这个会写点文章的家伙。"宁无翳摊摊手。

"会写点文章？你在谦虚吧。"

"你要这么理解的话，那就算我谦虚好了。"他笑笑，有铭刻到骨子里的慵懒闲适和淡然，一如十年前那个眉清目秀的少年，"说说你在西戎的经历吧。"

"那里的经历？有什么好说的，差不多也就那样吧。风沙漫天的，走出营帐见不到活人，偶尔能见到被风吹跑的卷柏。和别的沙漠没什么区别，就是死的人多了些。"白燕说，"谈那些干什么？好容易不打仗了，我们谈谈胤凰多好。"

"谈这里？可这里也还是老样子啊。"宁无翳说。

"老样子？"白燕蹙眉，"明明变化很大啊。"

宁无翳一怔，过了好一会儿才笑笑。然后他看着远处的灯火出神，目光渺渺："可能是吧，变化很大。有什么东西一成不变呢？"

"是啊，没什么东西一成不变的。"白燕也盯着远方的灯火，"我们变了吗？"

"鬼知道。"他笑了笑，"可能我们都变帅了。"

"你曾经期望做什么呢？"白燕忽然盯着宁无羇，"你现在距离你曾经的期望又有多远？"

"……曾经的期望啊。"宁无羇顿了半晌才说，"差得真是挺远的。说起来我曾经的最大的梦想是当一个好人呢，不做坏事，但结果我现在和你联手覆灭了一个国家，七十万人无一生还。"

"是不是当好人很累，所以有些人才会变坏啊？"

"不知道，只是我们最后没有变成好人，也没有变成坏人，就是普通人的样子。"宁无羇给自己倒酒。

"为什么想当好人？"白燕问。

"有些事情不是你做了很累，没有回报，你就不做了。你得让你的心安定下来。"宁无羇说，"但结果我还是没能做到啊，没能让自己的心安定下来。心安定了，哪里都是家乡，哪里都是桃源，心若不安，哪里都是异国，你也不过是不安地流浪罢了。"他看着白燕，笑了，"但是你也应该知道的，我们改变不了什么。别看我现在这个样子啊，那些我真正全力以赴想要去改变的东西从来就没有成功过。"

"但你做到的远远比你做不到的要多吧，就像你得到的也远远比你失去的要多。"白燕说，"只是人真的很少想他们做到的，还有他们得到的东西。他们永远注意的是做不到的悔恨，失去的空虚。永远都在追悔莫及，永远都在扼腕叹息。"

"这和你抱怨生活不公的性质是一样的啊。"宁无羇笑了笑，"没什么人在他们幸运得不成样子的时候抱怨，当他们感到不顺，就抱怨连天。但是呢，人生不过百年，悲欢离合弹指间，要是连抱怨都不可以了，那么生活的乐趣也就缺失啦。"

"生活的乐趣在于抱怨吗？"

宁无羇说："也不能这么说。只是很多人一面抱怨着生活不公，一面努力奋勇着呐。抱怨是一个宣泄口，你得说出来，让你自己好受，让别人也听到，了解到你的悲惨处境。然后等你有朝一日逆袭，你曾经的抱怨都变成了笑谈而已。讥讽你的人羞窘，援助你的人开心，你自己的内心也会感到一阵踏实。要是抱怨的权力被剥夺了，很多人也就无从努力了吧，或者说也不知道努力给谁看了。人的本性都是得过且过，只有活在别人目光之中时，才会想到让自己光彩一些。"

"你倒真是把抱怨剖析得淋漓尽致……"白燕说，"那我是不是应该抱怨点什么呢？"

"或许吧。年轻气盛的时候抱怨苍天，是觉得日后他们可以战胜命运，所以现在抱怨，是另一种'老子不怕你'的诠释。但是我们也快要到不能随意抱怨的年纪啦。无可挽回的事情越多，越懂得抱怨也是无用的，无论是激励自己的抱怨还是灰心丧气的抱怨，都是无用的。"宁无羁说，"抱怨是年轻人的特权，年纪大了就不要总是抱怨了。"

"你也没老到哪里去吧。"白燕说，"你才二十七，我也才二十五。"

"经历的事情太多了，总让人觉得自己的灵魂是不是太过苍老。"宁无羁说，过后又摇摇头自嘲地笑笑，"也许天下人本无二致，是我觉得自己特殊了。"

"你这种人就是想太多。"白燕说，"打仗的时候哪里能想这么多？你吼叫着冲上去，脑子里混混沌沌一片空白，全是身体在帮你，全是血气在帮你。死掉的人大都在想这一刀过来我该怎么接，活下来的人根本不会想那些事情。"

"所以我上不得战场。"宁无羁摇摇头说，又给自己倒了一杯酒，而说完这句话他也不再说话了，只是盯着白玉酒杯里剩下不多的酒液。

"唉。"他又忽然说，酒劲上涌脸色微醺，"有兴趣听听故事吗？"

"什么故事？"白燕想起来那个相隔十年又听到的说书故事。

"我的故事。"他说。

"方便讲吗？"

宁无羁笑了笑，捻起酒杯："有什么不方便的？好些年前的事了。"

"经常和人讲？"

"怎么会。之前从来没说过的。"

"于是突然想起来，然后心血来潮就讲了？"

"也不是。"他说，"就是觉得也不能一直憋在心里，该说的时候还是要说的。要不然一直闷在心里，随着你入土为安，肯定要钻出胸膛发臭的。往事这东西……就是要讲给人听的啊。不然你死了，你的往事有什么意义呢？所以我觉得现在的时机不错，我就来讲讲好了。"

"往事这种东西一定要告诉别人吗？这很难说吧，这种东西不是自己知道就好了吗？"白燕蹙了蹙眉。

"可能吧，不过真的很难说就是了。"宁无羁望着身边的竹影出神，过了半晌才又笑，"听不听？"

"听。"白燕给他倒了杯酒，又给自己倒了一杯。

"好啊……所以那个故事的开始是在很久以前啦，我那时候甚至还没有遇见你，也还没当上丞相，就是一个出身贵族的孩子，半大不小，对男女之情有那么一点点憧憬。然后我看见她了。"宁无羁的眼眸中仿佛流淌着时光，扯着白燕要把他拉到很久之前，见证一个埋藏在心底那么多年的故事。

"同为贵族嘛，我和她也算是挺熟。她喜欢穿绿色的衣服，还喜欢弹古筝。有一次她弹给我听过。我记忆里古筝的乐音倒是没那么深刻了，但是我还记得她低头专注的神情。那时候她的绿罗裙如同满湖的水，青丝垂下来像瀑布。那个时候我就猜我大概是喜欢上她了。"

"不过我还是很怯懦的，我遥遥地望着她，大气也不敢出，有时候和她对视都不敢。她大概也是知道的吧。那个时候我的城府还不深的，心里什么样子脸上就什么样子。不过我倒是很开心，能和她说上几句话就很开心。唔，那个时候是暮夏，初秋，天气转凉，花开荼蘼日渐衰败，于我而言却是春光灿烂的。"

"没想到你居然有过这样的经历，她现在怎么样了？"白燕问。

"别打岔，听我讲下去。你会知道的。"宁无羁翻翻白眼，说，

"不过她有喜欢的人了，那个人很厉害，年少为官，仕途一片光明。他们以后肯定是要恩恩爱爱地在一起啦，没我什么事情。我也没有傻到觉得她能喜欢上我，所以什么都埋在心里。不过还是我说的那句话，我心里什么样子脸上就什么样子，她大概都知道的。"

"然后呢？"

"还有什么然后啊。他们在一起咯。不过我后来还是去找过她一次。"

"怎么样？"白燕问。

"……怎么说呢。她和我想象中不太一样了，还是很漂亮，但就是不一样了。我们回忆了那个时候我们共同的朋友们，说了些近日的情况，随便扯了些东西，没有多久，就散了。不过好玩的事情是我为了那一天准备了挺久，买了新的衣服，精心挑选地点，结果发展却大出我所料。"

"你所料是什么？"

"还能是什么？"宁无羁说，"我要把那句'我喜欢你'补上啊，不然觉得心里空落落的。我知道要是我说出那句话我这么多年的执念也就差不多消散了，也该放下了。但结果事情一点都没有按照我期待的剧情发展，我千测百算的能力遇上她就一点用处也没有了。对了，除了那一天以外，我进入仕途就是为了和她的情郎一较高低，对她说我也不比你想象中的差。结果一直到我当上丞相，她相公还是个县衙。"

"知道最好玩的事情是什么吗？你以为当初那朦朦胧胧的感情只是喜欢而已，但是过了很久之后你回想起来，才发现那足够称得上是爱情了。"他轻声说，眉宇间似乎能依稀看见那个懦弱男孩的影子，"好在最后还是放下了。"

"所以你当上丞相，是为了让她看到吗？"白燕说。

"可能是吧，我想让她看到我。在所有的人里面我最不想的就是被她看不起啊。所以我总是想证明些什么，证明自己根本不是表面上看起来的那样。可人人都看你表面谁去注意你心里狮子的狂吼？"宁无羁笑了笑，又继续说："知道吗，以前好些人对我说你不行，这个年纪当官怎么会有成就？就像是我软弱的内心对我说她不会喜欢上你一样。结果现在那些人都不见了，而我是夏国最年轻的丞相。喏，现在我站得这么高，她肯定是看见我了，我却看不到她了，放眼望去只是云。"

宁无羁托着腮，"这就是我的故事了……哈，果然是酒喝多了，平常我不会说这些的，尽管平常我的话也挺多。"

"平时就是一话痨。"白燕笑笑，"喝醉了酒更话痨。"

"谁知道呢？有人说爱说话的人内心世界不丰富，不爱说话的人内心世界才精彩。虽然说我也不知道是不是这样，但是很可惜啊，我这个内心世界不丰富的家伙当上了丞相，内心世界精彩的人，我周围倒还真是挺少一因为我周围都是些大将军啊皇上啊什么的。"宁无羁笑着说，脸色绯红，完全是喝醉了酒，"所以这是谬误。爱不爱说话是天生的，内心世界丰不丰富是后天培养出来的。一个终日在衙门打杂的哑巴内心世界能丰富吗？但他可是绝对的不爱说话。爱说话和内心世界这两件事情根本没什么关联。"

"好啦好啦，不说这个了，我倒是还对你说的那个故事抱有疑问……你去找她的时候心里是怎么想的？强抢民女吗？"白燕笑了笑。

"滚。"宁无羁撇撇嘴，果然喝高了的丞相也会爆粗口，"别傻啦。我只是想告诉她我真的是很认真的，但我抓不住。我真的很喜欢你，可惜你不喜欢我。"

我真的很喜欢你，可惜你不喜欢我……这句话似乎微微触动了白燕的神经，他想起来多年之前也有一个执拗地喜欢一个女孩的男孩。那个男孩死了，背影孤狼般倔强。想来这两人之间也有些相同之处，都是一样的执拗，却也是一样的无力。

但是其中一只孤狼死在了废墟之中，至死没能拉住心爱的女孩的手；另一只成为丞相，皇帝都乖乖听他话。

　　所以要是牛芒不死说不定也能出人头地呢，慢慢地慢慢地就淡忘掉了曾经那么喜欢的女孩，干一番大事业，或者做一个市井小民也不无不可。可惜他死在那个海岛啦，活下来的人的曾经葬在那里，死掉的人更惨，他们的一切都葬在那里。

　　"夏虫不可以语冰。"宁无翳忽然说，"大概世界上最悲哀的事就是我是夏虫你是冰吧，只在某个时刻遥遥地见了你的好，之后就止不住地想你。我距离你还有一个秋天，但我暮夏时分就要死了，死在毒烈的艳阳之下，之后天气转冷，也许你就封住了而我浑然不知。等来年晴雪化作湖面激滟，我早就不知去向了。"

　　"或者我想着你，撑过了暮夏撑到秋分，就在那临门一脚上栽倒了，再撑些时日就见到你的我再也没机会了。"

　　"又或者我撑到了冷冬，见到了你，那又如何？来年有你却没我了。"

　　"夏虫不可以语冰，语冰之虫止于秋，念冰之虫止于冬。年华轮转过，虫去冰长久。"他终于说完那么一大段话，一口气把酒喝干，再倒，再喝，又倒，又喝。直到白燕按住了他的手，才略略收敛了一些。

　　"我是夏虫你是冰……反正和我没啥关系。"他轻声说，眼中的光芒时而黯淡，时而又锋利如刀。

　　可能，只是可能，就算牛芒仍然活下来，华如嫣也活下来，他们也不会有什么故事。因为不喜欢就是不喜欢。这世界上这么多无法完成的事，强迫一个不喜欢你的人喜欢你绝对是其中最愚蠢的事情之一。世人就是这么彼此安慰，却又彼此伤害，也曾敷衍搪塞，也曾真情流露，偶尔相互轻视，偶尔彼此敬仰，复杂得难以捉摸。

　　牛芒会伤心的吧？是不是对他有些不公啊？但是华如嫣呢？他和牛芒在一起了，那就对她不公了吧？就像宁无翳得不到那个绿裙子的姑娘，他伤心了是对他的不公，但是如果他们真的在一起了，又是对绿裙子姑娘的不公了。所以说所以说啊……命运表现的最公平的一点就是对所有人都不公平啊！

　　白燕心中忽然充满了愤懑之情，在他的一生中从未有过如此的感觉……不，也许也是有的。

　　然后他又忽然叹了口气，说："你的故事让我想起我以前的一个朋友。要是早点认识你就好了，那么我当时也就知道该怎么安慰我那朋友了。"

　　"怎么安慰？"他又喝起酒来。

　　"世界归你，女孩归他。"白燕也倒了口酒自己喝起来，然后说，"你的手要抓些更有力的东西，女孩什么的……太柔软了。男人能为了女人活一瞬，但不可能为了女人活一生啊。你不可能拿你现在的一切去换取曾经对吗？"

　　"……哈哈。"他忽然笑了，忽然间眉眼又变回了那个文以治天下的丞相，锋芒毕露，回忆中那个懦弱的男孩早就不见了，"是啊，我不可能拿我现在的一切去换取曾经。"

　　"那么为了现如今牢牢抓在我们手上的世界，和那些不在身边的女孩们，干杯。"那家伙举起白玉酒杯。

　　"为了现如今牢牢抓在我们手上的世界，和那些不在身边的女孩们，干杯。"白燕也举杯，轻轻一碰，两人都喝掉。

　　"所以现在你幸福吗？"白燕问他，"日理万机，还失去了那个女孩，你幸福吗？"

　　宁无羁盯着他的眼睛，沉默了一会儿，笑着说："爽翻了。"

　　"哈？"白燕一怔。

　　"不然呢？你这一生第一次喜欢上的女孩是谁，你愿意拿你现在这一切去换吗？"宁无羁看着他。

　　白燕沉默了，然后忽然一笑，端起酒杯："来，我们喝酒。"

　　这一天白燕喝了太多的酒，多到他几乎要神志不清。他在宁无羁那里过夜，躺在床上透过斜窗眺望外面的灯火，思忖。

　　他在想他失去的东西，还有他得到的东西。两相制衡，决定孰优孰劣。但后来他放弃了，这种东西没得比，可能"得到"和"失去"并不是一对反义词，而是各有各的词性。所以得到的被单独区分出来，失去的也被单独区分出来，比较不了，只能各自计算。

只是在计算的时候，白燕发现他失去的比他想象中要少，得到的却比他想象中要多。可能他太过较真了，活在这世上还是愚蠢些好。世界上一半的痛苦是你自己想太多，另一半是别人想太多。因为一切不过失而复得，得而复失而已。如同水流把你牢牢抓住的东西冲走，又把新的东西塞到你怀里。

头一次的，他想颜笙了，不是絮樱，是颜笙。她是他的妻子，她会照顾他。他在想颜笙会表情淡漠地坐在他床边，手里端着热水盆。像是一个眺望着眺望不到的地方的孤独灵魂，最终眺望到自己的影子。陪在他身边的是她不是她。

有谁能等你等待十年呢？有谁能陪伴你走过接下来的路呢？单单从这两点看，他和她不就应该好好相处吗？都是凑合过，哪里来的那么多矫情？

凑合过吧，白燕如是想。酒精上涌，他的眼里看到的都是混乱的光影，还有一张张熟悉却模糊的面孔。他伸出手，抓不住。白政君……牛芒……絮樱……这些名字变得异常的熟悉，但说出口却陌生得让人恐惧。那些幽魂一样陪伴着自己的人的面孔模糊不清，这个时候他忽然明白他彻底地失去了他们，不止那三个，而是所有人。

他在半睡半醒之间想到那么多事情，想到了时移世易。

又想到了宁无翳，那个站在高处手握风云，把世界牢牢抓住却让一个女孩从指缝溜走的人。他是有着自卑没错，但他也有着强烈的自傲，从不相信自己比别人差。他放开那个女孩，就是真的放下了。他有更加要紧的事情要考虑，也值得拥有更好的女孩。

他轻轻地和白燕碰杯，笑着说："为了现如今牢牢抓在我们手上的世界，和那些不在身边的女孩们，干杯。"

杯酒过后，云淡风轻。

比白燕淡然得多。

他白燕又是个什么呢？

白燕想，可能从他终于接受白燕这个名字的时候他就开始死了，或者说云燕就死了。那个又怂又懦弱的少年用了十年在战场上杀敌，却把自己杀得干干净净彻彻底底体无完肤，剩下来的都是世人需要军神拥有的坚硬的东西。他从胤凰一路杀到青阳顶，杀出了军神白燕的赫赫威名，在那狂雷大作的阴霾穹幕下挥剑砍下了西戎之王的头颅，拯救了夏国。还有温柔贤惠美丽端庄的巫女颜笙做他老婆，人生圆满了对吧？但那么光鲜那么耀眼的人叫白燕，叫云燕的孱弱孩子其实一直被困在当初那个海岛，而在那十年的戎马征战里渐渐地死去了。他这些年失去了那么多东西，他曾经那么喜欢的絮樱，那个又贱又二又男人的牛芒，为老不尊但又威风凛凛的白政君……他十五岁以前的全部人生都埋葬在那个海岛，短暂的青春还未开始就已结束，剩下一个叫作白燕的躯壳。

还有人记得他最初的梦想不过是当一个说书人吗？

但他没什么资格抱怨吧。他的现实不算坏，哪怕和他的梦想相差甚远，但也不算坏。多少人在最后得到了自己根本不想要的结果，他们每天早上一醒来，就有一盆冷水浇到他们头顶——他们和自己的梦想越来越远，离自己曾经的青春越来越远，且不能回头。

青春就是这么个让你得到又让你失去的可悲可叹的玩意儿，像一切你能得到但又要失去的东西，例如时间爱情等等不一而足。但你还是用尽全身气力想把那东西的尾巴抓住不放手，因为你很害怕如果自己失去了它，就这么不明不白地长大了。

只是他回望着曾经，丈量他逝去的青春，轻叹一声，觉得有些事情变得超乎所料。命运几乎剥夺了他的生活，他愈发觉得那些所谓自主的决定不过是命运的暗中逼迫，外卜力的推动使然，本质上一切都已注定且无关紧要一因为已经注定而无关紧要。在这样的思维下，甚至这种思维本身都是注定的。

　　这种想法真是沮丧,白燕想,要是真的如此,那么人生意义何在?

　　也许没有,是的,意义就是没有。你做的事情毫无意义,过了百年,没人记得你。放之过去和未来我们的意义都是虚无的,那么放之当下我们的所作所为可有意义? 意义的含义又如何定义? 是你相信有意义便有意义,哪怕你无法解释;还是根本就没有? 生活是什么,生命是什么,这种哲人思考的事情,白燕从来不觉得他能思考出什么所以然来。

　　但是他至少明确一点一当一个人怀疑存在的意义的时候,哪怕他最终重新将其找了回来,那意义本身也必定被摇撼。白燕想,他的生活终于是如同木筏破碎一样被拆分,七零八碎,并且无法控制地在水面沉沉浮浮。在生活被尽皆剥夺这一点上,他和那些庸碌嘴碎的妇人无异,那种难以赋予生命意义的悲哀比任何悲哀都更彻底。

　　他想起十年前他根本不会去想这些。不是因为他在那个时候过于愚笨,而是因为他在那个时候拥抱幸福,那个时候他还拥有着青春,现在他终于是适应了这个世界,那些不适应只是在醉酒中雨后春笋一样冒了出来。他的青春逝去,如同刮风下雨一样平淡,但也无情,那种无情比任何的无情都更汹涌更没有缘由。你永远不可能知道是在哪一个确切的时刻你就这么失去了你的青春,你只能在多年以后回望,然后骤然惊觉。

　　但是啊但是,他还是如此怯懦。宁无翳问他的那个问题,他在心底深处早就知晓了答案。这个世界上多少人说他们要追逐梦想向往阳光疯狂生长? 有多少迈出了第一步? 又有多少还是固守着他们的现状? 说到底世人就是你,你不过泯然众人。所谓的追逐梦想不是在心里想想就好了的,你想了一千次但没有行动,和你压根没有想过一样。

　　他想他从战场下来以后,已经摸索出了生活的规律,虽然花的时间有些长,也有些难以适应,但他还是摸索出来了。而一旦人有了生活规律就不愿被打乱,哪怕那套规律不是尽善尽美,且留有遗憾。

这是由于我们的懒散怠惰而滋生出的幻梦，而当我们涌起实现那幻梦的激情之时，又败给了我们的懒散和怠惰。于是我们仍旧是一如既往地生活，而不愿意去改变什么。

白燕从半睡半醒中骤然惊醒，他忽然想起，在很久之前絮樱送给他的青色的燕子布偶被他遗失了。

拾伍

可是我们都曾遇见过最美的路人啊。

"今天有什么重要的事情吗？"红樱坐在床沿，面前铜镜照出她如绣如画的娇颜，簪子被取下来，青丝水泄而下。

房间幽暗，透过窗户看得见树影婆娑，只有几缕阳光照进来，如同金色的箭划破静谧的屋子。这个房间就是她在十年前初来鬼门关时居住的地方，多少年过去了，她还是住在这里。

"没什么重要的事情，只是一个刺杀任务。不过这个倒是不急，可以往后挪一挪。"楚七十一站在她背后，帮她梳头。

"明明当上了门主还要做那些鬼做的事情，我当这个门主干什吗？操心的事情越来越多。"红樱叹了口气。

"刺杀的人挺厉害，可能这个任务除了你之外就没人能完成了啊，所以才需要你来做。"他说。

"赶紧找接班人。"红樱轻轻伸个懒腰，"我不想在这里待着，随便在哪里都好，我要离开这里。找到接班人之后我就能退休了吧？到时候我们去胤凰，你不喜欢那里的话去别的地方也行。"

"好好，都听你的。"楚七十一用手指轻轻滑过红樱的发丝，然后帮她盘起头发来，"不过你真的走得掉吗？长老堂那些家伙会放你走吗？你脖子上还戴着凤血石呢。"

"这个啊。"她捻起脖颈上那枚项链，镶嵌正中的宝石殷红如血，"你不说我都忘了这个……难不成我真的要在这个地方一直待下来？"

"谁知道呢？"楚七十一说，"这里也没那么差吧？前几天春天沧峦山樱花开了的时候你不是挺喜欢的吗？还有通月摘星，隔一段时间就去一次，都是我背你上下楼梯，没把我累死。"

"要不是之前你一直随身带着七十一把刀，你也不会累成那样。"红樱撇撇嘴。

"是吗？可能吧。"楚七十一耸耸肩，"不过你一直不喜欢幕沧的国花彼岸花呢，十年来从来没有特地去看过一次。"

"因为它像是从血里面开出来的一样。"

"但是别的游客都说彼岸花像火和太阳啊，总之都是些美好的东西。你对它的联想有些偏颇了吧。"

"也许吧。"她说，"对了。前些天……你还记得吗？就是最近一次我们去通月摘星那次，你说夏天这个季节最适合看夕阳。因为什么呢？"

"现在怎么想起来了？"

"就是想起来了呗。"红樱望着铜镜中的楚七十一，后者脸上挂着温良的笑容，也通过铜镜看着红樱。

"因为什么啊……"楚七十一蹙起眉头思忖，手里却没有停下来盘头发，"因人而异吧，我是觉得夏天看夕阳最好，就那么说了。"

"那可能我也觉得是一样的，但是因为什么呢？"

"可能……是其他三个季节都不好吧。"他说，"伤春悲秋，所以春天秋天都不适合看。想起来的东西太多，忆起来的过往也太多，夕阳都有种酸涩和悔意。冬天嘛，太冷了，那个时间点估计也有些困意了，而且冬天的夕阳本就是黯淡无光的。所以夏天看夕阳最合适，回忆不多不少，感触也是刚好。"

"你喜欢这个季节吗？"红樱问。

"怎么说呢？我也不太清楚，反正不喜欢也拒绝不掉吧。"

"我不喜欢。"

"为什么？"

"原因挺简单的，"她通过铜镜看着楚七十一，"热。"

楚七十一愣了一下，然后笑了："哈，那我也讨厌，真的是热得让人难受。"

"现在要凉爽起来了啊，秋天也不算远了。"她说，"要到你说的伤春悲秋的季节了，那个时候不适合看夕阳啦。"

"是呢。"楚七十一终于把红樱的发型整理好，理了一下其他琐碎的发丝，说，"怎么样？发型还可以吧？"

"嗯，不错。"红樱轻轻点头。

"接下来干什么？忽然空出一天的清闲时光来，居然有点不适应。"楚七十一问。

"去通月摘星？"

"今天就算了吧，爬一百层怪累的。"

"也好。但总之我不要待在鬼门关里，至少出去走走。"红樱穿上正衣，说。

楚七十一点了点头，转个身把酒葫芦背上。

"还带着这个葫芦？喝酒伤身体。"红樱蹙眉。

"酒不能不喝啊。"他笑着晃了晃酒葫芦，"而且这个葫芦不是和你说过吗？是父亲留给我的，所以不能弃之不用啊。"

"啊……"她转过头来，"提到酒，我忽然想起来刚和你认识的时候，你还说拿梦想买酒呢。记得吗？"

"那时候还小呢，小时候我们说的都是些傻话。"他笑了笑，"而且那时候我也醉了。"

她望着他的眼睛，四目相对，似乎各自都有些什么看不透的东西在里面："所以，那时候的梦想你现在实现了吗？"

"你的呢？"他反问。

红樱沉默了一会儿，老老实实地说："……没有，而且估计这一辈子都实现不了了。"

楚七十一也沉默了，过了很久才说："是啊，我那时候的梦想……是什么来着？反正不是报仇。报仇这种事情是不能和梦想相提并论的，报仇是一种很无聊的事情，和梦想沾不上边。那么我那时候的梦想……是什么呢？"

楚七十一陷入沉思。

"忘了？"

"忘了。"他转头对红樱笑笑，"真忘了。不过当初觉得挺重要的吧。"

"可明明当时觉得很重要的啊……"他凝望门外的天空出神。

"从现在回忆'当时'，'当时'的感觉都挺不准的。"红樱说。

"是啊，说起来'当时'的感觉都不能用来参考呢，等你什么时候回忆起来，发现原先觉得不那么重要的东西变得重要起来，原先觉得十分重要的事情却变得无关紧要了……但我当时也还是觉得挺重要的。"楚七十一叹口气，然后又转过头来，"话题跑偏啦，我们去哪里？"

"去沧澜海吧。"红樱说，"我来幕沧十年了，没怎么去过那里。倒是经常在通月摘星上看远景，今天去一次吧。"

"喜欢海？"

"不算是。我小时候长在海边的。从小就生长在海边的人，大多数不会那么向往海的。"红樱说，"幕沧也算临海吧，你没有这样的感觉吗？"

"没有，可能我住的地方靠近内陆，所以我还是挺喜欢海的。"他说，"喜欢那种洁净的感觉。海浪冲刷上岸，卷走泥沙和虾蟹，天空海洋一样的碧蓝如洗，空气里一股好闻的海藻香。海边多好啊，很多人一辈子都没见过呢。不是经常看到小说里主角会说'我想去看看海'那样的吗？"

"这样啊。"红樱望着天，说，"其实小时候我经常看海，倒不是喜欢，而是有什么别的原因的。经常看着看着，我就在想……当海天连成一线的时候，你难道不觉得像是整面海翻过来压在你头顶吗？"

"会吗？天上有云的，所以那种感觉不会那么强烈的吧。"楚七十一说。

"嗯？嗯……是啊。"红樱愣了一下，低下头，"……天上有云的。"

"这里就是沧澜海啊。"红樱转头看看四周。人群算得上密集，大都闲庭信步一样在海边走，也有游泳者和嬉戏的孩子。那被阳光炙烤得温暖的沙滩走起来异常舒服，让人想要整个人扑上去，彻底眩晕在那种温暖当中。碧蓝色的海浪卷起珍珠一样的白沫从远方拍了过来，但到了一半的距离就减弱了力量，水花翻动间悠悠地摊在了沙滩上，向前漫过去，接着又向后回缩。

时隔多年了，红樱还是觉得当初云止岛的海才是最漂亮的。那时候天很蓝海水很蓝，空气似乎比沧澜海清新一些，就连记忆中如同海覆一样的天空也没那么让人不快。

她摸了摸脖颈上的项链，似乎能从中感受到那个少年将它交给自己时手中的温度，却只有一丝丝的凉意。她又在想他了。这么多年过去，尽管他的面目都模糊了，但她还是会偶尔想起他。想起他的时间很少，只是偶尔，断断续续的，想起来的时候心中不再起波澜。

但她就是还记得他和她一起坐在老码头上，她脱了鞋子脚泡在水里，寂寞又不甘地晃着，他则讲一个来自她所憧憬的中州的说书故事。于是海水漫过二人的脚面，少年青涩的声音述说那些故事，他们的目光都是明亮的。

"人真是多，我似乎有些明白通月摘星人少的原因了。人们都喜欢来这里吗？"红樱轻声发问。

"可能吧，这里风景好。唔，那里有艘船过来了，看样子是去什么海岛贸易，现在贸易结束回来了。"楚七十一看着缓缓驶来的船停靠在码头上，粗布衣服的工人忙上忙下，"奇怪，前些年码头不是在这里的。去看看原来那个码头？"

"嗯，你带路。"红樱点点头。

"这里怎么样？"楚七十一真的就带她去找原来那个的码头，"感觉如何呢？你来这里的次数不多，据我所知你不喜欢一个地方就不会多去。"

"不是不喜欢，风景挺好啊，可能就是小时候看惯了海，现在审美疲劳了。"红樱说。

楚七十一说："你原来住在哪里的？我问过你好几次了吧，你从来没说过。"

"说了你也不知道，一个很小的很偏远的地图上找不到的地方，所以就不说了吧。"红樱说，"你很在意吗？"

"也不是特别在意，不想说的话算了吧。"他说。

"也好。"红樱轻轻地点头。她望向浪花翻涌的海面，白沫被搅得粉碎，浮浮沉沉。阳光跳跃在海面，如同一片一片的金箔。一眼望去首先是碧蓝的海，越向后看阳光就越浓，金鳞在海面上不安分地涌动，到了海天交界处如同接天连地的一根金线。

然后岸上人群，水中泳者交相辉映，有些喧闹的人群打破了远方鸣蝉在暮夏时聒噪出的寂静。她遥望尘世，仿佛离整个世间的距离都不近不远。

"海景挺漂亮的。"她说，"人也挺多，挺热闹，以后可以多来这里走走。"

"是吗？我倒是觉得人少一点为妙。"楚七十一笑了笑。

"你也不是太喜欢冷清的人吧，为什么觉得人少好呢？"

"这里是海啊。"他指了指沧澜海的白浪翻涌，"对我来说，看海果然还是要在人少的地方吧。就像是寂静的夜里，我坐在椅子上手撑在桌子上，离我不远的就是沉寂在夜里的海。然后夜空星河映射到平静的海面上，如同足足有两条璀璨的星河。"

"但要是有太多的人，可能就破坏这份景致了。"他叹了口气，说。

"不过也没关系的，就算人很多，多年以后你回忆起来也还是只记得夜色中交相辉映的两条星河。就算那个时候有很多人，也被你的回忆过滤掉了。"红樱指了指自己的脑袋，"人的大脑会优化场景，所以回忆显得甜美而又迷醉。"

"可能真的是这样吧。"楚七十一说，"不管这些事情啦，我说的原来的那个码头到了。"

他向前方指了指，一个废弃掉的老码头孤零零地伫立在海边。红樱心神一震，仿佛十年前那些时光又卷土重来了。

海边，老码头，海边，老码头，海边，老码头……这么多年她还是规避不掉这些东西。一时间她好像看到十年前那个小女孩安静地走到码头前，脱下鞋子，脚泡在水里寂寞不甘地晃着，等一个男孩过来给她讲故事。她望着远方的眼神满是希冀和憧憬。

那时候是惹喜的春天，樱雪纷落的日子。他们一起望着远方，笃信自己所期待的终究会来临。他们手牵着手迎来盛大的夕阳。

最后她迎来了她的盛大夕阳，只是却牵着另一个人的手。

"我记得小时候这里很热闹，人来人往，船来船去。不知道为什么这里忽然就被废弃了，让人摸不着头脑。好多东西没有一个开头就这么出现，然后没有一个结尾就这么淡出了视线。交代得模模糊糊，离去得也模模糊糊，让你一头雾水，但你还是在夜深人静的时候回想起来一脸的感伤。"他说，眼光撒过人群望向那个码头。

"是啊……"红樱轻声说，"或许因为我们只是擦肩而过吧。"

"怎么说？"

"擦肩而过啊，就是路过而已。我们是路人，所以注定看不到一些开头，也看不到一些结尾。或者说那些没开头就闯进来没结尾就淡出去的人事物也不过是路人罢了，和我们真的真的没多大关系。就像是朝湖里投一颗石子，石子落了底，涟漪还在的。"红樱说，

"可是我们都曾遇见过最美的路人啊。"

"但是不但不合适，甚至只不过是萍水相逢。"楚七十一说。

"就是这样，萍水相逢……"红樱想了想，说，"就像夏虫不可以语冰那样。"

"夏虫和冰啊……在不合适的时机却遇到了合适的人？"

"是啊。"她说，"想起很多事情来了，你呢？"

"一样。"但是楚七十一还是笑，温良的笑，如同绵羊。只是那星河沉积一样的眸子忽明忽灭。

"算啦，不谈这个了。"红樱说，"去码头那里坐一坐？"

"好啊，走了这么久，挺累了。"他点点头。

"唉，会讲故事吗？"她问。

"为什么这么问？"

"想听故事了。"红樱说。她现在坐在码头上，远方沧澜海悠悠荡荡，正午过了，他们居然还没吃饭，现在正饿着肚子看海。

"讲故事啊……我会的很少，你确定要听？我们可以到茶馆酒楼里面去听说书的，觉得环境不好还可以去听唱戏。"他笑着看向红樱。

"不一样，我想听熟悉的人讲故事，主要不是听故事，是听人。"她说。

"听人？"

"对呀，听人，故事反而是细枝末节了，但是能给你讲故事的人才是重要的。会讲吗？"

"试试吧……我也不知道能不能讲好，反正我也从来没说过。"楚七十一说。

"讲一个吧。我又不会笑话你。"

"真不会。"

"讲嘛。"她瞥了他一眼，捏他的脸，"我要听。"

他笑了笑，"那好，就说一个来自夏国的故事吧，偶尔听到的，不知道你有没有听过。"

"什么故事？"

"主角的名字分别是戴筠和苏小沫，《一甲子别离》，听过吗？"

"啊，听过了，很久之前。"红樱说，"不过没关系，我说了故事不重要，讲故事的人更重要一些。"

"那好吧，我就开始讲咯……"楚七十一真的开始讲那个大街小巷传得烂了的故事，从二人相遇到二人相识，到二人分离到各自的结局。那个延续五十年的故事就这样被他笑着讲了出来。红樱安安静静地听着，鞋子脱下来放到了一边，双脚在水里泡着，轻飘飘地晃动，寂寞而又不甘。如同多年以前那个小女孩的半透明的残像仍旧在天上，她投下虚无的目光看着红樱，又偏偏头，凝视那个遥远的地方。

她忽然发觉自己心中的波澜没有自己想的那么严重，或许她怀念的早就不是那个人了。你想一个人，可能会把他连同你的青春年华一起来想，所以才那么难忘。但是要是那个人摆在你的面前，你都不一定会继续和他在一起了。

所以就是他还在，二人重逢，那个约定也注定无法完成。也许在他们各自的心里，那个人早就没那么重要了……相当于渐渐地淡了出来。某种角度说，和死也差不多。

其实不是对小时候的约定不在乎，也不是说那时候我们都还小什么都不懂，而是你已经长大，也有了其他的让你会去在乎的东西，你能抛弃这一切，你的家你的亲友你的其他一切，去完成那么久远的一个诺言吗？

完成不了了对吧？所以才会有"那时候我们都还小"这句话啊。

"讲完啦。"楚七十一忽然说，"结果讲完了之后都到下午了啊。我们没吃午饭，去哪里吃晚饭呢？"

"随便找一家酒馆解决吧。"她回过神来，看着他，说。

"鬼门关的厨子做得比外面那些东西好吃多了。"

"我不想回去。"她轻轻一笑，"这就像是翘家哦，既然出来了就不要那么快回去嘛。我实在是在那里待够了。"

"你还真是比我想象中还要讨厌鬼门关呢。"楚七十一也笑了，

"不过那里的确不是什么讨喜的地方。感觉即使是这种炎热的天气，太阳高悬于头顶，在那里也只能感受到寒意。那里的人都是不把人命当回事儿的疯子，比我还疯。"

"我们也不把人命当回事儿啊。"红樱喃喃说，"不过呢，说他们都是疯子我赞同。在他们眼里世界上最不缺的就是人了吧，所以全杀光了也无所谓。"

"现在是你统领这一群漠视人命的家伙哦，不准备整改一下吗？"

"算了吧，残忍是我们吃饭的家伙。要是我们对每一个人都有悲天悯人之心，那我们也不用当杀手了。这就是世界的运作方式啊。你不喜欢，你能走你就滚蛋，但要是你不能走，那你就适应，或者死。就像是你能改变自己，但你改变不了这个世界。这个世界有它自己的一套规则，不一定适合所有人，甚至可能适合不了任何一个人，只是这已经是长期摸索出来的利益最大化的规则了。"红樱说，

"世界的规则服从的不是个体，是集体，我们也改变不了什么。"

"这话说得真是沮丧，是你自己的想法吗？"

"基本是老门主，也就是墨崖断剑告诉我的。"她说，"明明是个老杀手了，但是世界观却这么的……也不好说正统也不好说偏颇，只能说和我秉持的有所冲突。但是至少比我看到的很多杀手的畸形黑暗的世界观好得多了。"

"你很认同这个世界观？"

"有认可的地方，但难以认同的地方更多，只是我有时候会想，这个充满了宿命感的世界观是怎么形成起来的呢？"她说，目光凝视着远方天际寥廓，"我不知道啊。在你说要改变世界的时候他却说你改变不了这个世界，你宁死不愿和这个世界妥协的时候

他却说那你就等死吧。我不明白，是人最终都会这样呢？还是怀揣着同样想法的人已经被命运打败了，而且不介意更多的人也被命运打败？"

"有时候我告诉自己我永远都不会向这个我不喜欢的世界低头的，但是我偶尔心头也会冒出那种屈服于宿命的感慨，比如说你要改变世界但改变来改变去最后只是把你自己改变得面目全非什么的……挺难理解。老门主的世界观对我来说是另一种角度的偏激，尽管我承认其中有些见解我很认同。"她说。她望着楚七十一，樱花色的眸子里光亮明明灭灭，"但还是……很难接受。"

"哪方面难以接受？"

她想了想，说："'我们什么都不能改变'那方面的。他说人最难得就是和人保持距离，不干涉也不无所牵连。他说别人的事情就算错了也和我们无关，但是我还是很执拗……一个杀手这样子很奇怪吧？"

说到最后红樱看着楚七十一，很安静，风吹过，海生潮波。

"他大概是想说你秉持的正义和这个世界格格不入。"楚七十一说，"杀手的正义，大概和年少轻狂一样的吧，觉得自己对了别人错了要去管。因为在他们的观念里一定要坚持对的事情，就算没有结果而且会使得自己伤痕累累。但是说到底了，很难说这样一种思维是错是对……我赞赏，但是我觉得我应该回不去了，尽管我希望重新拥有这样一种正义。"

她偏了偏头不置可否："你羡慕我？我不觉得我这样有什么值得你羡慕的。"

楚七十一看着她笑了笑，又忽然说："又说回世界观的问题了……其实我们也不小了吧？"

"嗯。"

"你二十四我二十七了，喏，我们已经不是可以花那么多时间思考这些问题的年纪了。我们大概要做出抉择了吧。我快三十了。

有人说，人到了三十岁就差不多要决定自己一生的道路和秉持的信念的大致方向。"他说，"思索这种问题的时间要越来越少了，人到了最后不过是柴米油盐。"

"你这样说不就显得和老门主的世界观接近了吗？"红樱说。

"不不，不一样的。我要说的是，人都是有差异的。这是你自己选出来的。有人说你一生只能走一条路，但是我想说这一条路上你也是做了成千上万个选择，而每一个选择本都可以让你更优秀或者更颓废。"他耸了耸肩，摊开手，眸子里晨星明灭，"但我们终究要选择啊。不想成为那种人，就不要选那种人的道路。做你自己不就好了吗？人这一生最悲哀的，莫过于口口声声说做自己，结果自己反而活成了自己最厌恶的人的样子还浑然不知。"

"有得选吗？"

"不要那么问，你问了，你就在心里某一个角落认同了宿命这个该死的东西。"楚七十一摸了摸红樱的头，"终究是有得选的。"

"我一直笃信着。"他说，目光穿透天际的重重云浪。转瞬间之后他又笑了，如同午后和煦的暖阳，"好啦好啦，那么思考这些的时间过去了，回到柴米油盐酱醋茶吧。晚饭吃什么？"

"难得来沧澜海边，以后也不一定总是有时间，所以今天吃海鲜吧。"她说，"这附近哪家酒楼海鲜做得好？"

"我倒是记得有一家不错，石斑鱼做得极其鲜美，如果现在还营业的话。"楚七十一说。

总是有得选吗？

总是有得选的。

不要灰心丧气啊，也千万不要放弃。不要在路途中就说我做不到的，这句话等你撞了南墙再说，现在说，很丢人的。放弃是什么？那是败给了自己。所以千万不要放弃，怀揣着怒火，勇往直前。你说命由天定，我说人定胜天。

生活给了我们这么多次脸色，我们终究要甩回他一巴掌。

千万不要让生活塑造了你，你要去塑造你的生活。总是有得选的，让我们秉持着杀手一般的正义勇往直前。

"结果你说的那家酒馆的菜也不怎么好吃。"红樱说。她又坐回了那个废弃的码头，看着如血的夕阳。

"可能是换了厨师什么的吧，我也觉得。"楚七十一说，"或者是那已经是我小时候了。回忆小时候的东西，什么都觉得好。人总是觉得小时候吃的东西异常美味。"

"下次重新找个地方吃……如果还有下次这么清闲的日子。"她说。

"肯定会有的。"他安慰说。

"嗯。"她点点头说，"幸好快点吃完赶回来了，要不然不一定看得到落日。"

"不是说沧澜海日出最好看吗？"

"日落也好看啦。"她说。

"世界上大多数女孩子都像你这样喜欢看日落看灯火的吗？我记得女孩子大都关心衣服胭脂啥的。"他笑了笑。

"那你就庆幸我不关心那些东西吧。"红樱瞥了他一眼。

"也对，你是鬼门关门主，真要关心那些东西，轻轻松松就能搜罗来一大堆。"他还是笑，"在通月摘星上你也经常看落日。落日对你有什么寓意吗？"

"喜欢而已，硬要说寓意，也实在想不出来有什么寓意……反正你也偶尔会莫名其妙喜欢上什么东西的吧。我喜欢落日不同于我喜欢灯火阑珊，看灯火就像是看人世的温暖，看落日……就真的只是看落日而已。"她说。

"还真是执着于场景啊。无论灯火阑珊，还是夕阳西下。"楚七十一笑着说。

"你也差不多吧，喜欢星空。"红樱也笑了，"知道吗，每次我一想到你喜欢星空这件事情，就会莫名其妙地想到'仰望星空的孩子'这个句子。还配有画面，一个小孩坐在树枝上，遥望着蓝紫色的星空，而且除了星空以外所有的东西，包括那个男孩那根树枝，都是黑色的剪影。"

"但这个孩子二十七岁啦，是个老孩子了。"他笑着说。

"是啊，我们都是老孩子了。"她轻声说。

落日渐渐地触及海面，海面被染成炫目的玫瑰金色，片片彩鳞在海面上跃动，金红色的光璀璨得让人难以直视。一瞬间夕阳离二人似乎很远，仅隔着一片海却如同隔着数不清的天涯；又似乎拉得很近，你只要伸手，就能触碰到那个燃烧着的坠落海中的火球。

"还在。"红樱轻声说出这两个字，仿佛这两个字有魔力，重又将二人拉回了十年前在通月摘星顶层时晃脚看夕阳的日子。也像是她坐在一个老旧的码头上，身边坐着讷讷的讲故事的少年，而夕阳西下。

楚七十一怔怔地看着她。虽然不是一直也不是经常，仅仅是偶尔，偶尔她才会在夕阳坠落的时候轻声地重复这两个字。但是只要她一说，他就仿佛被拉了回去，穿梭着似箭的光阴，来到了通月摘星的楼顶看夕阳。

那个时候小小的男女领略了世界的喧嚣和寂寞，领略了世人的狡诈和纯良，他们在手里为自己预备好了刀剑，在心里也留了一处温软的角落。他们的目光那么明亮，像镜子。

女孩看着夕阳，男孩看着女孩。

女孩对着夕阳说还在，一直一直重复，那夕阳就真的还在，迟迟不肯缩回海里。于是他们都很开心，都希冀这一场落日可以蔓延到无边无际，蔓延到无穷无尽。

"还在。"她又说。

楚七十一看着她的侧脸，被夕阳染上红晕。他想时移世异，时光更迭，他们都变了，但是夕阳还是一如十年前那般。

只有那些永远不会变的东西值得纪念。

他忽然莫名地想到这句话……只有那些永远不会变的东西值得纪念……只有那些永远不会变的东西值得纪念……

他轻轻念叨着这句话，思索着这些年来留下的人生和丢失的年华，真是见鬼……看来夏天也不是什么看夕阳的好季节，只要随便一个小小的、触及往事的举动，人就会多愁善感起来。十年里经历过的东西太多太多了，多到让人不敢妄自回忆。那些幸福的事情回忆起来也不一定是一种全新的幸福，但那些痛苦的事情回忆起来一定是一种全新的痛苦。

"还在。"她说。

她看着夕阳迟迟没有滑入海面，想起多年以前她和另一个少年坐在码头上看夕阳。那时候他们看向对方都会微微地错开视线，要是对方稍有动作就会瞬间把脸别过去，而蕴含其中的心意都能感受。真是奇怪，有些事情隔得越久，面目越模糊，但你却越能清晰明了地把握其中的脉络。但如果是你当下正在经历的事情，那么你就是想破头也没什么好的对策。

不识庐山真面目，只缘身在此山中，或许就是这样的道理。

有些事情是一定要等到你越来越大才能弄懂的，等你懂了的时候却只能扼腕叹息。而且别人帮你理清楚的事情你都只是懵懵懂懂，只有你自己忽然明悟了的时候才可以融会贯通。

"还在。"她又说，樱花色的双眼凝视着逐渐坠落的斜阳，一如盛大的夕阳在她眼中坠落。

那夕阳终究是越来越残缺了，但是暮色反而越发鲜艳亮丽起来，回光返照一般。海面上跃动的彩鳞慢慢地缩回了海天交际线，夕阳只露出一个小头。

"还在。"她最后说了一遍，轻轻地笑。看着夕阳终于彻底地滑入海面，霎时间天地被黯淡的蓝黑色所取代。

"晚上了。再等一会儿的话，星星就出来了。"楚七十一说。

"那就再等一会儿吧。"她说，"再等一会儿，看星星。既然决定了逃离那个鬼地方一天，那就晚一点回去。"

"也好，毕竟也很难得有这样的机会你我二人都清闲着。"他忽然躺在了码头上，双手抱头，"继续待一会儿吧。"

"不怕脏啊，整个人躺在上面。"红樱看了他一眼。

"不怕，反正有人帮忙洗衣服，甚至把这玩意儿丢了换新的也可以。我们最不缺的就是钱了好吧。"他流露出一副惬意的神情，看着黯淡低垂的墨蓝天空。远处灯火一点点地亮起来，如同天上明星一点点地浮现，而那座如云的局塔，其顶端在云端如同一颗金色的耀眼星辰，从里面蹿出来的灯火光晕柔和。

"喏，现在我们也像很多年前那样有大把的空闲时间一样，可以花一整天什么也不做，只是聊天。看着朝阳升起，日上竿头，夕阳西下，群星未明，星光璀璨。这种感性又诗意的事情我们怕是很难再有机会做了。"他轻声说，声音柔和得如同在唤醒沉睡的人。他的笑容滞涩在了嘴边，像是疲软得懒得撑起那抹笑容，只是安安静静地看着星夜未明。

"可能吧。"红樱坐在码头上，看着楚七十一放松下来的神情，转头又看了看夕阳坠落的地方，"以后会不会就没有这种机会了？这么浪费时光。"

这么浪费时光，可你还是会希望这种浪费的时光多一些再多一些。

"挺好的不是吗？生命就应该浪费在美好的东西上面。"楚七十一看着星空，说。

"赞同。我们的生命都浪费在什么地方了？"

"杀人，杀人，杀人……还是杀人。"

"怎么听也不是什么美好的东西啊。"红樱说，"真是有够浪费生命的。"

"除此之外呢，我们就是看夕阳，看星星，看灯火。春天看樱花，秋天看枫叶，偶尔听听戏，这样那样的。"他说。

红樱轻声笑了出来："真是有够浪费生命的。明明是个杀手，却干那么多文人墨客的事情，偶尔还会矫情一下什么的。"

"要是可以从头开始，你会怎么样？"楚七十一转头看了看她，"会选择干什么？"

"要是可以从头开始的话，首先我就会去凰凰而不是来这里。"她说。

"可那你就见不到我啦。"楚七十一笑了。

红樱说："那也没关系啊，真的从头开始的话，你也不要报仇了，反正你也报过一次了，跟我一起去凰凰就好了。"

"行，去凰凰，然后呢？"他轻轻地笑着。

"然后啊，我要学一种乐器，琵琶古筝箜篌什么都好。"她说，"一种学会了，就再学一种。"

"那我和你一起学，我学二胡。"他说，"不过我们做什么工作呢？"

"做什么工作啊……是个伤脑筋的问题。"她说，"我除了杀人什么都不会，但我却不想杀人。"

"我倒是可以打刀，勉强会一点，真的那样的话我就做个铁匠养活你，实在不行我把那七十一把刀卖了，够我们过一辈子的。你呢，就好好学你的乐器，学了两种学三种，学了三种学四种。"他说，"想法不错吧？"

"不错啊。"红樱忽然叹了口气，"但是要怎么回去呢？要怎么从头开始呢？有时候我宁愿自己没被生出来，有时候又怎么都不肯死，觉得要好好地活着。活着好累啊……但还是不敢死。"

楚七十一和她都沉默下来了，静默无言。夜空越来越暗淡，现在已经是泼墨一样的漆黑。唯有繁星点点越来越多，越来越多，星河浮现出漆黑的夜幕，瑰丽得难以言喻。

"可以呀。"他忽然说。

"可以什么？"

"学乐器，想学的话，抽出时间来学嘛。"楚七十一说，"多少是有时间的，想学就学，没人阻拦你。喏，鬼门关的事情分给三堂堂主一些吧，就算事情超出你掌控，但也绝对不会动摇到鬼门关根基的。不要操心这么多。对了，你想学什么？"

"不知道呀。"红樱说，"就是想学一种乐器，什么都好。如同我喜欢看灯火喜欢看夕阳一样。但是不要二胡，它的声音太悲伤了。"

"就是因为这个我才想学二胡的，喜欢它的音色，虽然以前多少会拉一点，但现在全忘光了。"楚七十一说，"既然不知道选什么，那就选一个你看得顺眼的乐器吧。古筝挺好的。"

"也好，真有机会就学那个好了。"她轻声说，"我们是不是该走了？这个时间的话，说不定三位堂主找我们都要找疯了。"

"他们有蜘蛛，总会找到的，在他们找到之前我们就像从学堂里逃出来的孩子一样吧，不要操心那么多。"他说，"再等一会儿吧，等人都走光了，看一看星空。我还是挺想看看人都走光之后，夜色里的沧澜海会不会倒映出两条星河呢。"

"一定会的。"红樱说。

"嗯，我也这么想的。"楚七十一轻轻笑了起来。

于是她就真的陪楚七十一看人群从繁闹到稀疏，从稀疏到散尽。夜色里他和她坐在沙滩上，看着天空中星河倒映于寂静的沧澜海，两条星河同样璀璨。

"夕时海映阳，飞鸟渡空，忆昔年，寸寸肝肠断；今有夜照星，渔船灯火，无人诉，默默心扉寒。"红樱轻声说，"怎么样？我瞎想出来的。"

"不错哦，如果真的从头开始，你当个文人墨客也是可以的。至少可以唬人。"楚七十一说。他躺在码头上，看着天空中的星河，而在他下方隔着码头的寂静的沧澜海上也映出了另一条星河。如同他躺在一条星辰之河上遥望另一端的星河。

"看见没有？那星河，那么低……像是……"楚七十一对着星空伸出双手，"……可以触摸到。"

"但还是摸不着。"他伸出双手，静默半晌，忽然把手缩了回去，轻声地说，脸上带着温良如绵羊的笑。

于是夜幕低垂，微风拂过，他们就这样随意地闲聊，没什么话题没什么边际。似乎曾经种种都不再重要，就这样沉在夜里，十分美好。

"不如你再讲一个故事吧。"红樱忽然说。

"……唔，好呀。"楚七十一说，"从前呢，有两个人，一男一女，他们喜欢彼此。但是某一天，他们分开了，男孩去了离女孩很远的地方，女孩去了离男孩很远的地方。然后男孩重新有了自己喜欢的人，女孩重新有了自己喜欢的人他们各自组成家庭，然后男孩和女孩再也没有见过面。"

"再也没有？"

"再也没有。"

"为什吗？"红樱问。

"也许见过，只是都忘了，所以面对着面也看不出什么。"楚七十一说，"不过他们都有很幸福的生活。男孩很幸福，女孩很幸福，虽然不在一起，但是很幸福。"

"怎么会？"红樱说，"这可是分离啊，也没有重逢。"

"是啊。分离这种东西也就那样吧。不是所有的分离都有重逢，也从来没有一个人一定要和另一个人在一起这种说法的。"楚七十一看着夜空繁星，"时间终究会教会我们什么是喜欢什么是爱。"

"那这个故事结束得还真是快。"红樱说。

"是啊。"楚七十一说，"故事结束得真快。"

（完）